Shijima no Tsuki
Another
JN139741

CONTENTS

静寂の月 Another

Novel 姉村アネム Illustration 森嶋ペコ

第一章

待宵月

〜満ちては欠けてゆくもの〜

00 ー オープニング ー

それは途方もない孤独だった。

月齢14．0。カーテンから漏れる月明かり。

涙ではりついた瞼を薄く開けてみれば、不完全で、けれども限りなく完全に近いそれが、ぽっかりと目に映った。

夜闇を照らす丸い光は冴え冴えと白い。噛みしめた唇をそろそろと解き、熱のこもった吐息をひとつ逃がして、ようよう我に返った。

やっと終わったんだ。恐ろしく長かった一日が。――いつか来る終わりに怯えて足掻(あが)いた日々が。

全部がまやかしで、全部の種が明かされて、そうして全部、終わった。

惨めさや悔しさや絶望や悲しみ、それらを全部涙と鼻水と一緒に絞りつくしてしまったからだろうか。

最後に僕の中に残ったものは、達成感ともいえる、奇妙な爽快感――清々しさだった。

何もかもなくなって、何もかも望まなければ、失うこともない。疑ることも怯えることもない。

毛布に包まって、ひざを抱え、己の心音を聞いて、――いずれ来るはずの睡魔を待って。

息を殺して、あと少しの今日を生き延びればいい。

願わくば、生き延びた先にたどり着く明日が、もう少しだけ容易(たやす)いように――。

01 ー幹ー

夏の終わり、コンプレックスの象徴みたいだった分厚いレンズの入った黒ぶち眼鏡をやめた。ついでに、眼鏡の半ばぐらいまでたっぷりかかっていた前髪も、都会っぽく薄く短くした。

都会の美容院で髪を切ることも、コンタクトレンズという異物を目の中に入れることにも、ちょっとした勇気が必要だったが、相乗効果でぐんと広がった視界は、卑屈なためらいをあっさりとかき消した。

高層ビルの鋭角な角、信号機の庇、線路の砂利、街路樹の葉。今までだって眼鏡があればちゃんと見えていたはずのものが、どうしてかとても新鮮に、きらきらと輝いて映る。空を見上げれば、いつのまにかあの狂ったように燃える太陽も西の空の不穏な積乱雲も姿を消し、ようやく訪れた秋が、抜けるような青空とひんやりと心地よい風とを連れてきたことを知った。

自分が見えている分だけ、自分のことを見られているような心地の悪さはあるけれど。――なんて、自意識過剰だな。

「おっと、幹、何気に思い出し笑い？　大量の特別課題抱えて、余裕だなー」

放課後も三十分も過ぎれば、昇降口につながる渡り廊下は、生徒の姿はごく少ない。

連れ立って歩くクラスメートで万年補習仲間の島崎（島崎圭祐）が、ニヤニヤ笑って僕（浅岡幹）の顔を覗き込む。

さっきまで、僕と島崎は、夏休み明けの実力テストの散々な結果を受けて、担任教諭の前で肩を並べ——身長差があるので正確には肩は真横に並ばないが——有難い叱咤激励を受けていたのだ。

やっと解放された時の手土産(てみやげ)は、互いに抱えているテキスト一冊まるごと。

「ついでに言えば、夏休み明けからこっち、やたらご機嫌麗(うるわ)しいよな?」

「顔、近づけるなよ……、惚れるだろ」

島崎の無駄に整った顔を、手にした分厚いテキストで押しのけるが、やつは紙束の角でつぶれた頬をものともせず、人悪げに笑うばかりだ。片耳の大小三つのピアスと、薄い茶色の長髪が、キラキラと反射する。

ここK大附属高校は都内どころか全国レベルで五指に入る、有名な進学校で、生徒の自主性を重んじる校風から制服はあるものの校則は緩い。男子生徒は一律坊主頭かスポーツ刈りの田舎で育った僕は、島崎をはじめて見た時、高校生すごい東京すごいと感動した覚えがある。

しかしもちろん、東京がすごいのでも高校生がすごいのでもなく、島崎が変人なだけだった。

「なあ幹、そろそろ俺に話してくれてもいいんじゃないの?」

互いに昇降口の靴箱から靴を取り出したとき、その変人の友人は何気なく言った。

「……話すって、何を?」

「この俺にいつまですっとぼけてられると思ってる?」

ハイカットのスニーカーに履き替えながら、今度は屈んだ姿勢から上目でちらりと僕を見る。

俺が何度髪切れとか眼鏡替えろとか言っても聞く耳もたなかったくせに?

――と、言葉にされるまでもない。

そもそも始業式の日、久しぶりだなと言うより先に、頭のてっぺんからつま先までじろじろと眺められた。

訊かれる前に、気分変えようと思って、と先んじると、島崎は、へえと片眉を上げたきり、それ以上追及しなかった。

本当の理由を伝えても問題ない男だとわかってはいるが、島崎への信頼度とは別に、――そう、純粋に、言いたくないというより、言いにくい。

こっそり冷や汗を流す僕の横で、履きづらいスニーカーをようやく履き終えた島崎が、無駄に育った上背をのそっと伸ばしたとき、校庭のほうから高い歓声と賑やかな拍手が聞こえてきた。

同時に視線を向け、すぐに戻したのは島崎だった。

「……そういやテニス部、紅白試合やってるんだった。裏門から帰るか?」

僕は苦笑して首を横に振った。ここから正門まではテニスコートの横をどうしても通るが、猛犬注意でもあるまいし、ただそそくさと通り抜けるだけだ。遠目からでもギャラリーは異常に多いみたいだし、島崎の長身の陰にうまいこと隠れてしまえばいい。

しかしささやかな画策もむなしく、まだコート脇のフェンスに差し掛かってもいないあたりから、「幹ーッ」と僕を呼ぶ大声が聞こえた。この学校で僕を名前で呼ぶのは島崎ともう一人だけだ。

しぶしぶ振り返った先、目ざとくて律儀な双子の弟が、コートのど真ん中から両手を挙げて大きく手を振りながら、フェンス前まで駆け寄ってくる。鈴なりのギャラリーが、彼の進む方向へざっと道を空ける。

性能が良くなった目でコートの脇のスコアボードを見れば、ちょうど1セット目が終了したところだった。……タイミング悪すぎだ。

ギャラリーの目が一斉に僕たちに集まる。ここまで目立てば無視して通り過ぎるわけにもいかない。

「やあ……樹。紅白試合だって？　暑い中大変だね」

フェンスと狭い水はけ用の外溝とを挟んで樹と対峙する。

こうやって正面から顔あわせるなんて、同じ家に住んではいるが、トイレと風呂の出入りの時間が被った時ぐらいだ。

「幹はこれから帰るところ？　次も絶対ストレートで取るから、一セットだけ見てってよ」

僕はひどく気まずいのに、樹のほうは、檻の中のサルよろしく今にもフェンスを蹴倒さんばかりにしがみついて、無邪気な笑顔を見せている。己が注目を浴びていることも、僕が目立つことを極端に嫌っていることも、百も承知だろうに。

僕と樹は同じ母の腹から同じ日に生まれた兄弟だが、訳あって姓が違う。それに、六歳から中学卒業まで離れ離れに育ったので、気安い間柄とは言い難い。事情がどうであれ顔がそっくりだから身内であることは一目瞭然なのだが、樹の兄として周りに何か期待されても困るので、せめて互いに苗字で呼び合いたいと言ったことがある。その時も樹は、今と同じ人懐こい笑顔で、「いいよ、幹がそうしたいなら」とあっさりうなずいた。

しかし、その提案は母親に言いつけら――いや、報告され、母親が半泣きで僕に訴えてきたから、諦めざるを得なかった。

「悪いけど、急ぐんだ。友達待たせてるし」

僕の背後に多分いるはずの島崎を視界に入れているだろうに、樹はさらに言いつのった。

「幹が応援してくれるなら僕、さくさくゲーム終わらせるよ。それに次勝ったら今日の後片付けが免除なんだ。そしたら一緒に帰れるよ！」

鼻の頭に滲む汗と、期待のこもった目が、西日をはじいてキラキラしていて、僕はつい身構えてしまう。取って食われるわけでもないのに。

「――急ぐって言っただろ」

自分でも驚くほど、不機嫌な声が出た。すぐに、しまったと思ったのだがもう遅い。

樹は一瞬、飴玉でも咽喉(のど)に詰まらせたような顔をし、ゆっくりとした瞬きを二度繰り返した。

「……そっか、残念」

そしてすぐに、軽く小首を傾げ、にっこりと笑った。

ふいに、肺を中からぎゅっと鷲掴みにされるような痛みを覚えた。そして、弟を傷つけた事実より、その痛みにこそ、僕は戸惑った。なぜ僕まで傷つくんだ？

「あの、……だから、樹、知ってるだろ。僕暑いとこ苦手なんだよ。なんせ新潟の田舎育ちだから」

と慌てて言い訳のように付け足し、そんな自分にまた戸惑う。

当然樹はもっと驚いたようで、子犬みたいに目をまるくさせて頷いた。

「あ、そ、そうだね。幹、夏は苦手って昔から言うよね。猫舌だし」

「猫舌は樹もだし、今それ関係ないと思う。ほら、樹、対戦相手待ってるじゃないか。ストレートで勝つんなら、ハーゲンダッツ買って帰ってやる」

「……やった！　あ、でも、ガリガリ君でいいよ、ね」

僕は了解とばかりに片手をヒラヒラと振って、方々からの視線の矢で射殺されそうな中、できるだけのんびりと彼に背を向ける。

血のつながった弟と数語口をきいただけなのに、大きな仕事を終えたかのような徒労感はいつものこと。でも、それに加えて今は、認めたくはないが面映ゆい爽快感をも覚えている。

あのひとに、……今の僕の頭の中の九割を占めているひとに、今のでき事を話したら、「頑張ったね、幹」なんて凄いことみたいに褒めてくれるだろうか。大きな手で僕の頭をくしゃくしゃっとして――。

記憶の引き出しからそっと取り出そうとしていたこそばゆい感触が、不意にリアルに頭の上に落ちてきて、びくっと飛び上がってしまった。

「こりゃまた頑張ったねえ、幹くん。お前があのハイスペック弟と会話を成立させてるとこ、初めて見せてもらったなー。いやー、偉かった偉かった」

ふり仰げば、頭に乗っていたのは、ごく近くにいたくせに、肝心な時に助け舟を出さなかった大親友の手だった。想像したのと、セリフもシチュエーションも微妙に被ってるのも腹立たしい。

「お前がひとこと『早くしろよ』って声掛けてくれれば万事解決だったと思わないか」

鬱陶しいと手で払い落としても、隣を歩く島崎の口は笑いをこらえたように窄(すぼ)んでいる。

「やだ。加賀谷(かがや)、俺におっかないもん」

「おっかない？　何言ってんだ、僕なんかよりずっと人当たりいいだろ、樹」

「おっかないよー、お前とじゃれてる時とか、中庭で一緒に弁当食ってる時とか、ただ歩いてる時だって、凄ぇ目で睨まれてんだろよ、俺。お前の顔の癖に怖いのなんのって。ってか、むしろ何でお前はアレに気づかないでいられるかなー」

首を捻って考えてみたが、外部受験予定者の集まるAクラスの樹と僕たちが、学校でかち合うことなんてそんなにない。共通の授業はないし、教室も離れてるし、交友関係はほとんど交差してないし。

「真正面から身内のツレにガンつけんなら、単に礼儀知らねえヤツ、ってだけだろ。そうとう距離のある所からピンポイントで見つけてくれちゃって、しかもあからさまーに睨まれちゃってるっぽいから、余計怖ぇんだって。目の敵(かたき)っての？　もしかして俺、大事なお兄ちゃんたぶらかす悪い男とでも思われてんじゃないかねえ」

「その評価はおおむね間違ってないんじゃないか？」

「あっはは。身も心も清廉潔白品行方正な大親友に何の冗談言うかなー幹」

早足でさっさと校門へと足を進めた時、学校の前の道路の反対車線側、少し先を行ったところに、見覚えのあるスポーティーなフォルムの黒い車体が、ハザードランプをチカチカさせているのが目に入った。

僕はぴたりと足を止める。半歩後ろを歩いていた島崎が僕にぶつかってうわっと声を上げた。

「え、何、幹?」

「……悪い、島崎。先帰る。用事、思い出した」

「へ? ——あ、おいっ、幹っ!」

後方で、何なのか説明しろと島崎がわめくのを相手にもせず、僕は弾丸みたいにその黒い車に向かって通りに飛び出した。

瞬間、鼻の先ギリギリのところを大型トラックが通り抜けた。

危ない! 叫ぶ島崎の声。けたたましいクラクション。そして、その騒ぎの原因が僕であると気づいて、慌てて目的の車から飛び出す人影。

再び走り出しながら、あわや事故にというぐらいの、危険な飛び出しだったとようやく気づいた。

それでも僕は一秒でも早く、そこにたどり着きたかった。引き返すなんて考えもしなかった。ただ逸る心で、行きかう車をやりすごし、どうにかこうにか無事に向こうに渡り終えた。

渡り終えたと同時に、すぐ目の前に駆け寄った長躯の、差し出された長い腕に飛び込んだ。

耳元で安堵の吐息とともにバカヤロウと小声で叱られて、でも言葉とは裏腹に僕以上に早鐘を打つ鼓動を聞いて、ごめんなさいと素直に謝った。謝ってぎゅっとしがみついた。

「会いたかった、喬木さん」

会いたいと思ったとたん、目の前にいた。魔法みたいだ。息が切れて言葉はかすれたが、彼は正しく聞き取ったのか、乱暴に僕の後頭部の髪をつかんで引っ張った。

「俺は寿命が縮んだよ……」

秀麗な面が、今は頼りなげに歪(ゆが)んでいる。僕の前では、いつも穏やかな笑みを絶やさないこのひとの、こんな顔を見たのは、あの夏の日の夕暮れ以来、二度目だ。

「ごめんなさい」

だっていま、とてもあなたに会いたかったんだ。

喬木さんが厳めしそうなため息をつく。でも絶対に僕に怒ることのないひとは、すぐに優しい顔で苦笑して、苦笑の形ままの唇を、戒めみたい僕の額に押し付けた。


この時の僕は、まだちゃんと恋をしていた。

盗み見た横顔にときめいて、振り向いてくれれば嬉しくて、一人でいればただ会いたくて、想い出せば切ない、生まれて初めての、——きっと、一生に一度の。

一番大切な、恋をしていた。

02 ―一矢―

「会いたかった、喬木さん」

鉄砲玉のように俺の腕の中に飛び込んできた恋人は、息を切らしながら、いじらしい告白をする。

俺（喬木一矢(たかぎかずや)）は、華奢な体を無傷なまま抱きとめたことに、深く細長い安堵のため息を漏らした。

トラックの警笛が鳴るまで、幹の姿に気づかなかったのは俺の落ち度だ。いや、それよりも、すれ違いしないようにと、慌てすぎないようにと、待ってる旨のメールを一通するだけでよかったのだ。

幹の下校予定時刻に合わせて、学校のすぐ前の通りに到着したのは今から三十分ほど前。

反対車線側にあるパーキングメーターに駐車し、窓を全開にしてエンジンを止めてしまえば、校門へと続くフェンスと、クラブハウス棟らしき建物の向こうから聞こえる耳慣れたテニスボールの打球音がここまで届いてきた。

距離がありすぎて、コートに立つプレーヤーの顔までは判別がつかないが、プレーヤーのフォームは遠目でも十分わかる。中々の巧者だ。やや小柄、その分身軽で守備範囲が広く、足も手の振りも速く、コントロールが良い。度胸もある。惜しむらくは体型ゆえに球が軽いかもしれないこと、ラリーでの持久力が足りないことか——。

あんなプレーをする人間を俺は昔知っていた。

じっと見入るうち、握っていたスマートフォンを膝に取り落としていて、やがて盛大なクラクションが耳に飛び込んできて——、このざまだ。

およそ幹には話せないやましいもの思いが原因だっただけに、二重の動揺に鼓動が速まる。

「寿命が縮んだよ」

「ごめんなさい」

俺が努めて怖い顔をしているのに、幹が嬉しそうに笑う。心配されるのがただただ嬉しくて仕方がないというように。俺を試すのは構わないが、こんな風に試さないでほしい。きみを死神から取り返したのは俺なんだから。

誘うように向けられた唇は、学び舎の前だからとぎりぎり避けて、滑らかな額に短いキスを落とせば、怖い顔より、それが罰になってくれたらしい、正気に戻ってあたふたと周りを見回そうとした幹の首を、子猫のように捕まえて、助手席に押し込んだ。

「このままデートでいい？　行きたいところある？　それとも、まっすぐうちまで送ろうか？」

「——えっと、じゃあ、喬木さん家にお邪魔してもいいですか」

遠慮がちなおねだりがなんとも可愛らしく奥ゆかしい。付き合いはじめて日が浅いからというよりは、田舎で厳しい祖母に育てられたという生い立ちがゆえの彼の本質なのだろう。

K附高等部までの道のりを車で試す、というもう一つの目的も果たしたし、可愛い恋人と俺自身の希望どおり、寄り道もせず俺のマンションに向かった。

夕方の渋滞にはまだ早い時間帯で、車の流れはごくスムーズだ。

赤信号で停車したので、左手を幹の頭の上に置く。夏の終わり一緒に切りに行った髪型にまだ手こずっているのか、午後遅い今になっても、襟足の寝癖が直っていない。この後もっとくしゃくしゃにするつもりだけど。

「突然ごめんね。もしかして先約あった？」

ううん全然、と幹がはにかんで首を横に振る。

「友達と少し居残ってたから、すれ違いにならなくてよかったよ。今日はどうして？」

「たまたま三限と四限が休講になっちゃって、まんまと時間があいたから何しようかなーって思ったら、もう、幹に会いに来ることしか思い浮かばなかったんだよ」

車を停めてたのが三十分も前からだとか、その間にメール一通すら送りそびれた理由も、幹は知る必要はない。永遠に。

「すごい偶然だね。僕もさっき、すごくあなたに会いたいなあと思ってた」

「嬉しい偶然だな」

「……どうかな。いつも会いたいって思ってるから、たいした偶然じゃないかも」

「……幹」

頤(おとがい)に手をそえて、横目で信号を確かめながらキスをする。荒れた表面は舌先でぺろりと潤して、そのまま奥へ、――という時に、信号が青に変わる。仕方なくアクセルを踏んだ。

所在無げな幹の右手に俺の左手を伸ばすと、華奢な指がきゅっと絡んだ。

＊　＊　＊　＊

互いの舌を奪いあう、下半身にダイレクトにキそうな、深いキス。唇を重ねたまま混ざり合った唾液を互いが嚥下(えんか)して咽喉を鳴らし、足りないとばかりに舌を搦(から)め捕って吸い上げ、この先の行為の真似事みたいに口腔で扱(しご)く。

それはまだ玄関ドアを閉めたばかりのことなのに、密着させた体は互いにすっかり高ぶっている。

靴すら脱がせず早急に体を繋ぎたいぐらいだったが、大人としての分別がなけなしのブレーキをかけ、軽い体を幼児にするように片腕に抱えて寝室に向かった。今日日の男子高校生をこんなにやすやすと抱えてしまえるのは問題なのだが、それでも半月前よりは、少しは肉がついただろうか。ベッドにそっと横たえても、幹は俺のシャツの袖をきゅっと握ったままだ。最初の時からの幹の癖。

どこにもいかないよと握った手をほどき、代わりに俺の首の後ろに両手を回させて、濡れたままの唇を軽く食(は)む。喬木さん、とつぶやいた幹のかすれた吐息が、俺をさらに欲情させる。

「……困ったな。セーブできそうにないんだけど」

どうしてするの、と幹は頑是ない子供のように首を傾げた。

「だってもう全部、喬木さんのだよね?」

「そうだよ。幹が俺に全部くれるって言ったからね」

「うん、……全部、喬木さんのだから――」

尖らせた唇でキスをねだられれば、吐息ごと奪うほどのそれで応えながら、制服のワイシャツをたくし上げて、細すぎる腰からてのひらで胸まで撫で上げる。

あらわになった胸に膨らみは当然ない。女以上に細く、女のような柔和な肉は持たず、男と女の性のはざまにいるような、むしろどちらの性も持ち合わせないような、なんとも不思議で魅惑的な肢体の前には、性的志向なんて関係なく世界中の男が跪(ひざまず)くだろう。

俺もまた、幹という神の敬虔な信者のように、皮膚の薄い咽喉の窪みに、うやうやしく唇を押しつける。それだけで、快楽に弱い体の持ち主は、きゅんと背筋を反らして過剰なほど反応した。

「……ん、喬木さ…っ」

地肌とそう変わらないぐらい淡い色の乳輪と、その真ん中で隆起した小さな粒が、俺の鼻先へと突き出される。互いの足を捩り合わせれば、若い雄はもう張りを帯びて、背に回った手は俺のシャツをくぐり、一刻でも早く、もっと先へと全身で俺に催促する。

このまま、貪欲な若い体に体中の精気を吸い取られて干からびてしまっても本望だが。

「ねえ幹、俺のこと、一矢って呼ぶ約束は？」

——あ。唇と目が同時に開く。

忘我の手前で引き戻された、一瞬の、きょとんとした表情は、婀娜めいたそれに劣らぬぐらい愛らしい。愛らしいが、スルーしてあげられるかというと——、そんなつもりは毛頭なく。

「ああ良かった、忘れてなくて。じゃあ、忘れたらペナルティだって約束も？」

冗談めかして片目をつぶると、幹は何を想像したのか真っ赤になったのだけれど、最後はこっくりと素直にうなずいてくれた。


焦がれてやまない美しい肢体を得るために、それらしく振舞い、白々しい睦言を紡ぐ。

嘘つきな自分が忌々しくて、少年の従順さが可笑しくて、ヒナのような信頼が苛立たしくて——

だから抱き方はいつも執拗で、強引で、俺の劣情に翻弄されながら、幹は健気に全部を受け止める。

……愛されていると、信じて、疑わず。

今、俺は恋をしている。

欺瞞と虚飾と嘘で塗り固め、一途な恋人の無知をほくそ笑んでは、己のケチな自尊心を満たす、

――悪辣で、妄執的で、救いようもなく醜悪な。

生まれて初めての。――そして多分、一生に一度の。

最低最悪な、恋をしている。

03 ― 幹 ―

思いもかけず手に入ったものが、ずっと長いこと渇望していたそれだと気づく。その時、ひとの心に湧き起こる感情は、歓喜だろうか、驚愕、あるいは興奮だろうか。

僕は安堵だった。もう探さなくてもいい。この暖かく揺るぎのない場所で、ゆっくり休んでいいのだと。


僕にはできのよすぎる双子の弟がいる。

加賀谷樹。――廊下に貼り出された二年生の実力テスト。上位二十番だけの席次表の右端に、その名は燦然と輝いている。

全国屈指の難関校であるK附においてすら、彼が入学以来、その右端の位置を譲ったのを見たことがない。しかも、この夏はテニスの個人戦でインターハイ本戦にも出場している。

学力優秀、スポーツ万能、話し上手で、いつもひとの輪の中心にいて、つまり、落ちこぼれで根暗でひと付き合いの得意でない僕とは対極にいる人間だ。

しかしどういうわけか、外見――つまり、顔かたちはもちろん、同年代の少年より華奢な体型とか、そのせいで小柄に見られる、でも平均的な身長まで、鏡に映したように、僕たちは「同じ」だった。

どうせ似るのなら、容れ物じゃなくて中身が良かった。

両親を恨みたくはないが、それだけはつくづく身に沁みて思う。

ひとがひとの判別をする手段として、視覚的な情報が占める割合は大きい。容れ物が同じなら、見えない中身も同じだと期待される。僕という器はさして深くも大きくもないのだと口を尽くして説明しても、この顔がひとを納得させてくれない。「頑張ればできるはずだ。なぜなら、『もう一人のきみ』は、何もかもを、いとも容易く、完璧にやってのけたじゃないか」と――。

けれども、宝石や骨董品に鑑定士がいるように、真贋の区別がつけられるひともいる。僕という器に最初に見切りをつけたのは、僕の育ての親、新潟の祖母だった。

たしか、夏休みが始まってしばらくした頃だから、今から一か月以上前のことになるか。

祖母は、新潟に本社を置く総合商社浅岡商事の代表取締役をしていて、多忙な上、暑さと人混みが大嫌いなため、仕事以外の理由で上京することなんて滅多にない。その祖母が、炎暑の中、僕が高校入学以来「下宿」している家を訪れた。つまり、彼女の実の娘の家だ。大事な話があるという。

平日のことで父はおらず、久々に親子三代水入らずで顔を合わせたというのに、簡単な互いの近況報告もそこそこに、「今日は大事な話があって寄ったのよ」と居住まいを正した。

夏の駒絽（こまろ）を涼しげに着こなした祖母は、母の困惑した顔と、樹の眠そうな顔と、僕の神妙な顔を、ぐるりと見回した。

「幹と樹、二人が高校を卒業したら、幹の浅岡との養子縁組は取り消して、加賀谷にお返ししたいの。そして樹をこそ、浅岡の本家に跡取りとして迎えたい。樹には、大学に通いながらうちの経営に携わって欲しいのよ」

僕ら三人は、似通った顔を三つ並べて、石膏のように固まった。

テーブルの中央には、僕と樹の通知票が並べて置いてある。先刻、その二つを交互に手に取って眺めた後、細長いため息をこぼした祖母の気持ちは、樹のそれへの感嘆か、僕のそれへの失望か——。いずれにせよそれらが、祖母が己の胸に秘めつつも打ち消せなかった希望を、とうとう口に出す決断をさせたのだろう。

時が止まったようなリビングで、祖母一人だけが平然として見えた。

手にした紅茶を静かに啜ってソーサーに戻すと、おもむろにきっちりと揃えた膝を樹のほうへと向け、（僕も樹もギョッとして、樹なんてあからさまに体をずり退げた）、すっと伸びた上半身を、丁寧に樹のほうへと折りたたんだ。

「このとおり、お願いします、樹。ぜひ前向きに考えてみてもらえないかしら」

樹が何か言うより先、ようやく正気に戻った母親が、悲鳴のように叫んだ。

「お母さん、今更そんなことを仰（おっしゃ）られても困ります！　このことは、十一年前にすべて片がついた話じゃありませんか」

母は真っ向から、不良品の受け取りも良品の差し出しも拒否した。大人しい母が祖母の言うことに真っ向から逆らったのを見たのは初めてだった。

しかし祖母は、彼女の娘の泣き言など、蚊の羽音程度にも気にならないようで、にこやかに樹へと言いつのった。

「樹、あなたなら、学業と会社運営の二足の草鞋（わらじ）を履くことは難しくないはずよ。こちらにある程度目処がつけば、あなたが望んでいた海外留学もサポートするし、MBAを取りたいならばむしろ歓迎するわ」

「やめて、やめてください！　お母さん、あなたはいつだって浅岡、浅岡で、私や子供たちの気持ちなんて、いつだって後回しなんだわ！」

「その浅岡に、食べて、着せて、大きくしてもらったのは誰なの。よく思い返しなさい」

事務的なほど冷静に娘を叱咤する祖母と、おいおいと声を上げて泣き始めた母の姿は、まるで一昔前のホームドラマの一シーンだった。

隣の樹は、彼のコンピュータ並の頭脳でも処理しきれない状況なのか、饅頭形に口を開いたまま母娘喧嘩を見守っている。

そして僕もまた、ただぼんやりとそこに居続けるしかなかった。おばあちゃん相変わらず無茶苦茶だなあ、なんて他人事みたいに思いながら。いくら不良品でも、返品可能な期間はとっくに過ぎてるだろうに。

樹自身がどんな返答をしたのかは今も知らない。その場で断って納得する祖母ではないから、返事を無理やり先送りにした感じだろうか。

＊　＊　＊　＊　＊

僕が、新潟にある母方の実家、浅岡家に養子に出されることが決まったのは、幼稚園をもうすぐ卒園するという時期だった。

本来の浅岡の跡取りは、母の弟にあたる叔父だ。しかしこの叔父は、地元では有名な放蕩者で、当時すでに、叔父には会社経営は継がせないと祖母は決めていたようだ。

十一年前、双子のどちらかを養子にという話が祖母から正式にあった時、当然、父と母は困惑した。

彼らは今も、善良で愛情深い普通の親だ。子供の取捨選択なんてできるわけがない。しかし大恩ある本家の申し出を無下にすることもできない。

僕の父は浅岡家の分家筋のひとで、早くに両親を亡くしたため、本家の援助を受けて大学まで進学した。本家の一人娘である母は、親の決めた婚約者がある身で、分家の父と恋仲になり、周りの反対を押し切って結婚した。父の亡くなった両親が本家に負っていた小額とはいえない借金も、結婚と同時に帳消しされたという事情もあった。

また、銀行マンの父は春からのロサンゼルス支店への赴任が決まっていて、結論を急がされた。

その話し合いの場にまだ幼かった僕と樹も同席させられた。

「どちらかがおばあちゃんのおうちでくらすことになるの。おかあさんたちとは、はなれてしまうけれど、おばあちゃんのおうちには、おいしいものもいっぱいあるし、きっとだいじにしてくれるわ。さみしくても、がまんしてくれる……？」

話の内容よりも、今にも泣き出しそうな母の微笑と、口をぐっと引き結んで下を向いた父の様子が不安を煽り、僕はわけがわからないまま、生まれた時からそうしているように双子の弟と手をつないで、神妙に聞いていた。

しかし、不意に樹の手が僕から離れた。樹は飛びかかるようにして、母の首にしがみついた。

「イヤだよっ。ぼくはおとうさんやおかあさんとはなれたくないよっ。はなれたらないちゃうもんっ。ひとりじゃねられないもんっ」

えーんえーんと樹は大声で泣き始めた。母までが堪え切れず涙をこぼしてしまった。父はますます深く俯(うつむ)いた。

異常な盛り上がりの空気の中で、小さな僕は、妙に白けた気持ちでぽかんと座っていた。

取り残されたようで居心地の悪さを感じながら、なすすべもなく周りを見回すと、弁護士というひとが僕をじっと見ていた。彼は、僕と目が合うと、にっこりと笑った。

「幹くん、きみがおにいちゃんなんだよね。さすがだな、とても我慢強いね。――きみは、どう思う？　おばあちゃんを助けてくれないかな？」

見知らぬ大人に褒められたことで、僕はうっかりうなずいてしまった。

「いいよ、ぼくがおばあちゃんちにいくよ。ぼくはおにいちゃんだし、いつきはなきむしで、おねつばっかりだし、おばあちゃんがこまってるなら、ぼく、たすけてあげなきゃ」

この頃の樹が、泣き虫で体が弱かったというのは本当だ。知能の異常な高さゆえに、小さな体と心にかかる負担が、僕よりずっと大きかったのだろう。そして、普通の六歳児には理解できないはずの『養子』の意味を、樹はきちんと理解していた。

父と母は呆けたように承諾した。

義理の両親となる叔父夫婦は僕には全く関心を示さなかった。

こんな子要らないと叔母はヒステリックに叫んで部屋に閉じこもってしまい、叔父はもう完全に僕を無視した。この叔母が先だって何度目かの流産をして、この先子供が望めなくなったという事情など、六歳児に理解できるわけがなかった。

けれども、祖母をはじめ、うちに出入りする大人たちは、僕を跡取りとして大事にしてくれた。

僕たちの母は、「お母さん（祖母）は会社会社で、私と弟はあのひとの横顔しか知らない」と寂しそうに父にこぼしていたことがある。確かに祖母はとても多忙で、振り返ってくれることは少なかったが、仕事をしている時の祖母のきりりとした横顔を、とてもかっこいいと幼心に思ったものだ。

小学校を卒業するまでは、僕は田舎の学校では一番の成績で、卒業式の答辞も読んだし、スポーツもそこそこできた。ピアノのお稽古も英会話も先生に褒められる程度には優秀だった。祖母はさすが浅岡の跡取りだと褒めてくれたし、僕の人生は乾いたままではあったが、平穏な日々が続いていた。

――中学一年を少し過ぎた頃からではなかったろうか。祖母の、僕への接し方が、少しずつよそよそしくなっていったのは。

それは、父の海外赴任を終えて帰国したばかりの樹が、全国中学生統一試験で九位を取った頃だ。祖母は、僕を叱ったり励ましたりする時に、「樹は得意だそうよ」とか「樹はできたんですって」とか「樹なら簡単なんじゃないかしら」いうふうに、何かにつけて樹を引き合いに出すようになった。そして、「あなたこそが浅岡の跡取りなんだから」「だから幹、あなたはもっと頑張らないとね」と。抜け目ないひとだから、両親から聞くだけじゃなくて、専門の業者に樹の身上調査依頼もしていたのかもしれない。

しかし、いくら祖母が強引で、かつて自分が安易にした取捨選択の大きな取り違いに気づいたとしても、双子の交換が非常識であることぐらいは弁(わきま)えていたし、樹が通う名門校の高等部の入試を、ダメモトで受けた僕の合格と上京で、その考えは打ち消されていたはずだった。

今回、祖母が僕たちの交換を決断した事情は、会社に何かあったからなのか、放蕩者の叔父がまた何か不祥事を起こしたからなのか、あるいはその両方だろうか。新潟にいた時は、大人たちのひそひそ声から、子供なりに大人の事情を掴めたものだけれども、今は確かめるすべがない。

その数日後、慌ただしく新潟に帰った祖母が、僕にこっそりと電話をかけてきた。

『ごめんね、幹』

自分が落とした爆弾について、撤回はしないが悪びれてはいるのだろう、珍しく沈んで、た声で。らしくもなく、一人でお酒を過ごしていたのかもしれない。

『あなたがたくさん頑張ってるの、ちゃんとわかってるのよ、でもね』

樹みたいに。樹以上に。祖母がそう僕を叱咤激励するたび、僕は必ず力強くうなずいてきた。頑張るよ、おばあちゃん、僕もっと頑張るからねと。

『——仕方ないよ、おばあちゃん』

その時の僕は、頑張るよとは言えなかった。

『仕方ないことは、仕方ないんだよ』

だって仕方がないんだ、僕は樹じゃないんだから。

『それより、おばあちゃん、暑いの苦手なんだからあまり無理しないで』

祖母はまだ何か言いたそうだったが、僕は答えを聞かずにそのまま終了のボタンを押した。

祖母は今、受話器を握りしめたまま、泣いているだろうか。

また明日から頑張るから、誰よりも、——樹よりも、頑張るから、このぐらいの反抗は許してくれるといい。

＊　＊　＊　＊　＊

暦の上では秋になっても、猛暑の日々が続いた。

学校の補習と、予備校の夏期講習。容量の少ない頭の中に詰め込んでも、詰め込んでも、数字も古語も英単語も、今まで以上に何も入らなかった。

おばあちゃんの「ごめんね」が、頭の中をぐるぐるする。お母さんの「困ります」も。弟のばつの悪そうな顔も。あの日早めに帰ってきた父も、僕の部屋にやってきて、「僕が不甲斐なくてきみにばかり負担をかける」と頭を下げた。

あれ以来、みんな僕に気を遣ってる。僕は腫れものじゃないし、あなたたちは他人じゃないのに。

その日は、朝から体も頭もだるかった。

予備校での自習は早めに切り上げて外に出ると、夏のきつい太陽が見当たらない。時間的には西の空にあるはずのそれは、もくもくした真っ黒い積乱雲に隠されてしまっていて、湿って冷気を帯びた強い風が吹き始めていた。

やがて、最初の数滴が、目と頬を叩いた。ぽかんと上を向いたままの首が疲れるほども経たないうち、雨粒は石つぶてのような水の塊に変わった。

住宅街とはいえ、道の両脇に目を凝らすだけで雨宿りができるような場所も探せるはずなのに、僕はぼんやりと頭上を見上げたまま、空の洪水みたいな凄まじいスコールの中に立ちすくんでしまった。

結局、ほんの十数分ぐらいで、雨は来た時と同じように唐突に上がった。

雲の破れ目に再びの光の帯を見つけた時には、髪も、洋服も、靴の中もぐしょ濡れで、鞄すらずっしりと重くなっていた。

夕立前に外しておいた眼鏡をポケットから取り出したが、拭くものもない。

視界はぼんやりと薄暗いままで、アスファルトの水が温む独特のタール臭が鼻孔を掠める。

「……疲れたなあ」

いつもの口癖が、いつも以上に重いため息とともに、ぽろりと口から転がり出た。

やがて、カンカンという異質な機械音が、湿り気を帯びた空間に響き始めた。

のろのろと頭を掲げて前方を見れば、線路の前の遮断機が、ゆっくりと下りて進路をふさごうとしているところだった。電車の影は未だ見えない。

唐突に閃いた。疲れたなら、休めばいい。

たった数歩だ。あの黄色い棒をぐぐった先で、——永遠に。

その時の僕は、死とか自殺とか覚悟とか、そんな難しいことなんて考えていなかった。

ただ、とても疲れていた。ゆっくりと休みたかった。誰にはばかることもなく、悪夢にうなされることもなく、憂鬱な朝を迎えることもなく。

永遠の休息——それはとても甘美な誘惑だった。

最初の一歩分だけはたぶん僕の意志だったと思う。その次の一歩からは、見えない糸が僕の手足を搦め捕り、前へ前へと引っ張っていく。

不意に、横からにゅっと伸びた手が、僕の肩を掴んだ。

一点だけに集中していた意識が、いきなり霧散させられ、びくりと全身が硬直した。

「きみ、眼鏡、落としてるよ」

肩に置かれた大きな手を視線がたどって、たどり着いた先に、見知らぬ若い男の顔があった。

すみません、と手を伸ばしたが、彼はいったんは差し出した眼鏡をすっと引っ込めてしまい、代わりにもう一方の手で僕の手首を掴んだ。

眉間を寄せて、ずぶ濡れの僕を凝視する目は、なぜか怒っているようだった。

「死んじゃうぐらいなら、俺が引き受けようか」

状況がきちんと見えなくて、全身で警戒した。

「…………あんた、誰」

声がかすれた。

「誰って……そうだね」

彼はちょっと考えたようだった。そして僕のごく間近に顔を寄せると、眉間の皺もそのままに、大真面目な口調でこう言ったのだ。

「きみの、ウンメイの男、だよ。……きっとね」

僕は何度か瞬きをしてようやく、ウンメイが「運命」の文字に当てるべきなことに気づく。

陳腐な言葉にぽかんと口を開けた僕に、彼はいたずらっぽく片目をつぶった。

初対面のおかしなひと。警戒心が少しでもあるなら、後も見ずに逃げるべきだ。

なのに、まだよく回らない頭がともかくもこれだけはと認めたのは、そのおかしなひとの、三流メロドラマみたいなセリフが妙にはまってしまう、絵に描いたように整った顔だ。

理知的な切れ長の瞳、すっと通った鼻梁。彼も雨に降られたのか、秀でた額にはりついた濃茶の髪。形よくカーブを描く濃い眉の片方だけが、僕の返事を促すようにひょいと上げられても、僕は彼の面を、まるで美術品を見るようにまじまじと眺め続けた。

(――このひと、ヘンだ)

歯の浮くセリフが似合いすぎて、ヘン。

いい男だけど、すごくヘン。

そう思ったらふっと緊張がゆるんで、大きく噴き出してしまった。

これが僕らの出会い。

04 ―一矢―

寝室の窓から覗く空は、わずかな夕焼けを残すものの、ほとんどは藍色の闇に包まれていた。エアコンの静かな動作音が響く室内、デジタル時計を見れば午後七時を過ぎたところ。

抱き合った後もベッドの中でじゃれあってて、そのまま少し眠ってしまったらしい。うたた寝のあとに感じる奇妙な寂寥感がないのは、傍らの恋人の愛おしい重みのせいだ。

不眠症気味なのを知っているから、このまま朝まででも寝かせておいてやりたいところだが、なんといっても現役高校生。そういうわけにもいかない。

青白い瞼にそっと口づけると、ぴくぴくっと震える長いまつげが、またあの切ない情動を煽る。

一体どれだけ搾り取るつもりなの。心の裡で可愛い寝顔に文句を言ってみる。

ややあって幹がゆっくりと目を開けて、二度三度瞬きした。

「……オハヨウ」

オハヨウ?　ついぷっと噴き出してしまう。からかう代わりに、寝ぼけた瞳の横と鼻のてっぺんにもキスをする。ほとんど体臭のない体質らしく、汗をかいたあとの体を抱きしめても、幹からは乾いた洗濯物の匂いしかしない。

「聞いてた時間より少し遅くなっちゃったね、ごめん。シャワー使う?」

「うちでお風呂入るからいいや」

「じゃあ着替えたら送るよ。コンビニ寄ってアイス買うんだっけ?」

闇に沈んだ床の隅に取り残された小さな蟠(わだかま)りに、見当を付けて拾い上げる。裏返ってまるまったままの、幹のボクサーパンツ。さっきの行為の性急さを思い出させて我ながら気恥ずかしい。

「そうだ。一番重要な用件伝えるの忘れてた。俺、来週から英語の臨採教師で、きみのK附高行くよ」

言葉の終わりに、ほいっと俺が放ったパンツは、幹の顔面で受け止められ、ぽとんとシーツの上に落ちて転がった。

＊　＊　＊　＊

俺はK大の大学院生で、昨日、ゼミの教授から、附属高の臨採教師を頼まれた。英語教諭が腹膜炎を悪化させて入院し、二か月ほど休職するらしい。

　全国に名を馳せる名門校で、実践英語に力を入れているK附高等部としては、短期間でも生半可な語学教諭を雇いたくはないとかで、知己である高等部の校長に頼み込まれたうちの教授が、俺に白羽の矢を立てた。

「本物の教師」は初めてだが、教員免許は持っているし家庭教師や塾講師のバイトの経験はある。報酬が破格なのと、俺の中の悪魔がこれは面白くなるチャンスだと囁き、ふたつ返事で了承した。

　だいたい、運命なんてものは偶然の連続だ。俺のささやかな作為なんて、その巨大な本流に乗っかる小舟の櫂にすぎない。

　幹との出会いは夏の夕立の後の過ごしやすい夕暮れだった。

　急ぐ理由もないのんきな帰り道、ガードレールを隔てた向こうを、俺はとっさに振り返った。

　びしょ濡れの髪と、少女向けの人形のように整った小さな顔。見覚えのある校章が胸に刺繍された白いワイシャツはやはりぐっしょりと濡れて、体に張り付いている。斜めに掛けた布の鞄も、おそらく中身も、雨水をたくさん吸ったのだろう、薄い肩にひもが食い込んでいる。

　記憶の中の少年より、頬のラインはすっきりと引き締まり、背も高くなっていて、あの少年が成長した姿を理想的に具現していた。

　――あれは、「彼」だろうか。

　会わなくなってからも、幾度も思い返していたため未だ鮮明な記憶の中の彼と、外見は完全な相似形だ。けれどもそれが彼だとは確信を抱けなかった。

その項垂れて俯いた姿勢、暗い瞳、生気のない唇の色は、あまりに記憶の彼とは違っていたので。
俺の知っている「彼」は、その生き生きとした瞳と輝くような笑顔で見るものを魅了し、内側から光り輝く無尽蔵のエネルギーでもって自分も周りも照らす、生まれたばかりの恒星のような少年だった。

少年は、加賀谷樹といった。

家庭教師として出会った頃の樹は、まだ中学一年で、中学三年生対象の全国模試の上位に名前を連ねるほどの秀才だったが、不登校に近い状態だった。やはり教授の知己だった彼の父親に、K附中等部に編入させるためのカリキュラムを進めて欲しいと頼まれ、週に二度ほど授業をした。

初めて彼を見た時は、これはまた類まれな美少女だなと感嘆した。華奢な肢体、さらさらの髪に細い項、黒目がちの大きな瞳に、ふっくらと滑らかな頬。

高い知能と帰国子女という経歴と、ルノワールの絵画みたいな容貌では、そこいらの公立中学で浮いてしまうのは仕方がないことかもしれないと思いつつ自己紹介をしてみれば、少年と聞いて顎が外れ、こっちではあまり友達がいないんだと、ぽつりと言った儚げな表情に、心臓が横殴りされた。

中学の勉強なんて、今更教えることは何もなかった。キャンパスに連れてきて、テニスを教えた。いろんな遊びも教えた。冬のスキー、夏のテニス合宿、ダイビングにパラセイリング、ビリヤードにストリートバスケ。樹は父親の海外赴任先で、何か国かの言語はすでに修得していたので、研究会の会合に連れていくことすらできた。

樹の鬱屈の原因のひとつは、その才能を持て余していたこともあったのだろう。きっかけを与えてやれば、発芽寸前だったその金の種は、みるみるうちに天にも届くような巨大な「樹」へと成長した。

好奇心が強く、才能も多岐に亘り、時に素直で時に強情で、七つも年上の俺にもよく食って掛かった。後から潔く、ごめんなさいと謝られるのも、普段は大人ぶっているくせに、俺にだけ抱っこをせがむ子供のように甘えてくれるのも、くすぐったくて嬉しくて、俺は彼を構いまくった。

俺が樹へ向ける感情が、弟や友人に対するものではなく、異性への劣情を伴うそれであることを自覚させられるのに時間はかからなかった。

もっとも俺はずるい大人だったので、樹に悟らせるヘマなどしない。

いつかはその身も心も手に入れるつもりではあったが、彼が大人の恋をするのに適当な年齢になるまで待つ自信はあったのだ。

樹が中学二年生の時、夏の硬式テニスの大会で、県大会の決勝で負けた。

始めてからわずか一年と数か月。誰にとっても驚くべき結果であった上、全国大会の出場権は手に入れたのに、試合を終えてひとの群れを離れた樹は、俺の顔を見るなり、それまで堪えていたものが切れたように、唐突に泣き出した。

頑是ない子供のように、声を殺すこともなく、両手を拳に握りしめながら。

震える両肩に手を置くと、涙に濡れたまつげを震わせて、俺の胸に飛び込んできた。両手を俺の背中に回して、色気も何もなくぎゅうぎゅうと力を込める。呼吸も苦しくなるほど。

その息苦しさが、間違った情動を起こさせた。

間違っていると、誰よりも俺自身がわかっていた。同性で、まだ十四にひと月足らずの、俺を兄とも師とも友とも慕う少年の、一途な信頼を裏切らんとする行為だと。

イケナイ・ヤメロ、という裡なる静止の声は綺麗に無視した。

俺はそっと彼の頤に手を掛け上向かせ、涙と鼻水に塗(まみ)れた幼い唇に口づけた。

はじめは触れるだけ、彼に拒否反応がないことを知ると、さらに深く丁寧に唇同士を合わせ、息苦しさにふっと緩んだ隙間から舌を差し込んで歯列を割り、さらに奥へと――。

「イヤだッ」――唐突にその甘い時間は終わった。

渾身の力で突き飛ばされ、よろめいた隙に、樹は俺の手の届かない位置にまで退いてしまう。

恐れと嫌悪とに彩(いろど)られたアーモンド形の双眸(そうぼう)で、俺をまっすぐに捉えたまま、これ見よがしに唇を手の甲でごしごしと拭った。

「せ、先生、ふ、ふざけてるの？　先生も僕も男だよっ。こんなの、ヘンだよ。何でこんな、へ、変なことするんだっ……っ」

「何で……だって？」

得体の知れぬ怒りがこみ上げた。さっきは確かに手に入れたと思った愛しい少年を、俺は薄笑いで見下ろした。

「とぼけるなんてひどいな。泣いて誘ったのは樹、お前だろう」

涙も乾いた大きな瞳が、ぐっと瞠(みは)られた。

「さ、誘っただって？　なんだよそれっ！」

「だから、言葉どおりの意味だよ。キスして、ついでにセックスもしてくださいって誘っ——」

途端、ビシッと頬に破裂音がした。

ほんの一歩で俺との間合いに入った俊敏さに、場違いに感嘆したが、その拳は、女性のようにてのひらで張るのでなく、男のように拳で殴りかかるのでもなく、猫みたいに指を丸めただけで、苦痛とは程遠かった。

絵になる殴り方ひとつ知らない子供相手に、俺は何をやってんだ。自分の無様さが可笑しくて口元を歪めたのが、その子供の怒りをさらに煽ったらしい。

「あんたが変質者だとは思わなかった。——こっち来るなっ。う、訴えられたくなけりゃ、二度と僕に近付くな！」

樹は全身をスピーカーのようにして叫ぶと、くるりと身を翻(ひるがえ)した。

「待てよ、樹、俺は」

「汚いってばっ！　触るな変態！」

反射的に伸ばした手を、樹は強く振り切り、キっと鋭い眼差しで俺をねめつけた。そして、二度と振り返りもせず走り去った。

だから俺が最後に見た樹は、蛇蝎を見るような嫌悪感に満ち満ちた表情だ。

俺の中の、一番綺麗なところにしまった大切な恋は、自らの手で粉々に砕いて終わった。

結構長い間、俺は濡れ鼠の少年にぶしつけな視線を浴びせ続けたが、「彼」が気づいた様子はなかった。

彼はただ前だけを見ていた。ただ、前だけを。そして、全身に絡んだ見えない糸にひっぱられるように、ぐしょ濡れのスニーカーを履いた足を交互に持ち上げて、ゆらり、ゆらりと進んでいく。

彼の進む先では、踏み切りがカンカンと音を立てていた。

もちろん彼は、「樹」ではない。年月を加味しても、あの「樹」とは似て非なるものだ。

でも、「樹」とあれほど似通った姿が、俺の目の前でひしゃげて消えるのには我慢できなかった。

ふと彼の持っていた眼鏡が手から滑り落ちた。それを拾って、ゆらゆらと上下する肩に手を掛ける。

「きみ、眼鏡落としたよ」

振り返った少年の、記憶にちょうど三年分を足した面は、想像以上に美しかった。

そして間近で見てもその顔は、「樹」でしかありえなかった。

けれど、その瞳は俺に焦点を当てても、不審げに見つめるだけで、あの嫌悪と怒りに満ちた強い光は宿らない。

(――やっぱり、違う……か)

当てが外れてがっかり、ではなく、自殺志願者と思しき相手が、彼でなかったことに率直に安堵した。

同時に、以前、樹が時折言っていた、「僕とそっくりの双子の兄」「新潟にいてずっと会えていない」「兄のことを訊くと母が泣くので」といういくつかの情報が思い出された。

では、これがその「兄」だろうか。この、夕焼けに透けてしまいそうな、蜻蛉（かげろう）のような少年が？

仮にそうだったとして、俺はどうするつもりだ？　この子が樹ではないのはあまりにも明白、まして自殺志願者と疑われる相手に声を掛けて、それから——？

結局、迷ったのは、俺を見上げるアーモンド形の双眸が、ほんの数度、不審そうに瞬きするだけの間だった。結論なんて、最初から出ていた。

——手に入れる。今度こそ。

そうして俺は、ばかげたほどずぶ濡れの、みすぼらしいほど痩せっぽちの、死んだ魚の目をした少年に、確信に満ちて言ったのだ。

「きみの運命の男だよ。きっとね」

自らの手で粉々に砕いた恋は、三年の時間を経て、思いもかけない形で蘇った。

俺の中に綺麗な場所なんてもうない。これは、嘘と虚飾のカーブに置くのがいい。甘く香しく熟したら、欲望の器に注いで飲み干すのがいい。今度こそ、綺麗なものも醜いものも、何ひとつ残さぬように。

05 ー 幹 ー

九月下旬、予告どおり喬木さんが、僕の高校に臨採教師として赴任してきて、一週間ほどが過ぎた。

「加賀谷に紹介したんだって？」

曖昧にうなずくと、島崎は呆れ顔で、「懲りないねえ、お前も」と髪を掻き上げつつ天井を仰いだ。

芝居がかった仕草が絵になるのは、何代前だかに西欧系の血が入ってるからだろうか。英語圏の国じゃないのは確かだ。でなきゃ英語の追試で毎回顔を合わすわけがない。

島崎が危惧するのは、僕が過去に、何人もの先輩や同級生から樹に近付くための足掛かりとされたり、あの「加賀谷樹」の落ちこぼれの兄、として興味を持たれ、複数の上級生に付きまとわれたり、教師の目の届かない場所に連れ込まれたりしたことを知っているからだ。

「できのいい弟が同じ学校にいるのは話してあるから、樹を見ればあれがその弟かなとはすぐわかるし、とぼけるのは不自然だろ」

この学校の英語の授業は能力別に振り分けられている。喬木さんが受け持ったのは、帰国子女を多く含む最上級者のクラスで、もちろん僕が、ついでに島崎も、彼の授業を受けることはない。

残念に思う気持ちと、落ちこぼれっぷりを彼の目に晒さなくて済んでほっとする気持ちとがあって、複雑だ。

樹は当然のこと英語の上級者クラスなので、喬木さんと顔を合わせる機会が多い。僕が喬木さんのことを、「僕がとてもお世話になっているひと」と紹介したためか、何かと便宜を図ってくれてるようだ。

人望も実力もある樹が、表立って協力してくれているせいで、いたずらに知能とプライドの高いうちの学校の連中が時折やりはじめる「新任いじめ」も、喬木さんに関しては鳴りを潜めている。僕もためらいはしたのだけれど、結果的には良かったと思っている。

「オトナは隠し事が巧いからなあ。顔のいい大人はとくに」

机に頬杖をついて僕をじろじろ眺めながら、島崎がつぶやく。

「あの男、大学部じゃ、かなりの有名人よ？　頭と顔と、女関係な。「キチクの喬木」っつって、一度の合コンでまとめて五人持ち帰るとか、チア部全員喰ったとか、やつにやり捨てられた連中がサークル登録されてるとか、大事なところを女に切り取られかけて縫った傷痕があるとか」

生きた都市伝説みたいな男だってよと、島崎が頬杖ついたまま面倒くさそうに言う。

他の真偽はどうだか知らないけど、少なくともそこに傷痕はないよ。……と咽喉元まで出かかったが、島崎の不機嫌をさらに煽る気がして、押しとどめた。

「あのひとがすごくもてるっていうのは見ればわかるよ。年齢も上だし、いろいろあって当然だろ」

はあーっと、島崎はこれみよがしに深いため息をついた。

「お前の場合、理解があるとか懐が深いんじゃなくて、面倒から目を逸らしてるだけだろよ。だいたい、幹、ああいう派手っ派手しいの、お前が一番苦手なタイプだったよな？　どこで知り合ったの？」

「……それは、ほら、夏休みに、いろいろあって、たまたま」

ちなみにその夏休み、下宿生の島崎は九州の実家に戻っていて、メールはたまにやりとりしてたけど、電話で話すことも稀だった。男友達なんてそんなもんだ。

「たまたまで、いろいろ？　……ふうん、例えばお前が通りすがりに一目惚れして？　アグレッシブにぐいぐい押して？　とうとう彼氏の座を勝ち取ったとか？　だったら、むしろ褒めてやりたい気もするけど？」

「ひ、一目惚れっておかしいかな？」

「……いやそこ、そこ照れ照れしながら認めて欲しいところじゃないし。ああもう——まじでやばいよ、幹お前。あの無気力無感動無関心のクールビューティ仮面はどこいったの、なんでそんな頭ン中春真っ盛りの花畑みたくなっちゃってんの」

やばいやばいよマジでアホすぎ。島崎は両手で頭を抱えて項垂れた。

「それで、結局何が言いたいわけ？」

全然進まない会話に焦れて、冷静に要点だけ聞き返した。

すると島崎は、それまで余計なことは滑らかだったくせに、難しい顔をして言いよどんだ。

「……俺も聞きかじっただけで、真実かどうかは知らねえよ」

「だから何？」

「あのさ」

——喬木って、加賀谷の中学のときの家庭教師やってたって？

頭の中が真っ白になった。

「おはよう、樹」

次の日の朝、まだパジャマを着たままの背中に言うと、樹は味噌汁のお椀に口につけたまま、僕を振り返った。

「よかったら、一緒に家を出ようよ」

目を見張って固まった樹は、すぐに、「急いで食べるから待ってて」と、言葉どおりすごい勢いで箸を動かし始めた。僕はこれから食べるところなんだけど。

その朝、僕は入学式の朝以来、はじめて樹と一緒に出掛けた。

出社前、新聞に目を通していた父も、慌しく家事をしていた母も、一瞬手を止めて呆けたように僕らを眺めた。

樹は会話の達人で、普段ほとんど話さない僕と一緒では気まずいのが本音だろうけど、僕が煩いと思わず、しかも沈黙を白けさせないように、見事に話し役と聞き役を使い分ける。こればかりは本当にすごいと素直に感心する。

そんな樹に、なるほど、へえそうなんだ、と適当な相槌を打っていたが、電車を待っている間、意を決して昨日島崎から聞いた噂とやらの真偽を確かめることにした。

「ねえ、樹。……喬木さん、昔、樹の家庭教師やってたことがあるんだって？」

「――ああ、先生に聞いたんだ？　うん、僕も妙な偶然でびっくりした」

聞いたのは喬木さんからではないが、僕はあえて訂正しなかった。

12

「家庭教師って、何で？　樹が勉強についていけないなんてないよね」

「それがついていけなかったんだよ。お父さんの帰国予定が延びたから、入学のタイミングがずれてさ、日本語とか日本の学校とか日本の友達とか、いろいろ調子合わなくて僕引きこもり気味で」

そんなの初耳だ。樹ができなくて苦労したことがあるなんて、考えたことがなかった。

「……ごめん、全然知らなくて」

小さく首を折ると、えっ、と樹は目に見えてぎょっとして、あたふたとてのひらを左右に振った。

「いいい、いいのいいの、むむ昔のことだし、知らせてないし、知らなくて当然」

だけど、知っていれば、僕にできることが何かあったはずなのに。

「幹のせいじゃないよ全然。僕たちがあんまり会わないようしたの、おばあちゃんじゃん」

頭の中の祖母の横顔に下唇を突き出すようにした樹を、僕は何とも複雑な思いで見つめた。

父は海外赴任が長く、小学校の低学年の頃は、夏休みに母と樹だけが帰国して新潟の浅岡家に滞在したりもしたが、何度目かの夏休みの後、樹が幹も一緒じゃなきゃ帰らないといって泣きわめいて高熱を出した。樹をなだめていた僕までどうしてか高熱を出して、困り果てた大人が、子供たちが精神的な面で成長するまで会わせるのは控える、ということにしてしまったのだ。

「ほら、うちのお父さんK大出身じゃん。家庭教師探そうってなった時に、学生時代のつてを頼ったんだよ。勉強を教えるだけじゃなくて、できたら子供の頃に海外生活経験のあるひとがいいって。で、来たのが喬木先生。そういやうちの臨採も、校長がつてを辿ったら喬木先生に行き当たったんだって。だから大した偶然でもないのかな」

「でも、はじめましてって喬木さんに言ってたよね、樹。忘れてたの？」

「忘れてたっていうか、ぴんとこなかったっていうか。朝礼はずっと居眠りしてたし、タカギセンセイ、って幹に聞いても、頭の中で『高』いほうの『タカ』に変換されたからかなあ。三年も経ってりゃ仕方ないよ」

昨日一日悩んでいたのに、聞いてみれば何ということもないような話だった。

樹に「うまくできない」ことがあったならば、「忘れる」ことがあるのも不思議じゃない。

喬木さんとの初対面、とんでもなくインパクトのある容姿のひとだだと僕は思ったけれども、それは単に、自覚のないまま一目惚れをしてしまうほど僕の好みの顔だったからであって、他から見たら、そうでもないのかもしれない。

――なのに、この咽喉に小骨が刺さったような違和感は何だろう。

「でも、喬木さんからも聞いたことなかったんだよね。僕の顔で、樹のこと思い出してもいいのにさ」

必死に頭を回転させて違和感の在処を探ろうとしたから、ついうっかり、「喬木さんから聞いた」という最初の設定を踏み外してしまった。一瞬しまったと思ったが、樹は、特に拘ることなく答えた。

「あっちもぴんとこなかったんじゃない？　僕たち苗字違うしね。金銀とか、マナカナとか、セットっぽい名前でもないし。っていうか三年前って、僕と幹って今ほど似てなかったよ。幹、まさかの坊主頭だったし」

お母さんから写真見せてもらって知ってるよ、と樹はにやにやした。

「坊主じゃない、短めのスポーツ刈り。田舎じゃ、中学生男子のスタンダードだよ」

いつのまにか話が逸れてしまったことに気づいてはいたが、何が疑問なのかも自分でもはっきりしないし、しつこく聞くのもためらわれた。

各駅停車の電車は駅に停まるたび、吐き出す以上の人間を吸い込みながら、密度と雑音を徐々に膨れさせていく。

その波にさらわれないよう足を踏ん張りながら、樹がまたぽつりと言った。

「あのさ、僕、今日幹と一緒に学校行けて、すごく嬉しい。僕、離れてても、ずっと幹を忘れたことなかった。ずっと大好きだったよ」

「僕も忘れことなんかなかったさ。いつだって樹は僕の自慢の弟だから」

――忘れたくて仕方なかったけど、鏡を見るたび思い出して、吐き気がしたよ。

その言葉はもちろん心の奥にしまった。

満員電車から解放され、ホームを踏んだところで、マナーモードの携帯がブルブル震えた。

先に行ってと樹に言い置いて、階段の中腹の手すり際で立ち止まって画面を開くと、案の定、喬木さんからのメールだった。

『会いたい。幹が足りなくて餓死しそうだ。昼休み、英語科準備室で待ってる』

画面に向かってうんとうなずいた時、その携帯をひったくった手があった。

「樹？　何するんだ、返せよ」

樹は自分の鞄を盾に見立ててディフェンスし、僕の携帯を掴んだまま階段を駆け下りてしまった。慌てて追いかけたが、もちろん僕がそうやすやすと追いつける相手ではない。

結局追いつけたのは、改札を通った先。すでに中身を確認し終えたらしく、樹がひと待ち顔で立っていた。

ごめんねと、反省の色もさほど見えないまま差し出された携帯を受け取るなり僕は、ぷいっと樹から顔を逸らし、さっさと学校のほうに靴先を向けた。

「メール、喬木先生からだったね」

反省の色もなく、僕の横に並んだ樹が言う。

僕の携帯は祖母が選んだガラケーで、小学生が迷子防止に持つような機能のものだ。メールと電話ができればいいから、特に不満に思ったこともないけれど、樹の最新のスマホみたいな指紋認証機能がないことがこの時ばかりは悔しかった。

「いたずらもたいがいにしろよ。ひとのメール見るなんてどういうつもりだ」

「ねえ、幹、喬木先生どんな知り合いなの」

「どんなって、……偶然知り合ったら、たまたまうちの大学院のひとだったから、大学の話聞いたりとか」

曖昧に答えると、樹はちらりと僕を見た。

「付き合ってたり、とか？」

「……喬木さん男のひとだよ。知ってるだろうけど」

「否定はしないんだ？」

「樹には、関係ないだろ」

朝からの友好的な雰囲気はもう跡形もない。僕だけではなく、何故か樹もまた、とげとげしい雰囲気をまとっている。

「あのひとは、やめたほうがいい」

はあ？　と声にも顔にもものすごく不機嫌を露にしたが、樹は平然として僕を睨み返した。

「あのひとは信用できない。幹には似合わないよ。ていうかあのひと男のひとだよ、たった今幹が言ったとおり」

「樹には関係ない」

樹はとりつくしまもない僕の態度に唇を噛んで、ぷいと足早に歩き去った。

制服の群れが、僕と樹を呆気なく隔てた。

06 ―一矢―

朝礼で、臨採教師として俺が校長から紹介されたとき、樹は無視を決め込むつもりだったはずだ。

しかしまさか自分の兄から、「世話になっているひとだからよろしく」などと意味ありげに引き合わされるとは、いかな彼でも予想外だっただろう。

それ以来、樹を名指しでものを頼むと、彼は一瞬のためらいと張り付けた笑顔とで肯(うけが)って、期待以上の手助けしてくれる。生真面目なのはこの双子に共通のエレメントだ。

着任して三日目、俺専用として使わせてもらっている英語科準備室で二人きりになったとき、唐突に後ろから抱きしめた。

「――そういう冗談は、両手がふさがっていない時にしてください」

樹は冷静だった。拍子抜けしてくすっと笑った。

「ずいぶん大人になったんだ。前はキスひとつであんなに取り乱してたのに」

幹よりはしっかりした体幹だが、やはり十分に細いといえる腰と小さく引き締まった尻の感触、それから朝露のような瑞々しい香りを一瞬で味わって、あっさりと解放してやった。

「そうでもないですよ。あと一秒そのままだったら、これ全部、あなたの足の上に落とそうかご自慢の顔にぶつけようか結論が出てました」

と、図書館から持ち出した仰々しい表装の洋書を三冊、俺のデスクにどんと下ろした。

高校生なんて誰も読まないだろうに、ここの図書館は、大学部の図書館にもない貴重な原書や海外の論文集を少なからず所蔵している。本来は持ち出し禁止だが、校長のお墨付きだ。臨採期間中の車通勤、個室の占有と、蔵書の自由利用の三つは、臨採を引き受けるにあたって俺から提示した条件だった。

「先生はちっとも成長してませんね。昔から僕をからかって遊ぶのが大好きだった」

常に折り目正しい樹が、目上で教師の俺につけつけと嫌味を言う。それがどんなに甘えている証(あかし)なのか、本人に自覚はないのだろうか。

「好きな子はいじめたい。それって男の常套だろう？」

樹はぷいっと顔を背け、「さあ、もう用はないですよね」と言いながら出入り口に向かい、ドアに手をかける。それを、後ろから伸ばした手で素早く阻んだ。

「――先生？」

「まだ俺の用事は済んでない」

生意気な口が言葉を紡ぐ前に、後ろから羽交い絞めにする。さっきの冗談めいたハグなんて比較にならないぐらい凶暴な力でとっさの抵抗を封じ込め、耳朶に口唇で触れるほどに近づいた。

「お前の母親から家庭教師を断りたいと連絡を貰って、俺がどれほど傷ついたかわかるか？　十四の子供にこっぴどく振られたあげく、許しを乞うことも拒否され、なけなしのプライドは木っ端微塵だ。――荒れたよ。手当たり次第、女も男も抱いた。抱く相手に、その十四のクソガキを映しながらね」

態度を豹変させた俺にも樹は動じなかった。

慌てず、胸の前で交差した俺の腕を丁寧に解くと、扉を背にして振り向き、真正面から対峙した。

「これだけは間違えないでください。……裏切ったのはあなたのほうが先だ、喬木先生」

「裏切った？　俺が、お前を？　――まさか」

「僕がどれほどあなたを崇拝し、信頼していたかわかりますか？　僕はあの頃、毎日がひどくつまらなかった。生きることはこんなに単純で簡単なことなのだと、見るもの聞くものすべてばかにしていた。あなたは僕を閉塞した場所から連れ出して、世界が広く、ややこしく、ままにならないものだと教えてくれた」

　樹は目を細め、柔らかい微笑を浮かべた。俺たちが親密に過ごした日々を、懐かしむべき思い出として、脳裏に浮かべてくれたのだろうか。消し去りたい過去としてではなく。

「その信頼をあなたは裏切った。呆気なく、——ばかばかしいほど呆気なくね！」

「信頼と崇拝ねえ。そんな陳腐な感情、さっさと犬にでも食わせときゃ良かったな」

　まるで俺のほうが子供の駄々だ。俺の中にも残る思い出もまた、美しい部分が多くを占めているのに、それを自分で壊そうとするなんて。

「そもそも俺は裏切ってなんていない。最初っから下心付きで可愛がってたよ。隠してたつもりもないし、訊いてくれれば答えたのに。きみの小さいお尻に欲情してますってね」

　潔癖で晩熟なところは相変わらずらしい少年は、その具体的な意味に気づいて鼻白んだ。

「た、誕生日前で、僕は十三でした！　教師とも兄とも慕う相手がもしかして幼児性愛者（ペドファイル）かもだなんて、疑る方がおかしいよ！」

　俺ははっと短く笑って、この話はもうおしまいだとばかりに両手を掲げた。

「どっちにしろ、昔の話か。今の俺にはどうでもいいことだ。蒸し返して悪かった」

　え？　と口を疑問形にしたものの、勘のいい樹はすぐに察したらしい。

　樹はほっとしたように口元を緩め、

「なあんだ。それ、今は決まった方がいるってことでしょう。もしかして、また僕のことからかったんですね。しようのないひとだなあもう」

なんて少し頬を膨らませた子供っぽい表情で言った。

その時俺が抱いた苛立ちはほとんど殺意だった。

今俺がしていることを知ればこの子供は、どんなにか激しい怒りに打ち震えるだろう。

「そう、いるよ。顔が完璧に俺好みでね。性格もいい。お前みたいに生意気じゃなくて、素直で、従順で、控えめで。——そう、あっちの相性も最高に良いんだ」

樹の頬がほんのり染まる。下ネタとも言えない程度のフレーズなのに、初心なことだ。

つい嗜虐心が湧き、露悪的に言葉を継いだ。

「少しおつむが弱いとこもいい。何でも言うことききくし、すぐ騙されてくれるし。お前みたくお利口だと、足開かせるのにいちいち理由が要りそうだからな」

「嫌な言い方だなあ。何で僕にあてこするんですか。僕、関係ないじゃないですか」

「関係あるさ。俺の好みは、今も昔も、——樹、お前だけだ」

胡乱そうに俺を見上げたアーモンド形の瞳。寸分違わぬそれに、口づけながら愛を囁いたのはついこの間のことだ。

「こうして見ると、やっぱりそっくりだな。パーツも配置も。……あのときの顔もそっくりなんじゃないか？」

強張った小さな顔の、頬骨から口元まで指先ですっとなぞり、すぐに離す。手の早い相手に、こんなところで殴られてはと警戒もしてみたが、樹はただ、剣呑に目を眇めて俺を凝視した。

「……そっくりって」

「――比べられないのが残念だな」

言い捨てて、俺はさっさと準備室を出た。早足の俺に樹が必死で追いすがる。

「待てよ、先生、今の話はっ……！」

「話？　家庭教師を突然クビにされた謝罪か？　俺の違約金は高いぞ、樹」

わざと茶化して返事を待ったが、樹はぴたりと会話をやめた。視界の端に、何人かの生徒が別の扉から出てくるのが見えたからだ。上履きの学年カラーは樹と同じ。

樹は俺と真反対の方向に歩き出し、俺はそのまま次の授業に向かった。

＊　＊　＊　＊　＊

夏休みはほぼ毎日会っていたからか、ほんの少し間が空くだけで、ずいぶん長く会っていない気がする。

昼休みに会いたいと、朝いちで送信したメールの返事には、了解の意がシンプルに記載されていた。過ぎたそっけなさは落胆よりも、幹らしいと苦笑を誘われてしまう。

今回に限らず、幹からのメールはいつも簡潔だ。絵文字や顔文字の類はほとんどない。俺が結構な長文で、甘い言葉をてんこ盛りにした時でも。

(昼休みって一時間もなかったんだっけ。一回ぐらいならヤれるかな――……)

下種(げす)な下心を口にも顔にも出しはしないが、実力行使すれば幹は拒みはしないだろう。俺の望みのままに振舞うこと、それが俺をつなぎとめる唯一の手段だとあいつは思い込んでいる。

捨てられることに極端に臆病な性質は、生い立ちに由来するのだろうが、こんなにも甘やかしてやっているのだから、もっとわがままになればいいのに。この俺が幹を捨てるなんてありえないんだから。――「樹」と同じ顔と体を、彼が持ち続ける限り。

四時間目のリーダーはチャイムの鳴る五分前に終えた。個人的な理由ではあるが、昼休みの食事の確保に忙しい生徒にはすこぶる評判がよかった。

特別教室や教科資料室などで占められる第二校舎とつながる連絡通路は、昼休みだというのに、人通りはない。教材を持って準備室に急いでいると、すっと隣に並んできた人影があった。

「先ほどのシェイクスピアの例文の出典、違ってましたよ」

先刻の授業は樹のクラスで、近世と現代の文法比較のためシェイクスピアを読んでいる。

「あのセリフは、『オセロ』でしょ。『マクベス』じゃないです」

「そうだっけ。そりゃ拙かったかな」

樹は俺のそっけない態度に多少ムッとしたようだが、そのまま準備室までついてきてしまう。追い返したいところだが、諾々とお引き取りいただける様子でもなく、内心は渋々と室内に招き入れた。

部屋に一歩入った途端、待ち構えたように樹が口火を切った。

「この間のお話ですが。――あなた、幹に、何かしたんですか？」

「何かって……そりゃいろいろするよ。俺たちはつきあってるんだからね」

ふざけるな、と風船の空気が急速に抜ける時のような声で樹は叫んだ。

「幹もあなたも男じゃないか！」

なお、教室はどれもある程度防音が効いている。しかし、密室での事故を防ぐために、ドアの上部に透明ガラスが嵌めこまれていて外から覗けるようになっている。

あとで貼り紙でもしてふさいでしまわなきゃなと思いながら、のんびりと答えた。

「それが何？　樹、きみがマイノリティに偏見があるとは思わなかったな」

「そ、そうじゃなくて——あ、あなたの相手なら他にいくらでもいるってことです。何で幹なんですか！　幹はあなたの周りに湧いてる尻軽どもと違う。近づくのはやめてくれ！」

今にも泣きそうに眉間を顰めて訴えられて、さすがに少し怯んだ。幹との約束もあるし、今はとっとと切り上げたい。

「……わかったよ、とりあえず善処しよう」

「幹に関わらないでいてくれるんですね」

「まさか。子供ができたらきっちり責任を取るって言ってるんだ」

がたっ、と樹が立ち上がった。

「僕に腹を立ててるなら、僕に嫌がらせすればいいだろ！　幹は関係ない！」

「別にお前に対するあてつけじゃない。それに男同士だからどうだとか……樹は知らないだろうけど、世間じゃよくある話だろ、ここ男子校だし、——幹だって俺が初めてじゃなかった」

大きな瞳がさらに大きく見開かれた。可笑しさがこみ上げてきて、俺はクスクス笑った。

しかもそうとう慣れてたよ。そう言ったらひっくりかえるかな。

こんな子供の何にあれほど振り回されてしまったのか――いや、あの時はこの子がこれほど子供だとは思わなかったのだ。大人すら凌駕する知能と知識と才気に目を眩まされ、見誤ってしまった。

もしもそれと知っていたら、あんなに唐突でなく、怖がらせないように優しく、そう――、真綿で首を絞めるようにじわじわと、俺の罠に嵌めていくのに。

「そうそう、『オセロ』の出典箇所、探して貼っておいてくれる？　お礼に今日の放課後はテニス部に顔出してやるよ」

了解の返事こそしなかったが、樹はしぶしぶ本棚のシェイクスピア全集の分厚い背表紙に手を掛けた。

07 ― 幹 ―

準備室の前で、ちょうど出てきた樹とはちあわせた。こころなしか、樹はぎくりとしたように見えた。

「何で樹がいるんですか」

準備室の扉が閉まると同時、こんにちはより会いたかったより先に、口にしたセリフがこれだ。

面食らったように喬木さんは首を振った。

「情けない話だけど、俺の作った例文の出典が間違ってるって言いに来てくれたんだよ。で、今、シェイクスピアの原書あたってもらってたとこ」

不自然なところは何一つないのに、胸に黒い染みのように何か重いものが広がる。

湯気の立つインスタントコーヒーの入ったマグカップを差しだされても、部屋の入り口で立ちすくんだままの僕の体を、喬木さんの長い腕がすっぽりと包んだ。

「……幹の匂い、久しぶりだなあ」

うん。喬木さんの匂いも、久しぶりだよ。

「意外に逢えないもんだね、同じ学校にいるのに」

うん。目で捜してばっかりだよ。

「幹も、俺に逢いたかった?」

うん。すごく。……すごく。

普段着と違う、スーツとネクタイのさらさらした感触が頬を撫でる。

声も出さずひたすらこくこくうなずく僕の髪を、丁寧に梳く指の感触に、僕は泣きそうになった。

笑みの滲んだ唇がゆっくりと近づいて、僕のそれに触れ合った途端、肉厚の舌が口腔内に潜り込む。

「んっ、んん…っ」

舌も唾液も吐息すらすすり上げるような淫らなキスに代わるのはすぐだった。

鼻から必死で息を逃して、それでも呼吸はままならず苦しくて、なのに腰の奥からじわじわと熱が広がる。頭の中はもっと熱くなって、風呂上がりみたいにめまいがする。

制服のスラックスから引っ張り出したワイシャツの裾から乾いた手が忍び込んだ。それが背中を経て胸や脇腹を大胆に探ってきたとき、ようやく少し我に返った。

「ま、待って、喬木さん、だめ……っ」

今まで何度かここに来た時は、キスやハグから先に進んだことはない。しかも昼休みは残り三十分もないし、午前中の体育は校庭で、汗臭いし埃っぽい。いや時間とか臭いとかより場所、場所が！

ささやかに抗議するために開いた口はまた噛み付くようなキスでふさがれ、仰け反りながら後ずさりすると、後ろに執務机が当たった。

「鍵かけたし大丈夫。ちょっと触るだけだから、ね？」

子供がおねだりするみたいな表情で、チュっと音を立てて唇を吸われながら囁かれても、簡単にうなずけることではなかったが、

「さ、触るだけって、でも——やっ、……ひゃあぁんっ！」

胸の敏感な突起を二つとも強めに捻られれば、とっさにあられもない声をあげてしまう。

何とかいたずらな両手を押し戻そうとしても、布地の下でもう真っ赤に腫れあがっているだろう肉片を、引っ張っては弾いたり、優しく押しつぶすように円を描いたりと好き勝手に弄られてしまえば、性急で強烈な刺激に頭は真っ白で、——なんだかわからないうちに、衣類を剥がれた下半身が全部、外気と彼の視線とに晒されていた。

彼が不敵に笑んで僕の前に跪いた時、どんなにこれを待っていたのか思い知らされた。

そこはキスだけでもうすっかり勃ち上がって、彼の鼻先にぶつかるほどだった。

焦らされることもなく、餓えた獣のように喬木さんはそれに食らいつき、最初から咽喉の奥まで招き入れた。先端の窪みに舌先をねじ込み、咀嚼するように口を動かされれば、それはますます容量を増して彼の内頬を押し上げる。

「あっ……やっ、あぁ、んっ、あぁ、んんっ……」

ほとんど啜り泣きながら、喬木さんのきちんとセットされていた頭上に手を置いて、自分から腰を突き出してはもっととねだってしまうのが止められない。

口淫の間にも、尻たぶの狭間をゆっくりと行き来していた乾いた指が、ぐいっと力を込めて差し入ってきた。せめてそれは阻止したくて後ろに力を籠めたら、タイミングが遅れて、まるでねだるように彼の指ごと引き絞ってしまった。

「い、嫌、もう、……アアッ、あぁっ、ああん……っ」

前だけの刺激では足らないことを彼には知られてしまっている。長い指は何度かゆっくりと隘路（あいろ）を行き来すると、勝手知ったるとばかり、過（あやま）たずあの一番感じる場所をぐうっと押した。

「――やぁぁぁ……っ」

内部を大胆にこね回し、僕を口に含みながら喬木さんがひそやかに笑う。

「もう限界？　いくときはちゃんと言うんだよ。おっきい声でね。大丈夫、ここ、そこそこ防音だから」

僕はこくこくと何度かうなずいた。そこそこ防音って結局どのぐらいだかわかんないけど、場所も時間も、ためらう理由にはもう全くならなかった。大好きなひとに見つめられながら、大好きなひとの指と口とで達することに、どんな禁忌があるっていうんだろう。

「あっ、も、もう、――いく……でる、でちゃ、んッ……ッ！」

舌足らずな、しかもほとんど泣き声みたいに口にしただけでも、喬木さんはちゃんとわかってくれて、頬をすぼめて強く吸い上げ、奥にあるあの場所をぎゅっと押し上げる。閉じた目の裏に火花が見えた。

まるで彼がコントロールするおもちゃのように僕は、彼のひと吸いごと、口の中に恥ずかしい体液を何度も何度も放ってしまった。


嵐のような時間が過ぎても、呼吸はまだ荒く、すっかり乱れたシャツ越しに、大きな手が優しく背中を撫でさすってくれる。だるくて気持ちよくて眠くなってしまう。

昨日島崎と話してから、心の隅に差していたどんよりした翳りも、いつのまにか消えている。

我ながらゲンキンというか、単に欲求不満だったのかなあ。

「……あー、幹、ごめんね。ほんとに少しのつもりだったんだ、けど」

シャツ一枚を隔てた喬木さんの固い胸筋に頬をくっつけたまま、ぼやんと彼を見上げる。

「授業のことは後から俺がなんとかフォローするから」

……授業？

目線で誘導された先、半眼で机の上のデジタル時計を確認。たちまち血の気がさーっと引いた。

「えーーうわ、五時間目！」

じ、十七分も超過⁉

自分でも時間を確認しようと携帯を開いたら、島崎からのメールが着信していた。『エロボケ幹、俺が便利に使われてやるのも今回限りだぞ』と。怒りの絵文字付きで。時間は十分前。

助かった。僕のサボタージュに適当に理由をつけてくれたんだろう。

喬木さんにメールを見せたら、苦い顔をして、「無茶してごめんね、もうしないよ」と約束してくれた。でもって、無茶した割にはやっぱり全然足りてないから、今日は外泊の許可をおうちのひとに取るようにって。

僕は口ごもりつつ承諾した。足りないのは僕も同じ。そういえば今日は金曜日で、明日はお休みだ。

約束の証は、あのひとの部屋の合鍵。いつでも使っていいし、これからずっと使ってくれれば嬉しいと、照れたように言う喬木さんに、僕のほうからお礼のキスをした。

＊　＊　＊　＊　＊

「まあ合鍵はいいんだけど」

うちのクラスの担任はＨＲが長いのが特徴。すでに放課後の喧騒が周りで始まっている頃に、ようやく終礼となった。

本日の日直だった僕は、未だ窓際の自分の席に座ったまま、学級日誌を大急ぎで書いている。いつものように島崎は前の席に後ろ向きに腰かけ、なんだか不機嫌そうに、僕の顔を眺めまわす。五時間目のことは謝りに謝ったのに。

「アレは何よ?」

島崎が顎でしゃくった方向は、窓の向こうのテニスコート。この教室は三階なので見晴らしがいい。

群がるギャラリーはこの間より多く、よく見ると教師までもが何人もまざっている。コート内には樹と、それからジャージ姿の喬木さんがいて、息もつまるようなラリーを続けているところだ。

「喬木さん、テニスすごく上手いんだ。インカレでもいい成績残してるんだよ」

以前に一度、大学のテニスコートに立つ喬木さんを見たことがある。今はもう息抜き程度だよ、なんて言っていたけれども、重く正確なサービスとスマッシュ、自在なバックショット、弾丸のように素早いリターンを見るにつけ、僕も少しかじったことがあるだけに、彼のそれが遊びで到達できるレベルではないことぐらいはわかった。彼が所属する体育会系のテニスサークルでも、一目置かれた存在のようだった。

樹も最近はサボりがちだというけれども、インハイ出場経験を持つ現役選手だ。遠目からでも高レベルのゲームなのが窺えたが、僕はうちに帰ってさっさと着替えてお泊まり道具など用意したかったので、「格好いい喬木さん」を間近で見ることは断念している。

「余裕だねえ。授業サボってエロいことして居眠りこいてりゃそりゃ心広くなるわなー」

借りを作ったことは確かなので、嫌味は甘んじて受けつつ、やっと書き終わった日誌を閉じた時、

「あ？」と島崎がつぶやいた。

彼の目線をたどって、再び窓の外に視線を向けると、テニスコートの一方にひとがわやわや集(たか)っている。

輪の中心はさっきまで試合をしていた樹に決まってるが——、

「樹!?」

慌てて立ち上がると、椅子がガタタッと音をさせて揺らいだ。

左足首あたりに手をそえた樹が、クレイコートにぺったりと尻をついて蹲(うずくま)っている。

「転んだ時挫いたみたいだな。結構ひどそう。——いちお、様子見に行っとく？」

うん、とうなずいた次の瞬間、「……え？」「あらま」と、島崎とハモッた。

樹を軽々と横抱きにして、すっくと立ち上がったのは、喬木さんの長身だった。

見物人の海が、古い映画のワンシーンのように自然に左右に割れる中を、コートの出口へと、そしておそらくは保健室の方向へと足早に進んでいく。

「……お姫様抱っこ、ねえ」

やることがいちいち派手でいらっしゃる、なんてのんびりと島崎は言った。そうだね、と僕は上の空で答えた。島崎のそれが皮肉であることすらわからないほど、心が空っぽだった。

彼らが窓の向こうから退場した後も、僕はやはり外を見ながらぼんやりと突っ立っていた。

＊＊＊＊＊

制服で鞄も持ったまま、学校から直接、喬木さんのうちまで行った。一度家に帰ってからおいでと言われていたから、叱られるかもしれない。でも何だか気が逸ってしまったんだ。

いったん腰を落ち着けたが、荷物を置くとすぐに出て、マンションの前のコンビニエンスストアに行き、着替えのパンツと靴下をかごに入れた。ゴムのウエストも僕には多分ゆるいだろうけど仕方ない。

それから、にんじんとじゃがいもとたまねぎのセットと、豚こま肉のパックもかごに入れた。カレールーも忘れずに。

小学生が作るようなカレーを、カレールーの箱の裏書を何度も見ながら作った。包丁を持ったのは中学の家庭科が最後だったけれども、ルー（と、その箱の裏書）さえあればまず失敗しない。それでもって料理を作ったぞという達成感も味わえる。

煮込む間に英語の課題を解いて、ふと時間を見たらもう八時だった。

目の前に置いた携帯には、着信も、メールもない。いつもはとてもマメなひとなのに。

こちらから電話をかけたら、電子アナウンスが流れただけだった。

田舎育ちの僕は、待ち時間の経過に無頓着なところがある。順番待ちとか電車待ちとか、遅刻魔の島崎待ちとか、待たされることをあまり苦痛には感じない。

しかし、この時間まで連絡のひとつもないことは、さすがに僕の心配を煽った。

電源入れ忘れてるだけ？　事故とかじゃない？

（……もしかして、誰かと、一緒にいる？）

頭の中に昼間のワンシーンがよぎり、慌てて消し去った。

主のいない部屋では、だんだんと場違いな気がしてきてしまう。手紙を置いて帰ってしまおうかとも。

もらった合鍵を握りしめることで、ここに居続けるための勇気を奮い立たせ、――九時近くになって、ガチャリという開錠音を耳に拾った。

慌てて廊下に出ると、ちょうど入ってきた喬木さんの後ろで、ドアが閉まった。

「待たせてごめんね、幹。携帯、充電切れてて、公衆電話探そうにも渋滞で降りられないし」

早口での事情説明より、乱れた髪と紅潮した頬と、片方だけ脱いだ靴が、僕からさっきまでの心細さを一掃させた。

「……おかえりなさい、一矢さん」

用意していた言葉をようやく口にできただけなのに、どうしてか喬木さんは一瞬面食らったような顔をした。けれどすぐににっこりと笑うと、大きく二歩で目の前に来て、「ただいま」と僕の頭をくしゃりと撫でた。

「夕食まだだよね？　お詫びに何でもご馳走するから、好きなもの言って」

僕は努めて怖い顔を作って、喬木さんを見上げ、むぎゅっと彼の高い鼻をつまんだ。

「お詫びはいいから、鍋にいっぱいのカレー、全部食べて」

「ええっ、幹が作ってくれたの？　あ、そういえばこの匂い」

喬木さんはキッチンに目を留め、大げさな仕草で鼻をクンクン、とさせた。

「一番辛いやつだから」

「幹が作ってくれたのなら、底までなめさせていただきます」

彼は、叱られた生徒みたいにびしっと「気をつけ」までして請け合った。


照明をぎりぎりまで落とした室内。

全裸でベットに沈む喬木さんの逞しい腰をまたいで、僕は自ら腰をゆすっていた。

互いの呼吸音よりも、たっぷりとした水音が鼓膜を打つ。自らは濡れない場所をたっぷりと濡らした精液を、彼の雄が混ぜっ返す卑猥な音。素面（しらふ）ならあまりに恥知らずなそれに耳を覆ったろう。

今日はそのままでしたい、そのままの喬木さんが欲しいってねだったのは僕。時間があって、ゆっくりできるのなら、いつもできないことをしたいって。

たっぷり二秒は押し黙ったあと、喬木さんは何故か怖い顔をして、無言で僕の手を引いて浴室に連れていき、彼の手で僕の中をうんと奥まで洗い、そのまま繋がった。どういうわけか、僕たち二人ともひどく焦ったみたいに、浴室の壁を支えに、立ったまま。

ゴムの皮膜を隔てずに受け入れたそれは、恐ろしく熱く、そして凶暴なほどに硬かったが、昼間の余韻かそこは普段よりも早く蕩け、粘膜の壁に囲まれた隘路をスムーズに通過すると、さらに奥を穿っていく。

互いに一度目の放埓は下りのジェットコースターのように呆気なかった。

「……んっ、かずや、さん、ねえ、もっと……。もっと、奥、来て…っ…」

今は、ベッドに移っての二度目。疲れたとも眠いとも思わなかったし、体の奥のむずがゆさは一向に消えなくて、彼の漲ったもので、もっと強くあの場所を擦ってもらいたくて、自分から彼の腰をまたいで受け入れた。

そこはもう緩まってぐじゅぐじゅだったから、まだ完全な大きさに戻っていなかったものでも、少し手を添えるだけで、易々と奥へと飲み込んでいった。

今も抜身のままの彼を放すまいと咀嚼するように中を絞れば、それがむくむくと育って大きさと硬さを増すのをリアルに感じ取る。

「もっとって、幹、そんなに締めたら、動けないよ。ほら、自分で、緩めて抜いてごらん」

喬木さんの声もかすれ気味で、いつも以上にひどくセクシーだ。もしも耳孔に直接吹き込まれていたら、それだけで達してしまったかもしれない。

「んっ、する。っ…あ、――うんっ、あっ――ンッ……」

言われるまま、彼の硬い腹筋に手を突き、彼のものの先端がそこから抜ける手前ぎりぎりまで腰を持ち上げて、またゆっくりと腰を落とす。中から滴った白いものが、彼の下生えを濡らし、その上に尻たぶをつけて座ったあとも、腰を捩らせてもっと奥へとねじ込んだ。

「気持ちいい？　きみが動くたび、ここがゆらゆらしてる」

ここ、と僕の中途半端に勃ち上がったそれを片手で軽く握る。僕の動きをさまたげないぐらいに緩く。まどろっこしくて、その上に自分の手を重ねて大きく腰を揺すってねだる。

「んっ――いい、気持ちいい、いい、から、……お願い、もっと…っ」

「だめだよ。こっちでまたイっちゃうとあとがつらいよ。がまんして」

負担が大きいのは僕のほうだからって、ゆるゆるとしか与えられない愛撫に、むずかる子供みたいにイヤイヤと抗った。

「ヤだ…っ、もっとして。ねえ、そこも、うしろも、もっと、もっといっぱい……っ」

仕方ないな、と呆れたように言って、喬木さんが僕の先端のぬかるみを親指で抉るようにした。ぞんざいな愛撫にも、めまいがするほどの快感が脳天まで突き抜ける。

もう片腕は、僕の硬くしこった乳首に伸ばされ、痛いぐらいに捻る。しかも同時に、下から腰を突き上げ、内部で膨張しきった肉棒のくびれた先端で、奥の一点をグリッと抉る。

「ッ――ぅん……っン……ッ!」

容赦のない三点攻めは、ほとんど痛みのような鋭い快感となり僕から呼吸を奪った。

体が他人のもののようにびくんびくんと痙攣し、喬木さんの手の中にいやらしい体液を断続的に吐き出す。僕は彼の腕につかまって爪を立てることで、自分の体の中を駆け巡る激しいエクスタシーに意識が飛ばされないようにするのが精いっぱいだった。だってまだ終わりたくない。まだ、もっと彼が欲しい。

そう思うのに、喬木さんの手が、あそこからも胸からも離れてしまった。もっと無茶苦茶に弄ってほしいのに。

「……や、もっと——やめちゃ、嫌——っ……ッ」

腰をくねらせてせがんだけれども、喬木さんは困ったような顔をして、片手をベッドについて上半身を起き上がらせ、なだめるように僕の頬を撫でた。知らぬうちに流れていた涙を拭いとるように。

「……どうしたの、幹」

その優しい感触に、快感で朦朧としていた意識が一瞬正気に戻った。「——え？」

「なんだか、幹じゃないひとを抱いてるみたいだ」

僕じゃないひと。喬木さんは単なる喩えで口にしたのだろう。でも僕は、そのささいな言葉にひやりとする。

彼との最初の行為の時に僕は、同性との経験があることを伝えていた。

彼は詮索することも咎めることもなかったけれども、まるで言い訳のように、「好きなひととするのも好きになってくれたひととするのも初めてだ」と言い募る僕に、言葉じゃなくて情熱的なキスで、僕の惨めな告白を受け入れてくれた。

それからも、行き過ぎた慣れは見せたくなかったし（さすがに人数だの回数だのまで暴露する勇気はなかった）、今までは大好きなひととする緊張感もあってどこかでリミッターが掛かっていたけど、どういうわけか今日はそれが利かない。——わかってる。それを壊すのはいつもあいつだ。

僕と同じ顔の、同じ遺伝子の——。

動揺した面を見られないように、彼の首にかじりついた。

「喬木さんは、こういうのあんまり好きじゃない？」

今も、まだるっこしい言葉での回答より先に、深い口づけが与えられた。舌が歯列を割って粘膜をぐるりと一周し、音を立てて唐突に離された。

「まさか。とても可愛いよ。可愛い上に淫らで情熱的で、理想の恋人だ。……でも、ひとつだけ気に入らないな」

「——え？」

「名前。また戻っちゃってる」

あ、と口を開けた僕の額に、彼の額がこんとぶつかる。「ちゃんと俺の名前、呼んで？」

「……一矢、さん」

「んー、さんもないほうがいいけど、今日は許してあげる。——愛してるよ、……俺の、幹」

もっと乱れたとこ見せて、と囁きの語尾は再び深く唇が合わさった時に飲み込まれ、そのまま喬木さんがズンッと腰を突き上げる。僕はまた快感の渦に放り込まれた。


カレーを頬張りながら、喬木さんは昼間のできごとを隠すことなく僕に伝えた。

病院と家に樹を送って行って、「僕の」両親に挨拶をしてきたのだと。

樹の中学の時の家庭教師をしていたことも聞いた。樹が言ったように、僕たちは苗字も違うし、三年分成長してるし、全然ぴんとこなかったんだって。今も、確かに並んでれば似てると思うけど、幹は幹にしか見えないからなあって。

それから、ちょっとした口内炎とかで、口の中にカレーのスパイスが滲みるたび痛そうな顔をしながらも、お代わりを三度もして僕の力作を食べてくれた。

きっと何もかもが杞憂なのだと思う。

杞憂というのは、古代中国の杞っていう国のひとが、空が落ちてくると思って終日憂えて過ごしたという故事成語。もちろん空は落ちてこないし、喬木さんは嘘なんてつかない。

だいたい、もし彼が本当は嘘つきで、たまたま僕が何かのほころびを見つけてしまったとして、僕がどうするかなんて決まってる。——僕はただすごく困るだけだ。ほつれた部分をもっと破いて、さあここが不良箇所ですって意気揚々と披露する勇気なんて、僕にはひとかけらだってないんだから。

けれど、もしも。もしも全部が嘘だとしたら。

——空は落ちて世界は終わってくれるだろうか？

08 ―一矢―

「——うわっ！」

樹が足首を押さえて蹲る。

先刻のレシーブで姿勢を崩した後の逆サイドを狙ったスマッシュに、驚異的な反射神経が仇となったのだろう、ステップを踏み違えて、転倒した。

ギャラリーが水を打ったように静まり返り、ついで騒然となった、
いち早くネットを飛び越えて駆け寄り、地面にぺったりと脚をつけた樹の、ふくらはぎと、足首と、靴を脱がせて踝（くるぶし）から足の甲のラインを押すと、そのあたりでひっと悲鳴を上げた。とっさに掴んだ俺の腕をぎゅうぎゅうと締め上げる。捻挫か。骨に異常があると厄介だ。

丸まった背中と膝裏に腕を差し入れ、ひょいと抱き上げた。幹ほどではないが、とにかくこの双子は軽い。

樹も、痛くてそれどころじゃないせいか、大人しく身を預け、しかも自分から俺の首につかまった。役得だと思わなくもなかったが、痛みを堪えようとして俺の首の後ろに爪をたてるのには参った。

保健室よりもと、そのまま車で病院に連れていった。

骨に異常がないこと、二、三日で腫れが引けば普通に歩けるだろうことを医師から説明を受けると、俺たちはほっと胸をなでおろした。

「大事無くてよかったよ。このままお前ん家まで送るから」

「――すみません。お願いします」

助手席に脚を投げ出して座りつつ、樹はぺこりと首を折った。

「うわ、素直だね」

気味悪ぃ、とは口に出さなかったけれど、心の声が聞こえたらしい樹にじろっと睨まれた。

渋滞の始まった道路は、黄昏にテールランプが連なって滲んでいる。秋も深まり日が落ちるのがだんだん早くなってきた。車の進みはますます遅く、沈黙に居心地悪さを感じたのはお互い様のようで、どちらからともなく、互いの近況や、当たり障りのない昔話などを交わし始めたが、それも何となく途切れてしまう。

なあ樹、とふと声のトーンを落として言った。

「まだ、俺に怒ってるか」

運転席を振り返った樹もまた真顔で、俺の横顔を探るように見つめている。しばらくして、「昼間のことは、怒ってます」と一節ずつ区切るように言った。

「でも、三年前のことは……。あの時は凄く怒ってたけど、何であんなに怒ったのかな。……自分でもわからないや。僕が子供過ぎたのはわかります。あなたを傷つけたことも。だから、謝るのは多分僕のほうなのかも」

「……俺が、今も好きだ、って言ったら、――どうする？」

「どうする、って……、先生、幹と付き合ってるんでしょ」

仮定が間違ってる例題なんて解きようがないですよと、学内一の秀才は呆れたように言った。

「――じゃあ、どうして俺が幹と付き合ってると思う？」

重ねて問えば、しつこいなとでも言いたげに樹は眉をひそめて俺を見上げたが、すぐにぷいっと顔を背け、反対側を向いてしまった。

俺もまた黙りこくり、しばらく静かに車を走らせると、そろそろ見覚えたあたりに差し掛かってきた。もうあと五分もかからずに加賀谷家の玄関が見えてくるはずだ。

しかしその少し手前、街灯が灯るものの、人通りのひどく少ない路地を見つけ、ウインカーを出すこともせず素早く左に折れた。さらにもう一度曲がると、かつての記憶どおりに、ほんの五台ほどのコインパーキングがあった。

住宅地の真ん中で利用客も少なく、中ほどに頭から突っ込んで車を停める。

「先生、ここどこ？」

家の近くでも知らない場所だったらしく、窓の外を見渡して戸惑う樹に、「話をしたい」と短く言った。

「話？」

「俺が好きなのは、樹、お前だ。三年前も、今も」

ハンドルに組んだ両手を置いて、その手にもたれるようにして助手席を振り返る。黄昏も届かない車中に、街灯の照らす白く小さな面は、険しく強張って浮かんでいた。

「……冗談でも性質（たち）悪すぎですよ。何より幹に失礼だ」

子供を叱る時のようなわざとらしい顰（しか）め面を作って俺をねめつけた樹は、そうすれば俺が、年長者の分別をもってその「性質の悪い冗談」とやらを引っ込めると思ったからだろう。

だが、俺に大人の分別なんてものがあれば、少なくとも今日の昼間、幹が五時間目をサボることはなかった。

「なあ、知ってた？　俺、結構一途なんだぜ。お前が好きだって気づいてから振られるまで、修道士みたいな禁欲生活を送っちまった。おかげでその後の反動がひどかったな。日替わりどころか時間替わりで相手替えてた。お前でないなら誰でも同じだと思って、とりあえず手当たり次第に寝てみては、やっぱり違うと思い知らされて、その場で捨てた。そんなんばっかだった」

通りすぎた車のヘッドライトがほんの一瞬車内を照らす。声に出して自嘲する俺の真意を見透かすように、樹の双眸が反射できらめいた。

「結局、お前じゃないなら誰でもいいってほど自棄にも軽薄にもなりきれなかった。でも、お前じゃないなら誰もいらないとつっぱねられるほど清廉でも潔くもなかった。だったら、お前の顔と体だけでも手に入れたいと考えることは愚かなことか？」

樹は答えなかった。代わりに、か細く、そして震える声で俺に尋ねた。

「そんな、……そんなばかげた話、幹は、——幹はもちろん知らないんですよね？」

彼にとっては、自分が振った男より、自分に冷たい双子の兄のほうが気がかりらしい。さあね、と俺は無責任に答えた。

「全く無邪気に俺を信じているのか、気づいてても訊けないだけなのか。あいつの口から俺への不満なんて出たことはないからな。ただ、俺を好きだ好きだと繰り返すよ、利口な鸚鵡みたいにね」

突如、樹の右の拳が渾身の力でもって俺の頬に飛んできた。寸前で見切り、避けた途端にシートを叩いたそれを、反対に手首を掴んで捻りあげようとすると、素早く樹のほうから振り払った。

樹は憤怒の形相を俺につきつけたまま、肩で息をしていたが、やがてふいっと目を逸らし、細長い吐息をついて言った。

「今年の夏の初めに、幹を育てた新潟の祖母から、無茶苦茶な提案があった話は幹に聞いていますか」

「……ああ」

「呆れた話です。僕たちの『交換』ですよ。祖母が帰った後、僕は怒りのあまり部屋の壁に穴をあけ、母は大泣きして会社にいる父に電話をかけ、父は慌てて帰ってきて幹に頭を下げた。きみを護れなくて本当に済まないと。幹は、——誰よりも幹が、泣くか怒るかするべきなのに、顔色を紙みたいに白くして、でも少し笑って、『仕方ないよ』って言いました」

その時のやるせなさを思い出したのか、樹は重苦しいため息をついた。

「それからも、幹は普段と変わらないように見えました。もともと口数は少ないし、食も細かったし、予備校通いで留守がちだったし。でも僕だけは、幹がゆっくり壊れていこうとしてるのに気付いた。不意に目が合うんです。盗み見というよりは、視線を逸らす直前みたいに、時折。何故お前がそこにいる、お願い、消えてくれ、って、そんな目で」

樹はまた何度目かのため息を吐いてから、俺を振り返った。

「でも、……そう、八月の半ば頃からかな、いつも明け方近くまで点いていた幹の部屋の灯りが、早めに消えるようになりました。目の下のクマが消え、日常の挨拶が戻り、母の作ったお弁当をまた持って行くようになりました。去年の春早々に断って以来です。『ありがとう、ごちそうさま』って言われたと、母がまた泣いてました。……いい年して少女みたいによく泣くんですよ」

と、母親のことを、まるで自分こそが保護者のように言い、

「やっとわかりました。あなたが幹を変えたんですね。僕たちが、血のつながった家族ができなかったことを、あなたがしてくれた。僕たちはあなたに感謝するべきだとも思います。――――でも、あえて言います」

拳にした両手を膝に、背筋はぴんと伸ばした若侍のような姿勢に改め、樹は頭を下げた。

「どうか、このとおり、お願いします。今すぐ、幹と、別れてください」

心外だと大仰に顔に書いて樹を流し見た。

「何故？　お前は幹が幸福ならそれで構わないんだろう？」

「どんなに危険なことをしているか、あなたちっともわかっていないんだ……！」

樹は必死の形相で俺の二の腕に縋り付いた。

「幹がこのままあなたにのめりこんで、それでもしあなたの裏切りを知ったら、――幹は壊れる。今度こそ、木っ端微塵に。今ならきっとまだ間に合う。だからこのとおり、お願いします、幹から離れてください、――どうか幹を、幹を壊さないで……っ」

「やめろ！」

ハンドルに拳をぶつけ声を荒らげた俺に、樹がびくんと竦んで手を引いた。口説きたい相手を怖がらせてどうするとは思うが、今更大人ぶって皮肉で返せるほど俺にも余裕はなかった。

「いい加減にしろ。俺は確かに自分勝手だよ。だがお前はそれ以上だ。自分は安全な場所に置いたまま、あれが欲しいと断崖の花を指さす子供と同じだ。……いいか、俺は幹を手放さない。お前のことも諦めない。――いや、順番が逆だ。お前のことを諦めないから、幹を手放さない、絶対に」

困惑の表情をありありと見せる樹の二の腕を、今度は俺が左手で鷲掴みしてぐいっと引き寄せる。

「どうしてもと言うなら、樹、お前が今すぐ服を脱いで足を開くんだな。幹に代われるのは、樹、――お前だけだ」

唖然とした形の唇を、噛み付くように俺のそれでふさぎ――、

「――痛ッ」

無理やり捻じ込んだ舌先に鋭い痛みが走り、弾かれたように離れた。

同じように口元を拭いながら樹は、三年前とは似ても似つかない傲慢ともいえる無表情で言った。

「あの時は泣き寝入りするしかなかったけど、僕だって三年前のままじゃない。どんなことをしても、僕は幹を護る。――あなたのことは絶対に許さない。僕を裏切ったことも、幹を傷つけることも」

上等だ、と薄く笑う。なんて情熱的な宣戦布告だろう。――この子供は、彼自身もまた俺を忘れられず、これからも忘れないと告白したことに気づいていない。

樹の不可解そうな視線の中、俺は低く笑い続けた。

俺の部屋で一人ぽつりと待っている幹のことを、心の片隅に追いやったまま。

＊　＊　＊　＊　＊

『おはようございます。今日の三時間目が、中間テスト前なので自習になりました。喬木さんの予

定はいかがですか』

相変わらず、他人行儀かつシンプルなメールだ。

しばらく二人でゆっくり会うことができていないんだから、たまには盛ってくれてもいいのにな。

——と思いつつも、いかにも幹のメールだと思えば、つい口の端が緩んでしまう。

ここ二週間ほど、俺がとにかくひたすら、ばかみたいに忙しかった。

この時期は、秋の学会ラッシュで、俺はもともと師事する教授の秘書業のようなこともしていたから、時間が空けば大学に戻って教授の御用聞きに伺い、土日は夜中まで大学に詰めて、発表の準備の傍ら雑務を捌いて、——という繰り返しだった。

しかも、昨日までの三連休のうちの土日は、うちの大学のホスト開催の学会があった。参加者の人数も多く、その国籍の内訳は二十か国にわたる大規模なものだったのだが、例によって、実務の苦手な学者連の中にあって事務局の調整役をせざるをえなかった。

その上、三連休の最終日、つまり昨日のことだが、何とか死守した久々の休みだったのに、俺は早朝から、幹の携帯にドタキャンの電話を入れてしまった。テスト前だから俺んとこで勉強するといいよ、なんて俺から誘って幹を喜ばせておきながら、だ。

手元のシンプルなメールは、どう深読みしても俺の勝手を詰る言葉はない。昨日の電話でも、「大変だね、体に気を付けてね」と俺を気遣うばかりだった。

聞き分けのいい恋人は、人一倍寂しがりのくせに、己の寂しさを言葉にすることが滅多にない。冗談に紛らせてでも「寂しい」と言える程度には、わがままになってほしいとは思うが、彼の遠慮がちで頑なな性格は一朝一夕には変えられないだろう。

――早く一緒に暮らせるようになるといい。そしたら、幹にはもう寂しい思いはさせない。約束なんかいちいちしなくたって、うちに帰りさえすれば互いに会えるのだし、どんなに多忙でも寝る時は一緒だし、――そうだ、食の細い幹の口に、親鳥が餌を運ぶごとく食べさせてやることもできる。

『卒業したら、一緒に暮らそう』

まだ返事ももらっていないプロポーズのその先の未来に、俺はうっとりと思いをはせる。

それを現実逃避というのだということは、百も承知だ――。


オリジナリティはないが定番の言葉を幹へと伝えたのは、だからもう二週間も前のことになるのか。

幹が最後に泊まって行った日の朝だから、……樹が怪我をした次の日だ。

その前日の、猫だか台風だかの目のように目まぐるしく心情を変えざるをえなかったことが嘘のように、穏やかな朝だった。

洗濯機の静かなモーター音がBGMの、秋晴れの軽やかな陽光が差し込むダイニング。

「俺は、きみを不安にさせているの?」

ほとんど昼食の時間になってしまった朝食の時、不意打ちで尋ねた。

持ち上げたフォークの先にミニトマトを突き刺したまま、幹は皿の料理から正面にいる俺へとのろのろと視線を移し、質問の意味を探るように、二度ほど丁寧な瞬きをした。

「心配しないでいい、ずっと傍にいるから」

全開にした掃き出し窓からの少し冷たい秋の風が、時間を止めたように固まっている幹の、ふんわりと寝癖のついた髪を撫でて通り過ぎていく。相変わらず髪の手入れは苦手なようだ。

「きみが卒業したら、一緒に暮らそう」

細い指先から離れたフォークは、先端に刺さった赤い粒ごと、賑やかな音をさせて皿に落ちた。

——もちろん俺は、本心からそう言ったのだ。

幹の疑いを躱すための、口先だけの約束でもなければ、昨晩不安な中で俺を待っていた幹に、ご褒美のごとく喜ばせたかったというのでもない。

あの夜、警戒心が甘くなっていたはずの樹にさえ、もう何度目かに完全に拒絶された俺は、誰彼構わず怒鳴りつけ殴り殺したい気持ちを抑えながら、どうにか事故も無く、自宅の玄関前までたどり着いた。

中では、従順な恋人が、心細さを抱えながら、この家の主の帰りを待っているはずだ。

だが、この荒み切った勢いのまま、その原因と同じ顔を見てしまったら、八つ当たりどころか、玄関先でレイプすらしかねない。両腕を床に張り付けて、下肢をひんむいて、小さな尻の間に抜身のままの俺をねじ込んで——。

大きく身震いし、呼吸と表情とを整えてから、いかにも急いでいるかのように、ドアを開けた。

「……おかえりなさい、一矢さん」

幹はただ、「おかえりなさい」と言った。

最初は気の抜けた顔になって、次に泣くのと笑うのの真ん中のような表情になって、責めるでも拗ねるでも泣くでもなく、ただ、おかえりなさい、と。

その時俺は、その場にへなへなと座り込んでしまいそうだった。

——ああ、この子には俺だけなんだな、と。

欠けていた何かがすとんと俺の中に収まった瞬間だった。

何度かためらった後に、意を決し、やっと返信ボタンを押す。

『昨日はドタキャンしてごめんね。その時間なら俺もちょうど空いてるよ。自習課題を持っておいで』

ためらいは会いたくないからじゃない。もちろん、テスト前というのでもない。……つまり、単なる自業自得だ。

むしろ今会わなければ死んでしまうというぐらい、会いたかった。

幹に、——愛するひとに、心の底から、会いたかった。

＊　＊　＊　＊　＊

結局はうんと待ち遠しかった三時間目。ノックとほぼ同時に、俺の返事も待たず扉が開いた。

不審がる間もなくずかずかと入って来た男を見て、たちまち幹用に浮かべた極上の微笑みを引っ込めた。この軽薄男に披露するには一秒すら惜しいし、無駄だ。

「質問なら他の先生にしてくれる。俺、Aクラス専任だから、きみの授業は持ってないでしょ」

俺の皮肉を島崎は、耳の穴に人差し指をねじ込みながら、面倒くさそうに聞き流した。

「あーはいはい、俺だって貴重な睡眠時間に、こんな校内の辺境まではるばる来たくねえのよ、しかも大嫌いなあんたに会いになんてさ」

いけ好かないのは俺も同じだが、直接この男と口を利くのは初めてだ。値踏みするような視線を、幹の後ろから寄越されたことは何度もあるものの。

「仕方ないなあ、手短にね」

肩を退けた途端、ずかずかと入ってきた島崎は、部屋の真ん中あたりで振り返り、腕を組んだ。

にやけ面からにやけを消すと、たかだか十七のガキのくせに妙な迫力がある。目線すら俺とほぼ同じだ。この先を思えば抜かれるのだろうと思うと余計に苛立たしい。

「――あんた一昨日の日曜の夜、加賀谷と銀座のホテルにいたろ?」

それが何か、と俺は薄い笑いを消すことなく平然と答えた。

「この土日は、樹に学会の手伝いを頼んでたからね、慰労会がそこのレストランだったんだ」

幹の知らないことだが、経緯としちゃ、やましいことなど何もない。

捻挫した日から週明けて早々に、樹が母親から持たされた菓子折を手に、挨拶にやってきた。

「先日は、ご面倒をおかけしました。このとおり、おおむね痛みは引いたので」

ファーストキスに続いてセカンドキスまで力ずくで奪った男の顔など、当分見たくもないと避けられても仕方がないと覚悟していたのに、この双子に共通する礼儀正しさがそれを許さなかったらしい。

俺にはその律儀さに付け入りたい事情があったのでちょうどよかった。

「樹、英語と同じぐらいフランス語使えたろ？　スペイン語は？」

「……はい、まあ、どれも日常会話ぐらいなら」

「来週末、うちの大学で開催される学会の受付頼みたいんだ。できれば土日の二日間とも」

「来週の土日？　ああ、三連休ですか。けど中間テストの直前で……まあいいや。わかりました。借りはきっちり返します。でも高校生なんかにそんな大事な任務、頼んでいいの？」

樹が首を傾げたが、今日日の大学生に、たとえ専攻でも、日常会話に苦労しない程度の実践語学力を持っている人間はそう多くない。まして堪能と呼べるレベルで話せる者はほんの一握りである。

その一握りに入る少年は少し考えて、幹に内緒にしてくれるなら、と言った。樹が母国語と英語以外の言葉も話せることを幹は知らないし、つまらない劣等感を抱かれたくはないからと。

俺にとっても、内緒のほうが都合が良かった。説明するのも、なだめるのも、勘ぐられるのも面倒だ。

島崎が言うのは、学会後、何人かの外国人客と関係者との懇親会と慰労会を兼ねたホテルでの食事会のことだろうが、どこから見ていたとしてもおかしなことなど何一つない。何故こいつに喧嘩を売られねばならない？

「――とぼけるな」

島崎はゆらりと、組んでいた腕をほどき、心の裡はともかく口角は挑発するように吊り上げたままの俺を、真正面から睨みつけた。

どんなにでかくても所詮は高校生のガキの威迫に押されるほど、俺はヤワな性質ではない。が、その時俺が抱えていたものは、杯の中の表面張力ギリギリの水面みたいなものだったから、我知らずギクリと体を揺らがせてしまう。

「『プティ・タミ（俺の恋人）』、あんた樹をそう言って紹介してたよな？　やけにニヤけた面でさ」

（――ああ）

そっちか、と、こっそり安堵のため息を鼻から逃がす。

「……事情があってね」

時間にして五分もないあのひと幕だ。

そのレストランの予約時間までにはまだ間があったので、ホテルのロビーで談笑していた時、フランス人教授の連れの、比較的若い男が、突然樹の手を取って「シャルマン！（魅力的）」を連発しはじめた。

樹はさりげなくかわしつつ、この場で一番の権力者の篠原教授のもとに避難したのだが、教授は旧交を温めるのに忙しいのと、彼らはすでに待ち時間の間に土産のワインをボトル一本空けている酔っぱらいで、全く頼りにならない。

俺はこの日は裏方に徹するつもりであまり周りと交流するつもりはなかったが、とうとう横から牽制するように樹の肩を抱いて言った。

『彼は私のプティ・タミです。彼がキャトリエム（中学生）の頃からの付き合いですし、私の前だと、どんな好意にも、彼には答えにくいと思いますよ』

初めに反応したのはなぜか酔っぱらっていたはずの篠原教授で、ぎょぎょっと擬音が聞こえそうな顔で振り返った。男は不満げな顔で何か言い返そうとしたが、肝心の樹がこくこくとうなずいたものだから、彼は渋々引き下がった。フランス人教授のほうはさすがにお国柄なのか、満面の笑みで、「フェリシタシオン！（おめでとう）」などと祝福してくれたりした。

しかし、あの場では全員が、フランス語を使っての会話だったはずだが——。

ツチノコを見るような怪訝な顔つきの俺に、島崎は面倒くさそうに説明した。

「あー、俺のばーちゃんは生粋のフランス人でね。英語は頑として話さないんだ」

なるほど、それで幹と追試仲間ね。目まぐるしかった学会事務、あともう一人フランス語に堪能な者がいればと、ないものねだりをしたことまで思い出す。ったく、いろいろと忌々しい。

「俺はあんたらの事情とやらには興味がない。俺の見て聞いたものが極めて不愉快で、あんたが不注意すぎるって言いたかっただけ」

「幹に言いたかったら言えばいい。幹は落ち込むだろうけど、俺が責任もって慰めるしね」

「分かってねえな、あんた。あんたの態度って、あのクソ鈍い幹ですら感づくぐらい、そうとう怪しいのよ？　後付けで事情とやらをご披露されたところで、言い訳にしかならねえよ。——いいか、

ちゃんと自覚しとけ、自分がどんなに面倒なもんに手出してるか。言っとくけど、あいつ壊したら、

――あんた殺すから俺」

幸い俺まだピチピチの未成年だしね、と島崎はにこりともせず言った。

二週間前、樹が俺に言ったようなことを、また違う男の口から聞くとは。

あの孤独で寂しがりの魂を護ろうとする手がいくつもあるのに、一番選んではいけない手を唯一と信じて選んでしまったのは、幹には気の毒にと同情すべきか、あるいは愚かなことだと嘲るべきか。

「――きみが幹のことをとても心配してくれているのは分かった、有難う」

でもそれは、もう俺の役目だから。この上なくにこやかに俺は言って、さっさと退室、――そして退場しろとばかり、扉を指で示した。

島崎は忌々し気に派手な舌打ちをしたが、グズグズ居座る気はないらしい。大きなストライドで出口に向かい、その手前でクルリと振り向いた。

「――あそうだ。幹と何やらメールしてたっしょ？　あいつこの時間は来れないよ。俺の引いた資料室の引っ越し係、あいつに肩代わりさせたからさ」

こないだのアリバイ作りの貸し返してもらってるとこさー、と島崎は悪びれない。

それは俺にも原因があるわけで、言い返せない俺の苦虫を噛み潰したような顔を拝んで満足したのか、やつは来た時と同じように挨拶もなくさっさと出て行った。

俺は大きく息を吸いこみ、そして限界まで吐き出した。七つも年下のクソガキに完全に場をもっ

てかれた苛立ちを腹にしまうために。

09 ー幹ー

「ひっ、どい。ひどいよ、島崎。お前、途中から交代するって言ったじゃないか」

僕は今、両手に巨大な世界地図を何本かと、首から、顔ぐらいの大きさの羅針盤を前側に、唐笠を背中側に下げて、長い廊下をもたもたと歩いている。隣では島崎が、首から蓑をかぶり、千歯こきと鍬とを両手に抱えてヨタヨタと歩いている。いずれも中等部の備品シールが貼ってある。

資料室の引っ越し作業は、まるまる一時間に亘った。

テスト期間前は、範囲まで授業が進んでいる場合は、自習になる場合が多い。

朝、日本史のクラスが自習になると聞いて、僕は久々に喬木さんとのデートの約束を取り付けた。でもって、クラスから三人だけが選ばれる社会科資料室の引っ越し係に、意外にじゃんけんの弱い島崎が、めでたく当選した。

ところが、二時間目が終わった途端、島崎が、「やばい腹が痛いトイレ籠る。俺が戻るまで代わって」と言うが早いか、ささっと教室を出て行ってしまった。

よほど切羽詰まってたんだろう。この間のサボタージュは島崎の機転に助けられたし、特に文句もなく肩代わりしたのだが、何度、新旧の資料室を往復しても、島崎が戻ってくる様子はない。

——結局、一時間ずっと僕が係をするはめになったばかりか、作業は終わらず、こうして放課後も続きをしているところだ。ていうかどうして続きまでも僕が手伝ってんのか。じゃんけんは一番最初に勝ち抜けしたのに。

「いつまでもネチネチとしつこいな幹。今ちゃんとやってんだからいいじゃねえか。……っていうか、何で居残りクジ何でお前当たってるの？」

それはもう返す言葉もない。三人のうち一人だけの居残り枠を、クジで引き当てたのは僕なので。新校舎に他にひと気はない。なんせ明日から中間テスト、おなじみのブラスバンド部の練習音も聞こえない。この建物内に喬木さんの英語科準備室もあるのだが、あっちは階が二つほど下だ。それに、

「……喬木さんも、今日はもう大学のほうに行っちゃっただろうな」

つい愚痴とも独り言ともつかぬつぶやきを漏らすと、島崎が面白くもなさそうに笑う。

「昨日もデートだって張り切ってたくせに、そう毎日見てると飽きるぞ」

「飽きないしデートじゃないし、そもそも昨日会えてないし」

新資料室のドアを足でずるずる引き開け、隙間から体を滑り入れ、やっと持っているもの全部を手放すことができた。

午前中にみんなで運んだものが足の踏み場がなく散らかっている。少しは整頓しないと、開けたままの窓辺にも近寄れない。

通路だけは確保しようと床の書籍類を隅に積み上げたりしていると、「昨日会えてないって？」と島崎もまた荷物を下ろしながら聞き返してきた。珍しい。喬木さんのこと言うと機嫌悪くなるく

せに。

「だって喬木さん、急に大学の用事が入っちゃったんだ。久々のデートだったのに、――……あっ、だから、デートじゃなくて、喬木さんちでテスト範囲の勉強することになってたんだけど。ほら、喬木さん、外国語だけじゃなくて数学でも物理でも日本史でも、苦手が何にもないひとで」

会えるならデートじゃなくて勉強で全然いいし、すごく楽しみにしてて、休みの日なのにうんと早起きしたのに、着替えてる途中でキャンセルの電話が入った。

事情を聴けばやむを得ないことで、仕方ないねって言いかけて、ふと思いついた。

「喬木さん、今、うちから電話してくれてるの？」

「……もちろん、そうだよ。あ、もしかして浮気疑ってる？」

的外れな心配に、僕は笑いながら、

「違うよー。あのね、顔見るだけでいいから、ちょっとだけでもお邪魔していいかなって。少しだけですぐ帰るし、……そうだ。朝ごはん買って行くから、一緒に食べようよ」

鬱陶しいとかわがままとか思われないだろうかと内心びくびくしてたけれども、なるべく無邪気っぽく口にしてみた。

しばらくの沈黙の後、ごめん、とひどく暗い声で応えがあった。

「今からもう出るんだ、ちょっと急いでて」

迷惑そうというのでは決してなかったが、僕は少しだけ胃が縮んだ思いがして、ごめんなさい無理言って、と早口で言うより先、謝らないでねと先んじられた。

「悪いのは俺でしょ。プロポーズだって幹の返事ももらってないのに、全く、俺いろいろだめだな」

「……えっ、プ、プロポーズっ？」

「まさか忘れてないよね？　一緒に暮らそうって、オリジナリティはないけど定番でしょ」

言われてみればそうなのか。いや、でもそうでもないようなあるような。そりゃ僕たちは、結婚してくださいっていうのとは違うけど、でも。

汗を流しつつ真っ赤になる僕を喬木さんはきっとお見通しなんだろう、電話の向こうでクスクスと明るい笑い声がした。

最後に、愛してるよ、って、いつものように、さよならの代わりの言葉をもらって、うん、とうなずいて。

けれどもやっぱりため息と一緒に電話を切ったんだ。

「……それって、隣に巨乳の女でも寝てたんじゃねえの？」

うっそりと島崎が皮肉った。なぜか落ちてた碁石を拾って高くほうり上げ、コイントスに見立てて手の甲で受け止めて、――つまり、遊びながら。

僕が今せっせとやっているわずかながらの整頓に、協力する気が全くないらしい。

「失礼だな。違うよ、学会で来日したお客さんたちを成田まで送るって」

ふうん、と島崎が生返事をする。何度トスをしても、碁石は裏も表も黒に決まってるっての。

「よし、これでおしまい。鍵の返却は僕が行くから、島崎、先に教室戻ってて」

鍵を借りたひとが返すという規則があるので、返すのも僕がしなければいけない。

さっきから何となく心ここにあらずという感じの島崎が、やっぱり「あー」と生返事をする。ちゃんとわかってんのかな。

「それと島崎、その蓑、脱ぐの忘れるなよ」


教室に戻る島崎と別れて、別棟にある職員室に向かおうとした時、図書館棟につながる廊下の一番奥のドアを、見覚えのある長身がくぐるのが視界に入った。

心も足先も一瞬そっちを向いたものの、すぐ諦めた。遠目でも間違いなく彼だったとは思うけど、この結構な距離を必死に追いすがって掴まえるとかは、ちょっとしつこすぎるんじゃないかって。

同じ校内にいるのだから、すれ違うとか見かけるってのはよくあるけど、人目のあるところで言葉を交わしたことはない。

僕と違って、樹はよく喬木さんと肩を並べてそのあたりを歩いている。授業の合間の移動時間だったり、放課後で二人ともテニスウェアだったり。

樹のほうはそれで僕に妬まれるなんて心外だろうけど、――やっぱり、樹ばっかりずるいよなあ。

＊　＊　＊　＊　＊

そして、妙な偶然というのは、往々にして重なることがある。それを歓迎しなければしないほど。

危ういバランスで積み上げられた作為が、当然のごとく崩壊に向かったと考えるべきだろうか。

電車が来るまでまだ数分があり、島崎は自販機に向かい、僕は何度目かに携帯を開く。

やっぱり着信もメールもなかった。今日はもう無理だな——……。

「週末はお疲れ様、……くん、——良かった、元気そうだ」

ふいに肩を叩かれる。心は完全に他所にあったから、よく聞き取れず、振り向いた顔はそうとうきょとんとしていたと思う。

「……ああ、俺、上田だよ、上田。名前思い出せないのは気にしないで。俺、影薄いってよく言われるんだ。この間は、高校生にワインなんか飲ませて、悪いことしたね。体調はどう？」

知らない顔だとは思ったが、彼は確信的に僕を知っているようだった。

対して僕はひとの顔と名前を覚えるのが極端に苦手で、しかも樹と取り違えられることもよくあって、知ってる相手なのか知らない相手なのか全くわからないことがよくある。

こっちから訊ねるのも説明するのも億劫な場合の常套手段として、「ええ、まあ、大丈夫です」と適当に相槌を打ってみた。

「そっか、良かった。じゃあ、昨日は喬木とゆっくり過ごせたんだ」

喬木さんの知り合い？　大学で会ったことのあるひとかな。

「えっと、昨日は、喬木さん忙しくて結局会えてなくて」

と、ついばか正直に答えてしまったら、上田さんはにこにこ笑って片手を振った。

「またまたー。喬木のやつ、怒ってた割に、酔っぱらったきみのこと、いそいそと持ち帰ってたじゃないか。あ！　だいじょぶだいじょぶ、俺そういうの偏見ないから、ごまかさないでいいよ。昨日一日、いちゃいちゃ過ごせたんなら何よりだよー。あのね、昨日、成田までの教授たちの引率の役目、俺が引き受けたんだよ。きみへのお礼とお詫びになればいいなと思って。喬木、連休の最終日は休みを死守するって張り切ってたの知ってたしさー」

屈託なく上田さんは笑う。なんというか、ひとの好さを絵に描いたみたいな笑顔だ。

僕の頭の中で赤い警告ランプがピコピコしはじめたのに、つられてつい笑みを作ってしまう。

上田さんはほんのしばらくだけ僕の顔をまじまじと見た後、声を潜めて言った。

「俺ね、実は三年前の一件、喬木に聞いてるんだ。喬木、きみに振られた後ね、すごい荒れて、テニスもゼミもぷっつり来なくなってさ。俺と共同研究やってたもんで、何があったのか聞く権利があるって詰め寄ったんだ。そしたらあいつ、半泣きで、中学生相手にひどい失恋したって言うじゃないか。正直なとこ、同情より先に大笑いしかけたよ。あの喬木が、篠原ゼミの種馬ってそしられる入れ食い男がって」

気づくと上田さんの肩の向こう、島崎が、剣呑な表情をして立っている。目立つ男なのに、わざと気配を消しているのか、上田さんは僕に連れがいることに気づく様子がない。

「今回、きみらの雰囲気見てて、上手くいったんだってわかった。ほっとしたよ。喬木って、自業自得とはいえ軽く見られがちだけど、本気になったら鬱陶しいぐらい一途なやつなんだ、研究でもテニスでも、恋愛でもさ。——ああ、そんなこと、きみにはもうわかってるか、樹くん」

はい、というかすれた声が、上田さんに届いたかどうか。

でも、このひとの好さそうな男の前では、このまま「樹」でいるつもりだったので、もう一度、はっきりと聞こえるように「ええ、わかってます」と言った。

そっか、と上田さんはまるで自分のことのように嬉しそうにうなずいた。

「もしヤなことされたら、俺らに遠慮なく告げ口してね。きみとのことは篠原教授にもカミングアウトしてるんでしょ。教授にはあいつ頭上がんないから、叱ってもらってやる」

「はい、あの、急ぐので、これで」

隣に並んだ島崎の長身を、上田さんが眩しそうに仰ぎ見た。

「あ、樹くんの友達？　うわー、最近の高校生はいい体してるなあ。お友達くん、待たせちゃってごめん。樹くんも、時間取らせてごめんね、じゃまた」

上田さんに会釈した次の瞬間、僕はコンクリートを蹴って今きた方向に駆けだした。

「……幹っ？」

慌てて島崎が追いかけてくる気配がしたが、待つ余裕も断りを入れる余裕もなかった。

全力で、ついさっき下りたばかりの階段を駆け上り、帰宅途中の、同じ制服の学生の波に逆らって息を切らして再び学校へと向かう。

——会いたかった。ただ、会いたかった。

今聞いた話は、何かの誤解で曲解で食い違いで勘違いに違いない。

空が落ちてこないように、あのひとは僕を傷つけるようなことはしない。

上田さんの話を聞いた今、ちょっとずつずれていたジグソーのピースが、すべてあるべき場所に嵌まったように思うのも、——全部、喬木さんを好きすぎて、樹を妬みすぎて、僕の心がねじ曲がってしまってるだけだ。

あのひとに会いたい。会ってぎゅっと抱きしめてもらったら、そんな歪みはすぐに直る。——空もきっと落ちてこない。


学校に戻り、無人の校庭やテニスコートを横目に見つつ、さっき来たばかりの新校舎へと急いだ。

喬木さんの部屋はやはり施錠されていて、ひと気も感じられなかったので、図書館棟との連結ドアを目指してまた足を進めた。

あの後姿は絶対彼のものだし、うちの図書館の蔵書が、臨採教師を了承した理由の一つだと以前に喬木さんが言っていた。

「図書館棟って俺ほとんど初めてくるわー。入学オリエンテーションの学内探検以来だわ。ひと気ないのに金かけてんなー」

物珍し気にきょろきょろしながら島崎が言った。

お節介で口の悪い男は、僕の唐突なリターンにくっついてきたのだが、全力疾走させられた文句の一つもない。明日からのテストを思って、いいからお前は帰れよと一応は言ったのにもスルーされた。

自習室と談話室のある一、二階は、普段見ないぐらいのひとがいたが、外国文学や世界地理や原書専門の本棚がずらりと並ぶ三階まで来ると、途端にひとの影が途絶えた。フロアを一周した後、図書館棟を貫く螺旋階段をまた上り、さらに辞書や論文類の並ぶ四階に来れば、さらにひと気がなくなった。

床一面のカーペット張りが足音を吸い取るし、しんと音が聞こえるほどに静かだ。

ほとんどしない足音をさらに潜めるようにして本の森を奥に進むと、本棚が可動式になっているうちの一角から、低い声が聞こえてきた。

さらに少し近づくと、本棚一列を隔てた向こうに、見慣れた後姿が半分見えてきた。彼が肩でもたれかかる分厚いハードカバーの背表紙の印字の金色が、灯りをうけて鈍く輝いている。

遠くから呼びかけたくなる気持ちをおさえ、早足で近づく。

『喬木さん』――、声にならないまま、口を開いた形で立ち止まったのは、先刻は別の棚で死角になっていたあたりから、誰かがその長身に近づくのが見えたから。

その姿は、僕が毎日鏡で見ているものと相似していて、聞き覚えのある高めのテノールの声が、小声ながら静かなその一角に響いた。

「見つかったよ、先生。中世アイルランド史の論文集……へえ、ほんとに論文？　これが？」

僕はとっさに身を隠した。気づかれていない気配を背中で確かめ、さらにそうっと二歩分を近づいた。

ここからは、二人の会話がはっきりと聞こえる。ページをめくる音も、二つの忍び笑いも。

「そう、ほとんどケルト神話の信奉論なんだ。しかも資料写真にニンフだの魔法陣だのを堂々と載っけて、史実ですと言ってのける度胸が凄い」

「こんなんで昨日言ってたレポート書けるの？」

「そのぐらい自己主張激しい著者のほうが、方言癖が見えるからわかりやすいんだ。でもそのひと、その分野では権威だよ。俺は専門外だけど」

「その分野ってどんな分野だよ……。うへぇ、参考文献に自分の論文名、堂々と連ねてるのがまた凄いね」

「彼の中では自分の論文と呪術書は全く同列で矛盾がないのさ」

会話は聞こえても、僕にはその内容は全く理解できない。揃って漏らした含み笑いの意味も。

だが、彼らを既成の一対のようにしている、ひどく親密で、排他的な何かが、鈍い僕にすら肌を粟立たせる。

「……ねえ、喬木先生。結局、昨日も今日も会ってないの？」

ここにいないはずの誰かをはばかるように、一層潜めた声で樹が言った。

「問題の先送り？　厚顔無恥、得意なくせに」

「――別に故意に避けてるわけじゃない。タイミングが合わなかっただけだ」

「嘘だ。島崎と話して腰が引けたんでしょ。僕は同じ屋根の下に住んでるんだから否応なくなのに。

……もっとも、幹のほうは、僕の朝帰りより、スッキリの情報クリップのほうが気になってたみたいだけど」

「――あー…、昨日は、送れなくてすまなかった」

「バカじゃないの先生。なかったことにすんのに、送ってどうすんだよ」

怖いもの見たさとでもいうのだろうか、おそるおそる振り返ると、本のわずかな隙間から、人差し指を口元でぴんと立てた樹に、喬木さんの顔が近づくのが見えた。

だがそれもほんの一瞬のこと、僕がまたすぐ顔を背けたので。今度はひたすら俯いて、自分の上履きの先っぽを穴のあくほど睨んで――。

「これで全部揃ったかな。樹、お前もうちょっと帰るの遅れても平気？　荷物運びも付き合ってくれれば助かるんだけど。……ああ、テスト直前か」

「今更何言うかな、連休全部潰させておいて」

僕がいるのとは反対方向へと二つの影が遠ざかって行っても、僕はその場に立ち尽くしていた。足の裏に根が生えたみたいに動けない。

どのぐらいそうしていたのか、別の上履きが視界に入る。

「……気が済んだら行くぞ、バカ幹」

そういえば島崎が一緒だったんだっけ。完全に忘れてたなと一人笑いしようとしたが、顔の筋も、首も指も脚も、全部が凍ったみたいに動かない。

島崎はチッと舌打ちすると、僕の襟の後ろを猫の仔にするみたいに掴んで、ずんずんと歩き始める。

足がもつれて転びそうになるたび島崎が引っ張り上げて支え、どうにかこうにか螺旋階段を下りてロビーまで来てようやく、「何でお前が切れてるんだ、お節介」と軽口が出るまで回復した。

「お節介は、誰にでもってわけじゃねえよ、俺は」

お節介を自認している友人は不機嫌そうに、それでもほっとしたように言って、「あー腹減った」と呑気に腹をさすった。

＊　＊　＊　＊　＊

『今日は会えなくて残念だったよ。明日の放課後は夕方まで空いたから、苦手科目の範囲持っておいで』

それは昨夜に着信していたメール。返信もせず、何度も同じ文面を眺めてしまっている。

着信履歴も何度かあったけど、全部無視した。

もしかしたら、直接会って聞けば、いろんな誤解が一瞬にして解決するかもしれない。言葉なんかなくても、間近で顔を見るだけで、もやもやはあっさり消えるかもしれない。

（――ああもう、テスト当日に色恋沙汰でぐたぐたしててどうすんだ僕。落ちこぼれのくせに）

横からにゅっと伸びた手が僕の電話を堂々と取り上げていくのをぼんやりと目で追う。液晶を確認した島崎がひょいと肩を竦め、他人の携帯なのに淀みのない手つきで、「了解」の送信をした。

結局、放課後は、島崎に連れられるようにして、新校舎に向かった。

ノックしても返事がなかったので、島崎と、廊下の壁に並んで立っていると、やがて廊下の奥の図書館棟との連絡ドアのほうから、優雅な長躯が、両手に何冊もの本を抱えて歩いてくるのが見えた。

「……あ」

やっと会えた。思わず顔をほころばせたが、すぐに口元をきゅっと引き締めた。

彼の背後から、やはり重そうな本を抱えてついてきているのは――。

「幹のクラス、終わるの早かったね。待たせてごめん」

喬木さんもまた、僕らの姿に気づいてくれて、抱えた本は重いだろうに、可能な限り足早になってくれた。

「約束したんなら先に待ってんのが筋だろーよ」

「……またきみか。きみと約束した覚えはないんだけどなあ」

喬木さんはやれやれといかにもなため息をついて、島崎に向き直った。

「まあ、幹がお世話になってるらしいし、コーヒーぐらいはご馳走するよ。どうぞ入って。見られて拙いものは何にもないから気は遣わないでいいよ。俺、今回のテストの作成も採点も、全然関われなかったんだ、本業が忙しすぎてね。――っと、ついでにドア開けてくれる？」

舌打ちして島崎が引き戸を引くと、喬木さんは後ろをついてきていた樹に向かって、

「樹くん、有難う。その本、机に置いといて。ごめんね、中間テスト中に手伝わせて」

大丈夫です、と短くうなずいた樹は、僕の存在はもちろん気づいているだろうに目すら合わせず、部屋に入って本を下ろすまでの動作を一瞬も止めることなく、すみやかに踵（きびす）を返した。

「待てよ、加賀谷。あんたにも用あんだよ。……わかってんだろ。今更、部外者面すんなよな」

一番の部外者のはずの島崎が、険悪な口調で樹を制止した。

僕までが驚いて、無駄に高い鼻先を見返してしまう。

しかし島崎は、三人分の視線を一身に受けながらも平然とした様子で、

「いい加減決着つけようぜ。あんたらのその、不可解で不愉快な芝居のさ。こいつがキレてどうにかなっちまう前にね」

と、僕の肩を掴んでぐいっと手繰り寄せた。

突然のことで、僕は少したたらを踏んで島崎によりかかってしまう。

喬木さんは深く眉間に皺を寄せ、樹は昏い眼差しでうっそりと島崎を睨む。

おそらくは一番の当事者であろう僕は、一人取り残されたように、ただおろおろと視線をさまよわせた。

島崎は何を知ってるんだろう。樹は何を隠してるんだろう。

喬木さんは、なぜ僕に会いたくて、会いたくなかったんだろう。

険悪な空気の中、疑問は澱のように僕の中に積もっていく。

けれども、正直なところ、僕はただもうここから逃げ出したいばかりだった。

だって僕はただ、喬木さんに、「幹は心配性だね」って笑い飛ばしてもらいに来ただけなんだ。

それ以上のこと、たとえば空が落ちてくることなんて、望んでないんだ。

「……そうだな。話をしよう」

張りつめた空気を震わせた硬質な声に、はっと振り向く。

今初めて聞いた声のように思ったが、それは喬木さんの声だった。

10 ―一矢―

コーヒーなど淹れる雰囲気ではない。

島崎は剣呑そうに俺を睨み、樹はその場にとどまったものの、憮然と窓際のパイプ椅子に腰を下ろして、自分には関係ないとばかりに、視線はさっきからずっと窓の外だ。

幹の俺を見る視線が痛い。怯えと不安の宿る瞳は充血し、昨晩の寝不足を伝えている。

「どうした？　目が赤いよ。勉強も大事だけど、夜更かししちゃだめっていつも言ってるでしょ」

島崎に肩を抱かれたままの幹に、あえて強引に出ることはせず、おいで、と小ぶりな動作で両手を開いてみせた。

幹は傍らの島崎の顔色をはばかるように見上げたが、自分から俺の腕の中へと駆け寄ると、額をこつんと俺の肩口に当てた。人前で甘える幹はとても珍しい。

小さな頭の後ろを片手でくしゃりとしながらこめかみに鼻先を寄せ、久しぶりに幹の香りを吸い込んだ。

昨夜は電話がつながらず、テスト直前なら電源を切っていても当然だが、何やら胸騒ぎがした。

だから今日、大学に行く用事は取りやめて、ここにおいでと誘ったのだが――。

何があったのかという疑問には、幹でなく島崎が答えた。

「なあ喬木、あんたの友達にウエダっているだろ。お人好しを絵に描いたみたいな顔の、ひょろっとした奴」

「――上田？　……ああ、院の同級生だよ。上田がどうかしたの」

「あー聞いたよ、あんたが『こいつ』に振られてやさぐれてた頃からのご学友なんだろ。そいつから伝言。三年越しの初恋成就オメデトウだってさ。ロリコンホモに偏見ないなんて、奇特な友達だな。幹があたふたしながら丁重にお礼言ってたよ」

「……ふうん。あいつ、何か勘違いしてるんだな。上田、頭はいいんだけど、そそっかしいんだ」

「勘違い？　あんたが、中学生の『こいつ』に振られたってのが？　それとも、人目も憚らずいちゃいちゃしてたってほう？」

「いちゃいちゃって、もしかして学会の時の話？　それこそ上田の誤解だよ。きみに言ったとおり、週末は学会の手伝いを樹に頼んでた。勝手のわからない樹に、頼んだ俺が指示出すのも、ゲイのフランス人から遠ざけるよう振る舞ったのも当然だろ」

　俺はいかにも面倒くさいといわんばかりに大きなため息をついてみせ、それから、腕の中の幹へと首をかしげてみせた。

「……ごめんね、幹。樹に手伝いを依頼したこと、きみが気にすると思って言えなかったんだ。でも俺のほうも人材の頭数がぎりぎりで、ちょっと切羽詰まってて」

　幹はわかってるというように、こくこくと首を前に折った。

「話はそれだけ？」

長居は迷惑と顔に書いて島崎を睨んでも、やつは薄笑いを浮かべた。

「——じゃあこれが最後。酔っぱらった加賀谷のこと、いそいそお持ち帰りしたって、どーいうこと？」

俺はとっさに、幹の薄い肩をギリっと強く握った。

「……何の話だ」

「昨日の放課後、図書館でのあんたらの話も聞いたわ。何がどうしてこいつに会いたくないんだって？」

「…………」

「そいで加賀谷、あんたは朝帰り？　そいつと夜の銀座のホテルでいちゃついて、酔っぱらって？——で、次の日は朝帰り？　テスト直前に余裕だな優等生。そりゃ幹だって、スッキリよりはビックリだったろよ。身内の朝帰りなんて、突っ込みしづらいのぐらい察しろっての」

樹は全くの無表情で島崎を睥睨し、島崎はにやけ面でそれを受け止める。

静まった室内に瞬きの音すら響くようで、誰もが息を潜めて互いの沈黙を見守った。

拍子抜けするほどあっさりと目線を外したのは、樹のほうだった。

「……一矢、お芝居は終わりみたいだよ」

そもそも樹は俺を一矢、なんて呼ばない。その意図を察して、俺は視線で制止しようとしたが、樹は、互いに一生胸の裡に秘めるはずだったことを口にした。

「幹、僕さ、……一矢と寝たよ」

嘘、とぽつりとつぶやいた声はごく小さかったが、放課後の喧騒も届かない、緊張と静けさの満ちたこの室内では、誰の耳にも十分に届いた。

「ほんと。一昨日も、それから三年前もね」

強張った表情が俺を見上げた。

おそらく幹は、それでも俺の否定を待っていた。

俺の頭の中で、思いつく限りの語彙と言語とストーリーが、夏の羽虫のように交錯する。矛盾だらけの、薄っぺらいそれでも、島崎や樹が横から何を言おうとも、俺を信じろと言えば幹は、信じると言い切ったろう。

けれども俺は、返す言葉にあぐね、ただ、睨むような激しさで幹を見つめ返したまま、咽喉の奥で喘ぐしかできなかった。

その沈黙こそが、肯定の証でしかないとわかっていても。

「――……どこから、嘘だったの?」

震える唇から漏れた声はか細く、けれども潔く、明瞭だった。

「どこからどこまで? ……初めから終わりまで?」

長く豊かなまつげがゆっくりした瞬きに揺れる。その向こうの薄茶の双眸は、磨き上げられたガラスのように俺の無様な狼狽ぶりを映していた。

「月曜日に電話くれた時、樹が隣にいたの?」

「……ち、違うんだ、幹、それは、」

「プロポーズの返事はって聞いた時も？」

愛してるって言ってくれた時も？

こめかみと背中から冷たい汗が噴き出る。一生騙し通すと誓ったくせに、今の俺には言い訳の一つも思い浮かびやしない。

「――ひどい、なあ……」

俺の顔が取り繕うこともできないほど引き攣ったのを、幹は正しく図星と読み取って、薄く笑った。

「……あのね喬木さん、僕ずっとあなたが不思議だった」

不思議？　眉間を寄せた俺に、幹はこくりとうなずいた。

「うん。どうして、こんなに優しくしてくれるのかなって。あの踏切で、行きずりで助けてくれただけじゃなくて、あなたのうちに連れて帰ってくれて、話を聞いてくれた。またおいでって、電話番号までくれた。面倒見いいひとだなあって思ったけど、助けるのはともかく、普通は連れて帰ったりしないよね。初対面で、しかも僕、明らかに様子おかしかったのに。……喬木さん、僕が樹の兄弟なこと、最初からわかってたんだね。好きなひとの身内なら尚更、放っておけないね。……ちょっと考えればすぐにわかることだったのに」

ばかだったなあと、幹はぽつりと言った。

「ほんと、ばかだったな。ばかみたいに、信じたよ、全部ね。あなたの言葉は、全部信じた。一目惚れだとか、好きだとか、……一緒に、暮らそう、とか。すごく嬉しかった。夢みたいだと思った。

——そっか、やっぱり夢だったんだ、全部……」

「ゆ——夢なんかじゃない、幹」

ようやく咽喉の奥から絞り出した声は、ひどく上ずって我ながら滑稽だったが、取り繕う余裕もないほど、喪失の予感にただ焦った。

「信じていいんだ。俺は本気だよ。本気で、きみが好きだ。一緒に暮らそう、幹。きみが望んでくれるなら、卒業なんか待たないで、今すぐにでも」

冷や汗を拭わんばかりにうろたえる俺の間抜け面を、まじまじと幹は見据え、——嘲笑することこそなかったものの、苦笑いのように目を細め、やんわりと首を横に振った。

そして、生真面目な本質はこの場にあっても損なわれないのか、「有難う」と言って、ぺこんと首を前に折った。

「出会った時があんなだったからね、喬木さんが今も、僕の何を心配して、そう言ってくれてるかわかるよ。でももう心配しないでいいよ、あの時みたいにはならないから。ほら、今はお節介なのがついいててくれるし」

目線だけで幹が指し示した先にいた金髪の男が、ごく小さく肩を竦めて存在を主張した。

「だから大丈夫。——もう、全部、終わりにしていいよ」

俺は口をぽかんと開けたまま石像みたく固まった。

この状況にあってさえも、俺はそれを幹の口から聞くなんて少しも予想していなかったのだ。

「あなたに出会えてよかった。会ってる時も、会えない日も、毎日楽しくて、嬉しくて、幸せだったよ。――ほんとに、全部、ありがとね」

言葉を探すようにぽつりぽつりと話す間、幹はずっと薄い笑みを口元に刷いていた。けれども口唇は青ざめてからからに乾き、やはり血の気の失せた頬は小さく痙攣していた。

こんな顔をさせたかったわけじゃない。俺は幹の言うとおり嘘つきで、最低の男だけれど、その罪の分まで、幹には混じりけのない幸福だけを与えると、なけなしの良心に誓ったのではなかったか。

「それと、これ、……返すね」

差しだされた幹の手には、俺の部屋の合鍵が握られていた。

きみのものだよと渡した時の、幹のはにかんだ面が、震える指先に重なる。

おそるおそる俺が受け取るのを、ガラスのような感情のない眼で見守ったあと、さよなら、とごく小さなつぶやきを残して、幹は水草のようにゆらゆらとした動きで踵を返した。

島崎がちらりと俺と樹をねめつけて、頼りなげな幹の背をそっと押す。

「待てよ、幹！　僕には何も言うことはないのか？」

その時、鋭い声が凍り付いた空気を破った。「……樹？」

それまで壁の一部でもあるかのように気配を殺していたもう一人の当事者に、六つの目が集まった。

「お前の大事なものが、また僕に奪られたんだ！　――怒れよ、怒鳴るなり殴るなりしろよ！」

いつも穏やかで快活な学内きっての優等生が、声を荒立ててヒステリックに激昂する姿に、島崎すら目を丸くしている。

幹だけが、妙に冷静に樹の激昂を受け止め、興味がないというように、ふいと目を逸らせた。

「こっち向けよ。言えよ、いつも思ってるんだろ。お前なんかいないほうがいいって、憎んでるって、大嫌いだって！」

「嫌いだよ。きみが、大嫌いだ、樹」

棒読みのように幹は言って、ようやく斜交いに樹と視線を合わせた。

「でも、樹が悪いんじゃない。きみはいい弟だよ、賢くて、優しくて、兄思いの。僕が勝手に僻んでるだけ。八つ当たりしてばっかりなのに、樹はいつも僕を心配してくれて、有難くも、申し訳なくも思ってる」

「ふざけるな！」

ガタリと立ち上がった樹の後ろで、安いパイプ椅子がひっくり返った。

「有難くて申し訳ないだって？　どの口で言うんだ、偽善者！　――忘れるな、お前から何もかも奪ったのは僕だ！　パパもママも、将来も、そこの間抜けなエセ教師もだ！」

樹は俺をイライラと指さし、島崎はちらりと俺を一瞥する。居心地悪いことこの上ないが、幹だけがもう俺を視界に入れようとすらせず、ただ、「仕方ないよ」と疲れたように言った。

「仕方ないことは、仕方ないんだよ、樹」

「幹はいつもそれだ。仕方ない仕方ないって、能面みたいな顔で、ばかの一つ覚えみたいに。一度ぐらい兄弟喧嘩でもしてやろうって気すらないのかよ！」

ハアハアと肩で息をする樹に、幹は皮肉げに口先を歪めたものの、何も言わなかった。樹の言う「能面みたいな顔」は、俺にすらどんな感情も読み取らせない。

辛抱強く彼を待つ友人に向き直って、行こう、と幹は小さく言った。

島崎の手が幹の肩にかかり、支えるように引き寄せた。幹はされるがまま島崎に寄り添い、俺は嫉妬を通り越して殺意すら覚えたが、奥歯を噛みしめて堪えるしかなかった。

島崎が扉を開け、先に幹を押して部屋を出させると、やつはふいとこちらを向き直った。

「あんたらは知らないいんだ。——こいつが、加賀谷に向ける感情が、どれほど醜悪で根が深いかなんて」

島崎、と幹が小さく咎めて、やつの袖を引いた。その些細な仕草すら甘えたように俺の目には映った。

勢いよく扉が閉まる直前、再び島崎が幹の肩を抱いたのが見えた。


百キロのマラソンを終えた後のような疲労に見舞われて、どさりと椅子に腰かけた。

晩秋とはいえ夕方のまばゆい陽ざしが差し込む室内に居て、足元から這い上がる震えと寒さの理由がわからない。

蹴倒した椅子を律儀に戻して、樹もだるそうにそこに腰かけた。安物の椅子が抗議するみたいに、ギイイと耳障りな音を立てる。

「追いかけないの、先生」

「——追いかけたところで、俺にできることなんてねえよ」

幹が指摘したことは全部正しい。この上、どんなに言葉を重ねたところで、言い訳どころか、嘘の上塗りにしかならない。

ましてや、詰るのでも怒るのでも泣くのでもなく、あんなふうに笑わせて、ありがとう、だなんて——。

ぐったりと項垂れた俺を、樹は小気味よさそうに眺めた。

「だって、先生、幹が好きなんでしょ？　だったら追いかけて謝って、ちゃんと伝えればいいじゃないか」

「…………」

「まあ、僕にはどうでもいいけどねー」

と、樹はカラカラと、墓場のしゃれこうべのように無機質に笑った。

「最悪なのは僕だもん。……選択肢のある先生が羨ましい。幹は僕を見てもくれなかった。詰ることも、怒ることもなかった。……僕なんて、いないのと同じだった」

幹は僕をいないことにしたいんだ。そう棒読みのようにつぶやいたきり、樹もまた何もない場所を睨んで押し黙ってしまった。

あの優しい腕を自ら手放しても、空は落ちず、世界は終わらなかった。

やっぱり秋晴れは続いていて、廊下に貼り出された中間テストの結果は、やっぱり弟の名前が一番端で、やっぱり僕には順位票と一緒に補習と追試のスケジュールが渡された。

「幹ー、追試、いくつ？」

手元のプリントを島崎が覗き込む。

「赤点があるのを前提で聞くなよ」

「はいはい。で、いくつ？」

「……三つ。英文法応用と科学と数２」

「まじで？　裏切り者……」

島崎はもひとつ多いらしい。数に大差はないが、科目は全部ずれてる。

島崎と僕との関係は相変わらずだ。あのあと、島崎がお節介をしてごめんと謝ってきたが、彼に非は全くない。それどころか感謝してる。ヨタヨタしていた僕にずっとついていてくれた。

「とにかく昼飯食おう。いい天気だし、屋上か中庭でも行くべ」

教室でいいよと僕は言った。校内をうろつくのは最小限にしたい。そうやって少し気を付けるだけで、あのひととほとんど顔を合わせなくて済む。

授業や部活動に接点がないことにがっかりしたこともあったけれども、こうなってみればそれは素直に有難い。

「まあいいや、どっちでも。……とにかく、食えよ、ちゃんと。少しでもいいから」

島崎はひとつため息をついて、いつものように僕の前の席に勝手に座り、自分の弁当と、特大のヤキソバパンを机に広げた。

「おかーさんみたいだなあ、島崎」

茶化した言葉すら、ごく厳しい顔でねめつけられて、しぶしぶと僕もまたお弁当の包みを解く。色とりどりのおかずは、料理好きの母らしい手の込んだものではあったけれども、卵焼きからほんの少し臭う冷えたサラダ油に、たちまち胸がいっぱいになって、困ったなと思う。

「……あとから、食べよっかな」

「本気で病院つれてくぞ」

「大げさだな。食欲ないだけだよ」

とぼけて言うと、島崎は、怒っているというよりは、彼こそが困ったような顔をして箸をとめてしまった。

「なあ幹、お前自覚ぐらいあるだろ？　いつから食えてない？　——てか、それこそお前んちの親だって、黙ってないだろ？」

苦笑いした僕に、島崎が胡乱な視線を向ける。

「それどころじゃないよ。だってほら、うちの親、今、樹のことでいっぱいいっぱいだもん。こないだの土日なんて新潟からおばあちゃんまでやってきて、また大騒ぎだった。留学なんて許しませんって」

まだ跡取りのことだって樹は了承していないのに、おばあちゃんが先走って反対を唱えて、お母さんがまた反抗して、当の樹は途中で部活に行っていなくなって、僕は彼らを眺めながらぼんやりと温くなったお茶を啜ってたっけ。

「留学、加賀谷は決めたって言ったのか？　――喬木のほうはまだ返事してないそうだけど」

島崎は周りに漏れないよう声を潜めている。

あのひとの名前に鼓動が大きく打ったが、何食わぬ顔をして僕は言った。

「直接話していないからなんとも。でも樹にとっては日本は窮屈なのかなって思うことある。だから決めるんじゃないかな。……喬木さんと一緒なんだったら、尚更」

棒読みみたいに付け足した言葉が、跳ね返って自分の胸をちくりと刺した。

あのひとがフランスの大学の特別講師として招聘(しょうへい)されたと僕が知ったのは、あの惨めな失恋の後すぐ。

噂に疎い僕にはらしくなく、島崎がそのことを耳にしたのとほぼ同時だった。

島崎は広い交友関係から。大学部ではそうとう話題に上ってるらしい。

僕の場合は、自宅で。

キッチンの入り口で、母が興奮気味に携帯に向かって話していた。相手は祖母のようだった。

「ですが、お母さん。樹が行きたいというのなら、そうさせてやるのが親心ですわ。留学することは、樹の成長にきっとプラスになります」

樹にそんな話があるのかと、僕はつい耳をそばだててしまったが、もちろん祖母の声までは聞こえない。

「……いいえ。お断りします。樹にその意志は全くありません。幹だって、自分から言う子じゃありませんが、傷ついているのは見ていてわかります。元の鞘に収めるのが一番いい方法でしょう？」

どうやら夏の時の話がぶり返したみたいだったし、やっぱり聞かないほうがいいだろうと賢明な判断をして、渇いた咽喉は後回しにして踵を返そうとしたとき、「喬木先生っておっしゃるんですけど」と、思いがけない名前が僕の足を止めた。

「樹の家庭教師をしていただいていたご縁で、あちらでの保護者になってくださるんですよ。優秀な方で、まだ大学院生なのに、パリ大学で研究員をなさるとか。確かに未成年を海外に放り出すのは心配ですが、樹は言葉もできますし、一人じゃないわけですから。……ええ、だから、ご心配なく。もう十七なんですもの、本人が望むようにさせて――」

あとの話は聞けなかった。震える足でようよう階段を上って、それから――。

「……だからって、くだらねぇ遊びに手ぇ出すなよ、幹」

また意識を飛ばしかけてしまったとき、ヤキソバパンを手にした島崎が、厳めしい顔で言った。

「なんだよいきなり」

「自分が、一年前俺が拾ったときとおんなじ顔してるの、自覚ある？」

真剣な顔の島崎の唇についた青のりに気づく。教えてやるべきかな。

「――ちゃんと、懲りてるよ」

心配かけてごめん、と僕は素直に首を前に折った。

「今回のことも、結局、お前に一番迷惑かけた」

神妙に頭を下げたまま言いつのると、島崎はやっと表情を緩め、また大きな口でパンにかぶりつく。

「っつーか、いくら鈍感でアホでぼんやりでも、伝わってるよな？　俺はたしかにお人好しで面倒見の良いよくできた人間だけど、タダのオトモダチの面倒を、こんなに手間暇かけて見るほど暇じゃない」

気の利いたつっこみは思いつかず、机の下から組んだ長い脚のすねを軽く蹴ってみせる。

「思春期特有の気の迷いってことにしとけよ。婚約者が泣くだろ」

「学校出るまではお互い自由に遊ぶって約束なんだって」

「なるほど、それで毎日毎晩あっちこっちでせっせと遊んでるんだ」

そのとおり、とうなずく島崎には悪びれた様子は全くなくて、いっそ感心してしまう。

島崎には生まれた時から決まっている許婚者がいる。七緒（なお）さんといって、現役東大生の才媛だ。

島崎の実家は福岡で、その七緒さんのおうちと共同で、小さくはない会社を経営している。

創業者の互いの子息・子女が結婚して家業を継ぐ。状況は違っても決められたレールに乗らざるを得ないところは僕とよく似ている。

以前、反発はないのかと聞いたことがある。「ないよ」と島崎はきっぱり言った。

「七緒のことは好きだよ。美人で賢くて努力家で、経営者としての素質もある。俺なんかより、もしかするとうちのオヤジや小父さんをも上回るかもな。両親や社員やその家族や、俺がレールを歩くことで助かる人間が多くいる。大恋愛の末、ってのとは違うかもしれないけど、悪い人生じゃない」

ただし会社経営は七緒に一任するけどな、とからりと笑った。

避けられない苦境を自分の意志で受け入れる強かさが羨ましく、妬ましいとすら思う。

僕もまた割り切ってはいたはずだけれど、それは理解や決意からではなく、単に諦めが上手かったからだ。そうして適当にやりすごしたつけは今まわってきている。僕の前に敷かれたレールは唐突に途切れてしまった……。

「ねえ島崎」

島崎が顔を上げると、いつのまにかやつの唇の青のりは消えていた。なんとはなしに残念に思った。

「……何でみんな樹なんだろう」

独り言に近いそれに、親友の答えはシンプルだった。

「みんなん中に俺を入れんな」

ごめんと苦笑いしてそっと弁当の蓋を戻しハンカチの端を結ぶ。

島崎はまたやるせないため息をついたけれども、それを咎めることはもうしなかった。

中間テストの場合、赤点科目については放課後の補習があり、授業の最後に追試もする。期末テストだと、それに長期休暇の課題までついてくる。いずれにしろ進級の可否がかかっているので、補習メンバーは戦々恐々だ。国内でも最高レベルの大学の附属高校なので、卒業さえできれば大学は漏れなくついてくるが、卒業するには当然、三年に進級しなければならない。

その日の放課後は、英文法応用の補習で、窓際の隅っこの席をいち早く確保して座った。

「島崎は?」と追試仲間から尋ねられて、あいつはこの科目はギリでセーフだったと言うと、まじか、裏切られた、と、今日の島崎みたいなことをつぶやいた。

もっとも島崎も、別の教室で、別の科目の追試を受けているはずだ。せっかくの金曜日なのにとずっとぶつぶつ言っていた。

教室の入り口あたりがざわめいた。教師が来たのかと振り返ると、プリントの束を抱えて現れたのは樹だった。気のせいでなく、教室全体が妙に浮足立ったような妙な雰囲気に変わる。

場違いにもほどがある。そう思ったのは僕だけではなかったようで、「何で加賀谷が?」とつい今まで話していた相手が、僕を振り返る。いや僕に聞かれても。

「ええと、先生が二十分ぐらい遅れてくるので、先に今日の課題を配りにきました。来るまでに全部くまなく読んで単語調べもしておくよーにってさ」

樹がぐるっと周りを見回して、僕と一瞬目が合ってぎこちなく口元を緩ませたが、僕は完全にスルーした。我ながら性格悪いな。

一番前にいた生徒が、樹から受け取ったプリントを後ろの席に回しながら悲鳴を上げた。

「全部って、このびっしりの長文を? にじゅっぷん? 無理無理、俺ら何で今ここに居ると思ってんだ?」

まあ確かに多いよね、と樹が苦笑する。

「でも中を見たら、推理小説の抜粋だったよ。昨年のエドガー賞の短編部門のやつ。英語苦手でも、内容面白いから読みやすいと思う」

「や、加賀谷なら楽勝だろうけどさー」

「あのひとの授業はうちのクラスでもみんなひいひい言ってるよ。できるかできないかのぎりぎりの課題作るの楽しんでるもん。題材も授業も面白いんだけど、内容濃すぎて気が抜けないし」

するとと他の生徒が、あれ、と顔を上げた。

「加賀谷のAクラス、ってことは、この補習の担当、臨採の喬木？　俺ら受けたことないけど」

「そうだよ。聞いてなかった？　なんでも、三年の補習は何かとめんどいからせめて二年にしてもらったんだって。中途半端にわがままだよねー」

今度は別のほうからなるほどと声が上がった。

「加賀谷と喬木って親戚かなんかだっけ？　よくパシらされてるよな」

「んー、まあね」

「この学校のせんせでそんな度胸のあるの、他にいないからなー」

「こらこら、どんなラスボスだよ僕は」

あっちこっちの知り合い全部に笑顔を振りまいた樹は、じゃ頑張ってねと手を振って退場した。

……その間ずっと僕は、受け取ったプリントを前に真っ青になっていた。課題の多さにではなく。

学校で会うことなんて今までほとんどなかったはずなのに、なんでこんなふうになってから――。

周りはなんだかんだ言いながらプリントを繰り始めた。僕も電子辞書を取り出したものの、最初の三行ほどからちっとも先に進まない。頭の中がぐるぐるして同じ単語を何度も検索してしまう。ヒアリングと英作文はとんでもなく苦手だけれど、長文読解はそこまでひどくないつもりなのに。どのぐらいの時間が過ぎたのか。カタリと入り口の扉が動く音のあと、「遅れてごめんね」と、朗らかな声が耳に届いた。

顔を上げずとも、その声だけで、心臓の動悸は冷や汗をともなうほど激しく、シャープペンを握る指先がてのひらに食い込んで爪のあとをつくった。

あれから十日ほどしか経過していないのに、あんなにも甘くときめかされた低く通り良い声は、今はひたすら耳をふさぎたいばかりだった。まして姿を見るなんてとんでもない。基本的に優秀で真面目な学生たちは、彼が教壇に立つのと同時に、一斉に背筋を伸ばす気配がしたが、僕だけは頑なに机を睨み続け、はっと思い立って、度の強い眼鏡を外した。

一瞬にして、幾重もの蚊帳(かや)に籠ったようになった。ド近眼も悪くない。

ただし、少しばかり読みが甘かった。

授業は全員がすでに二十分で課題を読みきって理解している、という前提のもとで進められ、質疑応答がやたら多く、しかもテンポが速い。アナウンサー並に発音は美しく説明は的確で簡潔、彼の口から次々と出てくる例文や類語の出典元はとんでもなく広範囲で、樹の言うようにとにかく気が抜けない。アドリブだらけの独り舞台のように、時間に隙がないのだ。

「次、ラテン比較の類語で言い換えて、――浅岡」

名前を呼ばれてあからさまにギクリとしたのを、隣の席の男がクスっと笑う。「浅岡、びびりすぎ」

苦笑を返す余裕もなく、「わかりません」と、ほんの少しも考えず僕は言った。

「んー？　難しくないよ、前置詞 to 使うほう。――ド忘れした？」

僕はただこくこくとうなずいた。目線は下のほうのまま。そもそも何を質問されたかもわからない。

聞いていないのではなく――あの声は確かに耳に入っていた、寸分もらさず――ただ、その声がどんな言葉を紡いだのか、全く理解ができなかっただけだ。

「じゃ、その隣、今笑った奴。けど浅岡はまた当てるよ、これで目は覚めただろうからね」

爽やかに笑いながら――といっても見えていないけれども――彼が言うのへ、はい、とまた喘ぐように答えて、ほそぼそと息を吐いた。

結局、その時間、僕の名前が呼ばれることはもうなかったが、二十分の自習、三十分の講義、二十分の追試を終えた時にはいろんな意味でへとへとだった。

「浅岡、ちょい待ち」

ほとんど白紙の答案用紙を教卓に置き、そそくさと出口に向かう途中で、思いもかけず呼び止められた。

「わかんないとこ、こんなにあった？」

周りがそれなりに書き込んだプリントを置き、僕の横を通り越して行くのを恨めし気に見送りながら、なるべく正面を見ないようにして「英語、苦手で」と小さく答えた。

「……そっか、うん。でもこれ赤点者の救済措置だから、もう少し粘っていってごらん。教室（ここ）まだ使えるし、時間は大目に見るから」

「あの、き、――気分も少し悪くて！」

つい裏返った声は教室に響いて、残っていた生徒たちの視線まで集めてしまう。

「すみません、だからもう失礼します」

もうほんとに単位だとか進級だとか退学だとかすら、どうでもよかった。ただここから消えたかった。

一礼すらせずに踵を返し、開け放たれた出入り口に靴の先を向けると、ちょうどその時、廊下側の窓から中を窺うように覗き込む、異彩を放つ金髪頭を見つけた。

頭の中のどこかの糸が、ぷつんと切れた。

気づいたら、リノリウムの床を蹴ってた。世話焼きで心配性の親友の、無駄にでかい体めがけて、大股でちょうど四歩。

「――っと、幹？」

島崎は勢いのつきすぎた僕の体をよろけながら受け止めた。

「なんだよー、そんなに俺に会いたかったのかー」

間延びした調子で島崎は言い、僕の背中をぽんぽんと叩いた。

きっとこの心配性の男は、僕が出ていた補習の担当が誰だか知って、自分の授業が終わった後に慌ててここまで迎えにきてくれたのだろう。

鈍い僕でもその気遣いは十分身に沁みて、気が抜けた。

「バーカ、そんなわけ、な――」

「――幹、おい」

島崎の制服につかまろうとしても手指の先からも感覚がなくなり、ずるずると重力にひっぱられる。

ごめん貧血、と口にしたのかしていないのか、周りの音も自分の声も耳鳴りにかき消され、ぼやけた視界がますます暗みを帯びて――……。

12 ― 一矢 ―

教室に着くなり、俺の餓えた目は、一瞬で彼をとらえた。ほんの十日ほど前まで恋人と呼んでいたひとは、まだ鮮明な記憶の中のどんな姿よりも、か細く見えた。神経質なほど乱れなく冬の制服をきっちりと着込んでいてさえ、あの夏の日よりも。

その瞬間、心臓が痛いほど波打って、「遅くれてごめんね」と不自然なほど挨拶の声が上ずった。

教科主任から依頼された、赤点取得者対象の放課後の補講。

その対象者の名簿の一番上に（ご丁寧にアイウエオ順だった）記載されている名前を見て、思わず「二年生のほう、引き受けますよ」と答えてしまっていた。必要もないのに、外部受験者対象のほうは荷が重いので、と慌てて付け足して。

あれから、幹とは廊下ですれ違うことすら一度もなかった。接点はもともとなかったけれども、それに加えて、そういうふうに彼が努めたのだろう。

もう会うべきではないかもしれない。けれどもどうしてるかだけでも知りたい。遠くから見るだけでも。――恋を覚えたての中学生のように、補講の行われる教室に向かう足取りは、みっともないほど浮足立っていた。右手と右足が一緒に前に出るみたいに。

だが、すぐに自分の軽率さを悔やんだ。頑なに俯いたままの小さな頭。眼鏡を握りしめる爪の異常な白さ。ここに俺がいることがどんなに彼を追い詰めているのだろうか。

俺もまたひどく動揺を覚えたけれども、授業の間は精いっぱい平常心に努めた。彼を指名するときでさえ。幸いポーカーフェイスは得意だ。

提出された答案はほぼ真っ白で、苦手とはいえ彼の本来の学力には届いてなさすぎた。見過ごすわけにもいかず呼び止めたものの、彼は話の途中で駆け出した。しかし数歩もいかないうち、糸の切れたマリオネットのようにかくんとくずおれた。

全く届かない位置に居たにもかかわらず、とっさに差し伸べてしまった両手は、むなしく空を掻いた。

そして当然の権利のように細い体を抱き留めたのは、背の高さと派手派手しい金髪でやたら目立つ男の腕だった。中腰で膝の上に幹を抱きかかえ、青白い顔を覗き込んでいる。

「貧血か。すぐに保健室へ」

横から奪うように幹を掬い上げようとした途端、「触んなッ」と、ぴしゃりと手を払われた。

不穏な空気を感じ取り周りはざわついたが、その男——島崎は、まるで頓着する様子もなく、それどころか見せびらかすように横抱きに幹を抱えて立ち上がった。そして高校生らしからぬ威圧感でもって野次馬たちを視線ひとつで散らし、一歩踏み出す。

と、何かを思い直したかのように、ふいと止まって、その場に立ち尽くしている俺を振り返った。

「あんた、これが自分のせいだってことぐらいは自覚あんだな」

一瞬言葉に詰まったが、すぐに、「ああ」とうなずいた。

チッ、と島崎は小さく舌打ちをして、俺へと顎でしゃくった。

「仕送り停止覚悟で殴りたいとこだけど、あいにく両手ふさがってんだよ。——いいよ、ついてこいよ。あんたにゃ聞きたいことも言いたいことも山ほどあるからさ」

そう言い捨てると、奴は俺の進退を確かめることもなくくるりと背を向けてしまった。

目的のためなら、たかが十七の子供の上から目線の言葉にだってうなずく——ほど、俺は人格者ではない。

けれども、俺の足は勝手に、生意気な小僧の後を追ってしまっていた。エサの臭いを嗅ぎあてた駄犬のように。

保健室は養護教諭が出張とやらで施錠されていた。

俺が職員室から鍵を借りてきてダッシュで戻ってくると、待たせていたはずの島崎はもう中にいて、ソファセットにふんぞり返っていた。幹は隅のベッドに寝かせられている。

なんでも、校舎が古い造りなので、ちょっとしたコツを知っていれば戸を開けられるのだとか。

「俺も予定あるし、あんたと顔つきあわせてんのは不愉快だから、単刀直入に聞くけど、——あんたが好きなのって、ブラコンのハイスペック王子？　それとも、そっちのアホのほう？」

気安く顎で幹を指されてイラッとしたが、もちろん俺のほうが立場が弱い。

「——幹を愛している。幹だけを」

幹に近づく資格なんて自分にはない、近づかないほうが幹のためだ、と殊勝にも思っていたのは、別れてからわずか一日もなかった。

今の俺の頭の中には、どうやったら幹を取り戻せるか、それだけだ。

幹が欲しい。俺の思いが、幹を苦しめることになっても。

この十日余り、散々悩んで、結局たどり着いたのは、そんなシンプルで、横暴極まりない本音だ。

俺の必死な面持ちを、島崎は値踏みするように眺め、やがて盛大なため息をついた。

「……なあ、単に俺が邪推してるだけってならそう言って。加賀谷とはほんとは何でもなかったって。幹や俺に言えない、何かやんごとない大人の事情があるんだって。——ほら、ドラマにあるような、借金とか犯罪とか不治の病とか生き別れの親とかってやつだよ。俺としてはそれが本気で願ったりなんだ。俺の口、ハマグリより堅いし、なんだったらあんたに謝ってもいい」

否、と俺は小さく首を横に振った。「きみの謝罪は必要ない」

彼の「邪推」がそのまま事実ではないにせよ、俺がしでかしたことが、幹を、そして樹をもないがしろにする行為だったことは明白だ。そして「事実」を話すとしたら、この男ではなく、――幹に、だ。

まじで、と島崎は心底がっかりしたように項垂れてみせた。

「あーもうほんとクズだなあんた、俺どうしたらいいの。あんたのヤンチャなムスコさんに膝突き合わせて一晩説教かますべきなの。それともせめて正直にゲロしたんだし評価してやんなきゃなのか――……ああ、もう、くそっ」

と、頭を掻きむしって天井を睨み、また床を睨んで、いっそうでかいため息をついて。

「――あのさ、俺顔いいし賢いし性格いいし、しかもそこそこいいとこの御曹司なんだわ」

「……はあ？」

「いいから聞けよ。それで美人の婚約者がいるの。俺、幹のこと大好きだし、幹も俺のこと大大大好きなんだけども、俺には幹の背負ってる荷物ごと丸抱えしてやる覚悟はねえのよ。それでいつか、幹の面倒なこと全部引き受けてくれる奴が現れたんなら、俺は全面的にそいつに協力するつもりでいた。……なのに、現れたのがあんただ。なあ、わかる？　俺がどんなにがっかりしたか」

島崎は心底困ったように俺を見上げ、当然答えがないことを知ると、自分に言い聞かせるようにうなずいた。

「……けど、その貧乏クジ引いたのは幹自身だ、うん。――いいよ、あんたに賭けてやる。俺が今から言うこと、その精巧な脳みそで考えて。それ聞いて、逃げるなら、逃げていい。逃げたら、もう幹には追いかけさせない。んであんたも、もう二度と、幹の前に現れないでやってよ」

俺としては、この男には、ただささっさとここから出ていってほしい、俺と幹を二人きりにしてほしい、ということだけを望んでいたが、島崎が何か俺に重要なことを――幹に関することだ、もちろん――を話す気になったということはわかった。それが、用心深い幹が気の合う要素など何一つないはずのこの男を、誰よりも信頼する友人として傍に置いている理由だということも。――あるいは、俺と幹が関係を修復するにあたって、何か重要な手がかりになるかもしれないということも。

わかったと請け合うと、やや長い沈黙があった。島崎は、もったいぶっている、というよりは、今この時すら、自分が話して良いことなのかどうか迷っているようだった。

土下座も辞さない気持ちで、再度問いかけようとすると、口の軽い男が、鉛のそれを持ち上げるかのように重々しく口を開いた。

「俺とあいつ、過去に一度、寝たことあんだよ。わかる？　セックス。あいつと」

「繰り返さなくてもわかる。だが過去の話だろ、関係ない」

「俺、買ったの。あいつのこと。――一年以上前だよ。あいつ、新宿で売春(ウリ)やってたんだ」

「なん、なん……だって……？」

聞き返す言葉が驚愕に上ずる。

(売春、――金のため？　……恐喝されていたのか？　何かのトラブル――もしやいじめか？)

俺の顔色を読んだ島崎がしたり顔で言う。

「今あんたが考えたこと、全部違うよ。幹はただ、見知らぬ男とヤりたくてヤって、金を貰ってた。

まじりっけなしの、ふつーの売春（ウリ）だよ」

「な、何で……ッ」

「俺がゲロするのはここまで」

島崎は唐突に話を打ち切り、腰を上げた。

「あとは本人に聞いて。多分それ聞けば、わかるよ。あんたのやらかしたことが、どんなに拙いことか」

挨拶もなしに、立ち竦む俺の傍らをすたすたと抜けて部屋を出ていく。

この軽薄ぶった男をこれっぽっちも信用したつもりはなかったが、どういうわけか、今の話が嘘でないことは確信していた。

めまいと、吐き気がした。——幹の過去にではなく、彼の深淵を知ろうともせず上面（うわつら）な慰めを口にしていた自分自身にだ。

だが、どんなに辛い事実でも、それが幹の真実なら、まるごと受け止める。もう二度と、何があっても放さない。

覚悟を決めれば、あとはもう、久しぶりに迎えた二人きりの空間を護るだけだ。俺は足を忍ばせて島崎が出ていったばかりのドアに向かい、鍵を内側からきっちりとかけた。

13 ー幹ー

「幹」と、甘く低い声で誰かが僕を呼ぶ。懐かしいような、ついさっき聞いたような、力強く、優しい声だ。

続いて、頬を、額を、耳を、鼻先を、やわらかくくすぐったい感触が移っていく。

「幹」。さっきよりも甘い響き。そのやわらかな何かが僕の口にぴったりと合わさり、口唇がきゅうっと吸い上げられた。

「そろそろ起きようね。ご飯食べたらまた寝てもいいから」

低い声の主が誰かということをようやく認識した途端、ベッドに横になっているのでなければ後ろにひっくり返っていたかもしれない。

「え、……あの、し、島崎は？」

意識が途切れる直前のことを思い出し、のっぽの友人を捜して、広くもない室内に視線を巡らしたが、あの目立つ金髪が見あたらない。

窓の外にはすっかり暗くなった空が広がっていたが、体育館の建物にはまだいくつもの灯りが点いている。部活動の学生がまだ残っていられる時間ではあるようだった。

「きみのお友達なら、帰ってもらったよ。きみのことは、俺が引き受けるからって」

平気ですから、と可能な限り急いでベッドから脚を下ろす。差し出された手を視界に入れないようにして、気力だけで立ち上がれば、その途端、血の巡りきっていない頭がゆらりと傾いだ。

おっと、と再び差し出された手を、とっさにハエでも叩くようにして振り払う。

「す、すみません…ッ」

派手な破裂音は、やりすぎたことを僕に教えた。叩いた僕のほうが首を竦ませてしまう。

喬木さんは苦笑して、赤く手形のついたそれをひらひらと振り、「何でもないよ」と穏やかに言った。

「拒んで当然だ。俺はそれだけのことをきみにしたから。——ずっときみに謝りたかったけれど、俺はもうきみに近付かない方がいいんじゃないかとも迷って、今までずるずると来てしまった」

謝る？　……ああ、そうか。この優しいひとは、わざわざ嘘の後始末のために、ここにいるのか。

保健室内の照明はどういうわけかひとつも点いていなかったが、窓の外から差し込むいくつかの常夜灯の灯りが、彼の端整な面に影を作り、愁いを帯びて見せている。

ぼんやりとしたままの僕を、体調のせいだと思ったのだろう、「ごめん。まだ、話せる状態じゃないよな」と、ひどく申し訳なさそうに喬木さんは言った。

「いいえ、大丈夫です。昨日夜更かししてて、眠かっただけ。迷惑かけてすみません。それに、……それに、あの」

僕は一瞬迷ったが、思い切って口を開いた。嫌なことは早く済ませたほうがいい。

「あなたと、その、樹の、ことは、——その、謝るとか、もう気にしないでください」

こういうのよくあることだから。早口に言うと、喬木さんは訝し気に首を傾げた。

「つまり、ほんとによくあることなんです。双子の弟は、すごく優秀な分、気難しいところがあるから、どんくさい兄のほうをきっかけにしたらいいってみんな思うみたいで。その都度いちいち腹を立ててもきりがないでしょ。樹は毎回律儀に怒ってくれてるけど。ほら、樹はちょっと短気だし」

へらへらと笑ってみせると、喬木さんは何か言いかけた口を無言のまま閉じてしまった。

僕はほっとした。好きなひとの口から聞く別れへの謝罪ほど、惨めなものはない。

まして、「心変わりしたんじゃないよ。変わるどころかそもそものはじめからきみのことは捨て駒でしかなかったんだ。予定どおり捨ててしまって本当にすまない」、――なんて、一体誰が聞きたいっていうんだ？

突然、素早く伸ばされた大きな手に二の腕を捕らわれ、強い力でぐいと引き寄せられた。今度は逃げる間もなかった。

「――きみが好きだ、幹」

ぶつかる勢いで鼻先を押し付けられた彼の胸元から、懐かしいコロンの香りが鼻孔をくすぐった。

「この十日間、ずっと、きみのことを考えてた。きみのためにはもう会わないほうがいいとも思った。だけど、もう限界だ。きみに会いたくて触れたくて、気が狂いそうだった」

その苦しみを知らしめるかのように、喬木さんはきつく僕を掻き抱いた。

「い、嫌だ、放して、――放して下さ、」

「愛してる、幹。俺を許してくれるんだろう？　だったらやりなおそう。樹なんて関係なく、最初か――」

「黙れ！　――もう、たくさんだ！」

なりふり構わず叫んだ声は、ほとんど絞め殺される直前の鶏みたいだった。

彼の背中がギクリと揺れ、拘束が緩む。その隙にがむしゃらにもがいて振り切り、なけなしの勇気を振り絞って真正面から対峙した。

「あなたの嘘はもうたくさんだ。もう聞き飽きた。喬木さん、自分で思うほど嘘つくの上手じゃないよ。ほんとはずうっと知ってた。あなたは僕を、僕自身を好きだったことなんてない」

——樹の代わりに、ただ傍に置きたかっただけ。

大きな体が目に見えて揺れた。ほうら、図星だ。あからさまに狼狽える彼を、小気味いいとすら思ってしまう。

「……やっときみの本音が聞けた」

予想に反して、喬木さんは、安堵したようにふうっと吐息して言った。

「きみの言うとおり、俺は、きみが樹に似ているから、近付いた。樹の代わりにしようと思ってたのも、事実だ。三年前、まだ中学生だった樹に、俺はこっぴどく振られてね。きみと偶然出会ったことで、きみを利用して樹に仕返しをすることを考え付いた。それに、好みの外見なら、生意気で奥手の樹より、きみのほうが扱いやすいとも」

そして、つと目を逸らすと、またひとつ大きく息を吐き、首を前に傾けた。

「樹を抱いた。——ごめん、言い訳のしようもない」

「……ッ」

胸から咽喉元までいっぱいにふさいだ何かが、ぐうっと嫌な音を立てた。

ベッドから転がり落ちてもと、飛びのくようにして後ずさったが、すぐに強い力で引き寄せられる。

「全部話すから、頼む、聞いてほしい。あの朝、きみに電話をしたとき、樹が隣にいたのも事実だ。その数時間後に何食わぬ顔できみに会えるほど厚かましくはなれなかった。でも、情けない話だけど、――最後まで、抱けなかったんだ。これは幹じゃない、そう思ったら、……体のほうが正直で」

矛盾する告白の意味をすぐには理解できず、眉根を寄せてしまう。喬木さんはこの時ばかりはわずかに視線を逸らして、「勃たなかったんだ」とシンプルに言った。

ぎょっと目を瞠った僕に、喬木さんは苦笑を深め、「仕方ないよ」と言う。

「仕方ないって、その」

「俺はもう、幹にしか勃たないんだと思うよ」

ごく真面目な顔でのきわどい告白に、僕は赤くなったり青くなったり目まぐるしいが、喬木さんはやはり真面目な顔と口調で淡々と言う。

「俺が欲しいのは、加賀谷樹じゃない。浅岡幹だ。――こんな簡単なことに、あんな最悪の状況で気づいた」

両脇にだらんと垂らした手を喬木さんはそっと掬い上げた。そして、まるで騎士が姫にするかのようにうやうやしく、中指の根元に口づけて、「きみを愛している」と穏やかな声で言った。

「きみを失いたくない。誰にも渡したくない。愚かで、厚かましい男だと軽蔑してくれていい。詰ってても、殴ってもいい。でも、きみが、こうして触れることを許してくれる程度に俺を嫌いでないなら、やり直すチャンスを――時間を、俺に恵んでくれ」

咽喉から手が出るほどに恋い焦がれたものがすぐ鼻先にあるのに、僕は高い断崖の縁にいるかのように固まって震えるしかなかった。

「無理だよ……」

「幹！」

「僕はもう知ってる。あなたの心に樹がいたこと。きっとどんなに優しくされても、優しくされればされるほど、あなたの中に、理由を探してしまう。どうして優しいんだろう、誰に優しいんだろうって」

樹の影に怯えながら好きなひとの傍にいるより、独りのままでいい。嬉しいことなんてなくていいから、苦しくないほうがいい。もう苦しいのはイヤだ。憎むのも妬むのも疑るのもイ――、

「――えっ、うわっ、……た、喬木、さん？」

唐突にベッドの上に引き倒され、貧血状態も手伝って一瞬のめまいを覚えた。気づけば仰向けになった僕の上に、ずっしりした懐かしい重みが加わっていた。

「それでも、幹、俺はきみが欲しい。俺自身が、どんなにきみを苦しめたとしても……」

唖然とする僕の鼻先に触れるほど近くに、いっそ不気味なほど晴れ晴れとした笑顔があった。

「お前が強情なのは知ってる。だけど俺はそれ以上にわがままなんだ。お前の中にもう一度俺の形を刻み付けてやる。夢でもうなされるぐらいに深く」

忘れるなんて――許さない。

射貫くような双眸と、脅迫じみた予告にあげかけた悲鳴も、ひきつった唇ごと噛みつくように吸

われ、そして唐突に離された。

「このまま抱くよ」

どんなに俺が、お前に恋い焦がれているのか、思い知ればいい。

唇が触れ合うほどの距離で囁かれたそれに、恐怖ではなく、胸が震えた。

14 ―一矢―

言葉が届かないのであれば、まずは体から――なんてのは、どこぞの女衒（ぜげん）かヒモ男のやりそうな、短絡的で自分勝手で恥知らずなやり方だとも十分に承知している。場合によっては訴えられたって文句は言えまい。

けれども、どんなに俺が幹を、浅岡幹という男を心から欲しているか、知らしめるには千の言葉より有効なはずだ。男の体は特に、嘘がつけない。

それに、俺は傲慢にも確信していた。どんな抱き方をしたとしても、幹に完全に拒まれることはない。幹は今もまだ、俺を――己を騙して利用し、利用しつくして捨てようとした最低の男を――好きなままだと。

幹は手足を弱々しくばたつかせてささやかな抵抗をしたが、不必要なほど強く四肢を押さえつけ、食いつくすように深いキスを与えれば、すぐに大人しくなった。

窓際のベッドは、薄いカーテン越しに差し込む月明りだけで光源は十分で、鎧のようにきっちりと着込んでいた制服をむしるように剥いでしまうと、現れた肢体は今までになく痩せ細り、その肌色は、自ら発光でもしているかのように青白く見えた。思わず生唾を飲み込んでしまう。

今まで散々貪りつくした獲物で、しかもほとんど病人のような体を前にして、俺の雄は萎えるどか、衣服の中でもう限界にまで張りつめて痛いほどだった。

「――てる……？」

幹の上にまたがったまま呆けたように象牙色の裸体を凝視してしまっていた俺は、押し殺した小さな声に我に返った。

シーツに頬をおしつけた横顔は、できるだけ俺から遠ざけた眼球をぴくりとも動かそうとしないが、もう一度口を小さく開けた。

「……そんなに、似てる？」

（――樹に？）

完全に誤解でしかないが、手ひどい拒絶の言葉より、みぞおちをひやりとさせられた。

今まで俺や、あるいは周囲の人々によって注がれた無遠慮な視線が、どんなに鋭い鎌となって彼を屠(ほふ)り続けたか思い知らされる。

「いいや、似てないよ。どこも似てない。俺をこんなふうに――発情期の犬みたいにさせるのは、幹、お前だけだ」

これが証拠だと、ボトムの布地の上からでもそれとわかるほど卑猥な形を主張している己を、幹の細い腰に上下にこすりつける。

「……あっ……っ」

「ほら、分かるだろう？　……なあ、幹、樹がもっとお前に似てれば良かった。そしたら、俺は教え子の前で最高に情けない姿を晒さなくて済んだのに」

お前だと思えれば勃っただろうから。

耳殻を甘く噛みながら熱を籠めて囁けば、頑なに向こうを向く目元に、小さな水滴が盛り上がる。留まったままの小さな水滴を吸い取り、頬に口づけ、首筋を痕が残るぐらい吸い上げる。体液も肌も何もかもが甘い。記憶にある以上に。

俺が触れるたび、ぴくんぴくんと律儀に幹の四肢は跳ねた。けれども、姿勢は横になった棒立ちのようなまま、緊張の解けない面は頑なに窓のほうを向いたままだ。

多少の抵抗は予想できた。それでも強引に奪うつもりだった。

だが、どんな決意も揺らぐ瞬間がある。今にもぽっきりと折れそうな風情の恋人に、——しかも正確に表記すれば「元」恋人に、なおもことを推し進めることに、心の一部がついていかない。

「——どうしても、嫌か？」

幹の視線がようやくそろそろと俺に向けられた。

「お前が欲しい、幹。この十日間も、さっきの授業でも、これをお前の中にねじ込みたくて、気が狂いそうだった。——でも、もしお前が、俺に触れるのも、……口を利くことすら、嫌だというなら——」

それでも俺が幹を手放せるかどうかははなはだ自信がなかったが、例えば、「身内と関係した相手なんて生理的に無理」「キモい」、とでも言われてしまえば、さすがに心が折れる。

濡れた長いまつげが何度か上下した。イエスか、ノーか？　判決を聞く被告のような気持ちでじっと待つ。

やがて両の瞼が俺の前でゆっくりと閉じられた。引き寄せられるように鼻先をつきあわせ、固く引き結ばれた唇に自分のそれをそっと押し付ければ、ほんのわずか、唇に隙間が空けられた。

それで十分だった。

全部を許された、なんて思うほどおめでたくはなれないが、迷いは消えた。

失ったなら取り返す。どんな手を使っても。


「っあぁっ……いやあ……」

結局、さっきのためらいなんて台風の前の塵みたいなものだ。奪ってしまえば、歯止めなんか利くわけがない。エサを前にした駄犬と同じだ、俺は。

皺だらけのシーツに塗れ、息も絶え絶えに喘ぐ従順な肢体を見下ろし、繋がった腰をぐいと押しつける。

ひとの気配がないとはいえ、場所が場所だ。声を堪えて、と俺が言うまでもなく、幹はもうずっと口もとを手で覆ったままだ。大きく突き上げて乱暴に揺さぶっても、頑なに。

けれども食いしばった歯が、本人の意思とは関係なく緩み、あえかな嬌声が切れ切れに漏れる。

馴染んだ肌はしっとりと汗ばみ、むせるような甘い体臭を醸し出す。

「なあ、幹。——思い出した？」

「あっ、んッ、な、何、が……？」

「俺の形」

幹の尻に腰骨がぴたりとつくほど押し付け、届いた一番奥をぐりりと抉った。

「ひっ、あぁ……ッ」

卑猥な問いかけに、極限まで受け入れて張り詰めた部分が、ぎゅっと収縮する。締めつけは息を呑むほどきついが、熟れた肉はあくまで柔らかい。まとわりつくそれを振り切るようにぎりぎりまで引き抜けば、追いすがるように俺に絡む。それこそ隅々まで立体スキャンされているようだ。

「そう、そうやって締めて、確かめろ。俺がどんなにお前に夢中か」

絶え絶えに紡ぐ吐息ごと唇を吸い、唾液と互いの体液とに塗れた腹を密着させ、腰の動きだけで、湿った隘路に潜むしこりを小刻みに何度も抉る。熱くぬかるんだ場所が、出し入れするたび強烈に縮んだり呆気なく緩んだりを繰り返す。

「や、ああ、そこ、やだ……ッ、喬木さ、喬木さん……っ」

揺さぶられるままにのけぞった薄い胸の、毒々しく赤く実った乳首に食らいつき、音を立てて吸い上げると、幹は啜り泣きながら自分から腰を揺すった。

若い性器は十分に反応していて、ほとんど弄ってもいないのに、先端からは透明な体液をしとどに溢れさせ抉れた腹部を濡らしている。「恋人ではなくなった男」をそれでも受け入れ、快感を得てくれているのだと思う。

だが、ベッドに投げ出されたままの細い腕は、かつてのように俺の背中に回ることはついぞない。

といって、詰るでなく逃げることもない。ただ、艶やかな嬌声を絶え絶えに紡ぐだけだ。

また俺のわがままが頭をもたげる。せめてほんの少し、恋人同士だった頃のことを思い出して――

――思い知ってほしいと。

「違うよ、幹。ちゃんと俺を呼んで」

ほんのちょっと動くだけでもきゅんきゅんと狭まる襞を強引にめくりあげながらぎりぎりまで抜く。そのまま一気に奥まで戻そうとしたが、すっかり濡れそぼっていたそれは、つるんと的を外れてしまった。

「や、イヤッ――、ああ、おね、お願い、喬木さ……ッ」

「ちゃんと呼んだらね」

耳朶をまるごと食んで囁くと、幹は観念したように頑なな口と心とを開いてくれた。

「――……かずや、さん……っ」

「そう、いい子だね。幹、――俺が欲しい？」

もうためらうこともなく、幹は何度もうなずいて、うわごとのように、欲しい、欲しいと繰り返す。

「幹、好きだよ。愛してる、愛してるんだ、お前だけを……！」

滾（たぎ）った血が毛穴から湯気を噴きそうだった。いっそ、ひと思いに殺して食ってしまいたい。そうしたら、幹は、俺のものになったまま時を止める。永久に、俺だけのものになる。

「そのまま、じっとしてて。俺の全部、お前にやるから」

ナイフをその薄い胸につきたてる代わりに、硬くそそり立った欲望を、ひと息に幹の中に埋めた。

「――ひぃっ、あっ、かずやさ、あぁっ……ッ」

きゅんと背筋が反り返り、内壁が一斉に絡みついて縮まった。幹の性器の先端からとろりとした白い体液が壊れた噴水みたく間欠的に噴き上がる。

今の幹に、ことさら長引く行為を強いる気持ちはなかったが、こんなにも呆気なく、しかもほとんど中だけの刺激で極めてくれたことに、こっそりとほくそ笑む。

「もう少しつきあって。俺もそんな持たないから」

「んッ、あぁ、――待っ、待って、ひッ、ひあぁ……っ」

一番敏感になっている時だろうが、やや萎えたそれを掴み、さらに最後の一滴をも絞り出そうと擦りあげながら、腰の動きを速めた。

すでに達した幹にとって、それ以上の刺激は、気持ち良ければ良いほど苦痛にも感じるだろうが、わずかな抵抗もしないどころか、自分からもっと大きく脚を開いて、俺が動きやすいようにしてくれる。

そして、十分柔らかいとはいえうんと狭いには違いない場所を、我が物顔で掻き分け奥へと進む俺の劣情を、とことんまで甘やかすようにゆったりと抱き包み、さらに奥へと招き入れるかのように根元から先端までをじわじわと絞る。

狂おしいほどの淫らな官能と、羊水の中で揺られるような安心感が混濁して頭も腰もくらくらする。

　こんなにも満ち足りた快楽を与えてくれる恋人を泣かせてまで、どうして他の誰かなんて俺は考えたんだろう。

「誓うよ、幹。お前だけだ。もう一生、お前以外の誰にも触れないから――」

　俺を許して。

　祈るように囁いた言葉は届いたのかどうかわからない。

　幹はもうただしゃくりあげるように泣いて、激流の小舟のように力ない体を揺さぶられるだけだった。

＊　＊　＊　＊　＊

　先刻と同じように、小さな頭がぐらりと傾いだ。支えた手は、今度は払い落とされることはなかった。――そんな気力すらなかったとも言えるか。栄養不足と睡眠不足もあるだろうし、弱っていた体に、つい今しがた、俺が追い打ちをかけた。手加減はそうとうしたつもりだが、だったらそもそも控えろという話だ。

「慌てなくていいよ。誰も来ないから」

　のろのろと制服に手を伸ばす幹に、手を貸そうとすると、一人でいい、とそっけなく言って、薄闇の中手探りでボタンを留めている。

最後に幹が頭を巡らして探しあてた先、壁際にハンガーで引っ掛けておいたブレザーを、俺は先んじて手に取った。

広げて背中にかざすと、幹は素直に腕を伸ばした。いっそう華奢になってしまった肩に、冬の布地がもたついてみえる。幹を後ろから抱きしめるようにしてブレザーのボタンを留める。びくりと全身で警戒されたのも気づかないふりで。

ふと、土曜日の樹との「情事」を思い出す。あいつは、幹と同じサイズで誂えたブレザーがそろそろきゅうくつになっていると自慢顔で言っていた。はいはいと聞き流しながら、あの時も、樹の制服をハンガーに掛けたんだった。


「――ずいぶん慣れてるみたい、そういうとこ」

衣類が皺になることを気にする女性は多い。なんとなく習慣になってしまったその行動を、樹にあげつらわれて苦笑する。

「樹にしちゃ、鋭い指摘だな。親御さんには電話入れとけよ。それと、気分は？」

もうだいじょーぶー、とどう見ても大丈夫じゃなさそうなテンションで樹が答える。

そうとうアルコールに弱い体質のようなのと、加えて、大人だけの世界にまる二日身を置いたことの気疲れもあったのだろう、ネジが飛んでいるようだ。

週末とはいえ学会という正式な場だ。正装の意味で樹は、この二日間とも、制服を着用していたが、ベッドを見るなり勝手に制服を脱いで、パンツ一枚で大の字に転がってしまった。警戒心が失せているらしいのが嬉しくなくもないが、恋人とご無沙汰中の今の俺にはちょいきつい。

恩はきっちり返すと宣言したとおり、樹はその能力を（愛想笑いも含めて）惜しみなく使ってくれて、大変に助かった。学会終了後のアンケートでは、外国人教授連から名指しでお褒めの言葉をいただいた。

しかしその後がまずかった。ホテルでの食事会で、唯一の未成年である樹にはジュースを手配したのに、偶然か誰かのいたずらか、本物のワインが樹の手に渡ってしまった。ワインになる一歩手前のブドウジュースは、初心者ならば尚更、色でも味でもワインと区別するのは難しい。

樹の両親が知ったら、正直どんなに騒ぎ立てるか想像に難くなく、俺の家に連れ帰ってきたのも、ベッドに寝かせたのも、不可抗力でしかない状況なのだが、何故だか誰にだか、とにかくひどく後ろめたい。

やがてベッドから、ごく早めの寝息のような音がして、見ればすうすうと、樹は眠りに入ってしまっていた。

体の具合に異変はなさそうだが、やはり心配で、そそくさとシャワーを浴び、下着一枚だけ身に着けて戻ってくると、アルコールのせいで眠りは浅かったのだろうか、樹が薄目を開けてぼんやりと天井を眺めていた。

「どうした？　やっぱり気分悪いか？」

子供にするように額に手を置いて、薄桃色に上気した小さな顔を覗き込むと、するりと両手が俺の首に絡まった。

「樹？」

いいよ、と樹がつぶやく。いいよ？　何がだ？

「僕が足開けば、あなた幹と別れてくれるんだっけ？　——だったらいいよ」

「——お前酔っぱらいでもそうとう性質悪いほうだな。いいから寝てろ、性少年」

ため息をついて体を離そうとすると、思いのほか強い力で引き戻された。

いいって言ってるのに、と樹は再び挑戦的な目で俺を見据え、その目をそっと閉じると、軽く唇を突き出し、あまつさえごく緩く唇の隙間から舌を見せた。

それは、俺の良く知るあいつの、行為をねだる時の表情に、瓜二つだった。

「……後悔するぞ、酔っぱらい」

樹が小さく首を横に振る。ずきんと下腹に熱が集まった。

その熱の原因が、どっちのオリジナルか考えるべきだったのに俺は、例によって面倒くさいプライドも手伝って、毒入りとわかっているはずの据え膳に齧り付いた。

——我に返るまでに、お互いがずいぶんな過ちを犯した。

熱い四肢を絡めあって。途中までは二人とも夢中で貪りあった。

触って。捻って。吸って。弄って。撫でて。擦って。舐めて。

手に入れたものへの達成感が、快感とともに全身を走り、——そうして唐突に突き抜けた。

俺の動きが急に止まったことに、樹が閉じていた瞼をうっすらと持ち上げた。

「……先生？」

「――ごめん」

え、と丸くした目で見つめ返された。樹の視線を俺自身の下肢まで誘導して見せると、戸惑った顔が、哀れむような微笑に変わった。

「……いえ。――僕も、酔いが、醒めました、から」

さすがに同性のことで、いくら初心な樹でもすぐに事情を理解してくれた。

ひどく疲れているのに眠気すら覚えず、あたりが明るくなっていることに気づいてようやく幹に電話をかけ、樹はそれを横目に、一人先に部屋を出て行った。

気づいてはいたが、俺もまた自己嫌悪と混乱の極みにあり、駅まで送ることはおろか、タクシー代を渡すこともできなかった。

＊　＊　＊　＊

俺の家に戻る車の中でも、幹はほとんど喋ることもなく、――気まずいからというのではなく、本当に疲れていたのだろう、車に備えた毛布を鼻先まで被って、ずっとうとうとしていた。

駐車場からうちまでは子供のように手を引いて歩いた。そういえば、踏切の手前で幹を拾って連れ帰った時も、こんな風に手を引いたっけ。あの時も今も、幹には逃げる意思も気力もないようで、とぼとぼとついてきた。

ささやかな食事の用意ができたのは、もう夜中の時間帯だった。

風呂上がりで体が温まっている上に、まだ眠り足りないのだろう、ぼんやりしている幹をテーブルに着かせて、小さめのどんぶりにうどんをよそい、可愛らしく切ったかまぼこを載せて、目の前に置いた。

「辛いなら、全部食べなくていい。でも少しだけでもお腹に入れて」

幹は小さな声で、「お腹、空いてます」と言った。そして丁寧に両手を合わせて「いただきます」をすると、はふはふとうどんをすすった。それを見届けてようやく俺も自分の食事に手をつける。

幹の食べ方はいつも美しい。樹もきちんとしているがこの域には今少し足りない。背筋を伸ばして、箸のごく先端だけを使い、最小限の音でうどんをすすりあげるさまは芸術的ですらある。幹が養子に行った事情は聴いているが、この年で、この完璧すぎる所作は、躾の厳しさと、幹がこれほどまでに小食な理由を語っているようで、不憫とすら思わせる。

ごちそうさま、とまたきちんと手を合わせた後は、目がまたとろんとしていた。

幹に話したいこと、幹に聞きたいこと、話し合わなければいけないこと、どれもほとんど「至急」マークをつけたくなるくらい重要なことがたくさんあるのだけれど、今日の幹はもう、体力も気力もいっぱいいっぱいだろう。気持ちは逸るが、俺が今何より優先すべきは幹自身だ。

歯磨きの後、また荷物のように抱き上げて、寝室のベッドに下ろすと、幹は今にも完全に閉じそうな目をめいっぱい見開いて、俺を見上げた。

「どしたの、幹?」

けれどもすぐにぷいと顔を背けそのまま両目を閉じてしまった。

その視線の意味が、一人にして欲しいということなのか、傍にいて欲しいということなのか逡巡したのは一瞬で、すぐに後者だろうと図々しく独り決めした。幹の隣に潜り込み、背中から腕を回してぴったりと抱きしめる。

どうやら俺の判断は間違っていなかったようで、幹の後頭部が、俺の鎖骨のあたりにこつんとぶつけられた。

ぎゅうっと両腕に力をこめた時にはわずかに乱れた呼吸音も、きゅんと張りつめた背中も、じきに規則正しい寝息と、綿の足りないぬいぐるみに変わった。

薄明りの中、くうくうと寝息を立てるあどけなさに、愛しさも度を過ぎると怒りに似た激情になるのだと身をもって知った。

やっと取り戻したのだ。この腕の中に。誰よりも愛しいひとを。

何も解決していないかもしれない。けれども、その事実に、全身から力が抜けるほど安堵した。

もう二度と放さない。俺という檻で厳重に囲って、二度と外へは出してやらない。

15 ― 幹 ―

ぽっかりと目を開いた途端、天井に埋め込まれたシンプルな照明器具と、モダンな黒色の斜交いが目に入った。覚えはあるが僕の部屋のものではない。

「おはよう。気分はどう？」

条件反射で「おはよう」と口にする。

目の前にいるひとの、屈託なく眦（まなじり）の下がった双眸に、一人ずつ、呆けた僕が映っている。

ぽかんとしたままの僕の額に、顔の全部を隠すほど大きな手が、そっと当てられる。

「熱はないか。咽喉は渇かない？　もう少し寝てる？　お腹空いてたら朝ごはんにするけど」

それともこのままくっついてる？

最後の提案が一番魅力的だと思った。

どうせ夢ならと、少し強い力で彼へと引き寄せられるまま、覚えのある温もりに、うっとりと身を寄せる。眠くはないのに自然に目が閉じる。

「良かった。逃げないでいてくれるんだ」

逃げる？　こんなに心地の好い場所から？

どうして、と思った途端、ようやく昨日までのいろいろなことが頭の中に流れ込んできた。

ああ、そうだった。今のこれが現実なら、昨日のことも、十日前のことも、全部現実だった。

突然背中に冷気が流れ込んだ気がして、ぶるりと身が震えた。

「――幹？　寒いの？」

「いえ、あの、……も、もう、起きる、……起きます」

唐突に身を離すと、喬木さんは一瞬きょとんという顔をしたが、すぐに、ベッドにつっぱった僕の腕をぐいっと捕らえて引いた。

僕はバランスをくずし、彼の裸の胸へと顔をぶつけてしまう。

そのまま、体の上下を入れ替えられて、力強く抱きしめられ、唇を吸われた。

「……あ、ん、んっ」

おはようのキスにしては濃厚すぎるそれと、パジャマ越しに朝を迎えた下肢が重なってこすれれば、再び頭の中に濃い靄がかかり始めた。

僕たちはもう別れていて恋人同士ではなくて、こういうことをする間柄ではないはずなんだ。

頭の隅っこでなけなしのプライドが小さなアラームを鳴らしたけれども、心も体も聞いちゃくれなかった。

彼の手や脚や唇が触れるごとに、体の中心は、朝だからという理由も相まって、じんじんと甘く疼きだすし、胸の鼓動はエイトビートを刻むみたいに跳ね上がる。

「イヤ、やだ、たかぎさ……ッ、そこ、は、も、ダメ……ッ」

上掛け布団の中で、パジャマの下は下着ごと膝までずりさげられて、やはり生身の彼の下肢とぴったりと重ねあわされ、ゆっくりと揺すられる。

明るい場所だからなのか、視界に入っていないそこも、お互いの形がやたらリアルだ。

特に彼のそれは、もういつ尻のあわいに滑り込んでもおかしくないほどに膨れていて、今、そのまま深い窪みの奥に押し込まれたら、まだ柔らかいそこは容易く受け入れてしまうだろう。

「幹、このまま、……いい？」

パジャマの中で胸の突起をくりくりと指先で捻られ、耳殻に唇を触れさせながらいやらしく囁かれれば、どんな疑問が渦巻いていようとも否という選択肢なんてない。ただ、目をぎゅっと閉じてこくりと首を折った。

「幹……」

「――あぁ、ん……ッ」

その時、壁のハンガーにかけられた制服のポケットから鳴り響いた、虫の羽音に似た音に、いきなり現実をつきつけられた。

入れっぱなしの携帯、そういえば、マナーモードを解除するのすら忘れていた。

「ま、待って、喬木さん」

「何を待てって？　幹もこんなにしてるのに」

「だって、で、でんわ、でんわ鳴ってて……ッ」

「――でんわ？」

彼もまた正気に戻るのに二秒ぐらいは要したらしい。寝乱れた額の髪をかきあげて、僕の顔と背後のブレザーを夢見顔で見比べるのと同時に、プツっと振動音が途切れた。

「あの、母からだと思うので」

僕に電話してくるようなのは、島崎か母ぐらいしかいない。とすれば、事情を知っている島崎ではなく母だろう。

「あ、そか、でんわ、ね」

喬木さんはじっと僕を見つめると、凄く真面目な顔で言った。

「すぐ掛け直さなきゃ、だめ？」

「……だめ、――じゃない、けど」

触れ合ったそこはもう、互いにそれどころじゃなかった。

正直なところ、たくさん寝た割に体はまだ本調子という感じは全然なくて、昨日の無茶に引き続いてするのはどうなんだろうと思わなくもない。

でも、どうしても惜しいと思ってしまった。この幸福な時間を中途半端なまま逃すことに。

目元にチュッと音を立てたキスをされ、喬木さんがゆっくり腰を動かす。お互いの剥き出しの性器がぴったりと触れ合うようにして。

「幹はこのままじっとしてて」

「……え、で、でも」

「昨日の今日だからね、無理はしないよ。でも、二人で気持ちよくなろうか」

彼の大きな手が、僕たちのものを二つともまとめて握り、性交のリズムで腰を動かす。

僕はと言えば、動かないどころか体勢すら、棒のように寝そべっているだけだったからか、彼の腰の動きを、いつもと違って素面で眺めてるみたいになってしまう。

周りの自然光の明るさもあって、単純な動きのはずなのに、やたらいやらしく見えるし、やたら恥ずかしい。

もう互いにたくさん滲み出してしまっているものが、擦りつけ合いで濡れた音を立てるのはすぐだった。

「気持ち、いい、幹？　体辛くない？」

気遣う言葉に、こくこくと素直にうなずく。

「……んっ、うんっ、いい。かずやさん、気持ちいい……っ」

良かった、と、上気した顔で喬木さんが笑う。昨日の夜、僕の中を責め立てた時の、獲物を見つけた猛禽類のような眼差しとは違って、なんというか、可愛らしい。

いつもと違うそんなあれこれの、そこへの刺激に相乗された視覚効果で、昨日したばかりだというのに、いつも以上に限界が早く来てしまいそうだった。

ぐちゅぐちゅと明るい朝の部屋に響く濡れた音は、ほとんど僕だけのせいではないかと疑りたくなるほど。

「いきそうになったら教えて？　俺も合わせるから」

また何度かうなずいて、――うなずくのが精いっぱいで、けれども最後は僕も、重なったものにそろそろと手を伸ばした。

「幹……」

重なった手に、喬木さんが、凄く嬉しそうに目じりを下げた。

その顔がもう、さらに限界を早めたんだと思う。

喬木さんもまた、無理はしないと言ったとおり、早く終わるように努めてくれたのだろう。

結局、一応気になっていた母への電話は、懸念したほど遅れなくて済んだ。

通話ボタンを押すと、心配性の母が急いた様子で、幹、と呼ぶ声が響いた。

『幹、貧血ですって？　具合はどう？　熱はないの？　病院は行ったの？』

「大丈夫。単に寝不足だったみたい」

母はほうっと深い息を吐いたようだった。

『ずっとお勉強頑張ってたものね、でも無理しちゃだめよ。喬木先生のおうちに泊めていただいたんでしょう？　樹も怪我の時にお世話になってたし、お母さんからもお礼を申し上げないと――』

母が皆まで言うより先に、横から伸びた大きな手に機体を奪われた。振り向くと素早く着替えていた喬木さんが、電話を耳に当てながら、大丈夫だよと僕に身振りで示した。うなずいて、そそくさと乱れた衣服を直す。いや、パジャマを直すんじゃなくて、洋服を着ないと。

「――ご無沙汰しております。喬木です。ええ、いいえ、今朝は気分もいいようです。もう少ししたら、僕が送っていきますから。迷惑なんてとんでもない、単なるお節介です。弟ができたみたいで、つい。――いいえ、僕にはそうでもないですよ、悩みを打ち明けてくれたりね。……ええ、僕にも覚えがありますから。友達や女の子のことで悩んだり、両親に反発したりね。――はい、では幹、くんに代わります」

なんだかわからないうちに、母は喬木さんに言いくるめられたらしい。

「えと、お母さん、じゃあ切るよ、昼過ぎには帰る」

『ええ、こっちに着く時間を連絡ちょうだいね。喬木先生が送ってくださるってことだから、そのままお帰ししないで、昼食を召し上がってってお誘いして』

返事に詰まった僕に、母は言いつのった。

『樹の留学のことで、直接お伺いしたいと思ってたのよ。ちょうどいい機会だから』

僕はため息を鼻から逃がして、わかったよと答え、電話を切った。

「喬木さん、母が、挨拶をしたいそうで、――よければ昼食を一緒にどうぞと」

「有難いけど、却って気を遣わせてしまったかな」

「いえ。樹の、留学のことも直接聞きたいことがあるとかで」

「……俺に？」

まるで僕が知っていることを咎めるかのように、喬木さんはふいに表情を厳しくし、一転して冷たい口調で言った。

「樹がどうするかなんて俺は聞いてないし、どうでもいいよ」

「あの、でも、フランスの大学に招聘されたのだと、聞いています。おめでとうございます」

「フランスに行く話があるのは本当だ。迷っているし、まだ返事をしていないけれども」

「……迷ってるんですか？　あなたの年齢で、すごいチャンスなんだって聞きましたが」

なんでだか責められているみたいな気がして、つい言い訳みたいに言うと、喬木さんはますます苛ついたように、じろりと僕を睨んだ。

「そうだよ、とても大きなチャンスだ。だから迷ってる。俺には好きな子がいるからね。チャンスのためなら、その子と何年も離れても構わないって割り切れるほど、俺は大人じゃない」

「い、樹の留学については、あなたが一緒ならって、過保護なうちの両親も賛成していますよ。おばあちゃんが――祖母が納得していなくて多少もめてますが、祖母のことは樹とは関係ないから、」

「ストップ、幹」

口元を彼の手がふさいだ。

「俺が好きなのはお前だとはっきり言ったはずだ。俺としては、崖っぷちから海に飛び降りるぐらい勇気のいる告白だったんだ。信じられなくとも、なかったことにするのだけはやめてくれ」

喬木さんの二人称の「きみ」が、昨日から時々「お前」に変わる。ぶっきらぼうなこっちが自然に聞こえるから、こっちのほうが素なのかもしれない。

そんなことを考え込んでしまったものだから、彼が言った、僕にとって一番大切なはずの言葉のほうは、受け止め損ねてしまった。

16 ―一矢―

先だってトルコで発見された十字軍時代の古い文献の調査チームの編成を、再来年のローマ法王の在位二十年の記念事業として、バチカンがパリ大に依頼した。大学のみならず、フランス文化通信省の威信をかけた一大プロジェクトだ。

先日の学会にやってきたパリ大の教授が、そのプロジェクトの人員集めのネゴシエーターで、専門とは少し違うが、たまたまこの間の学会で発表したテーマがそれだった俺に声がかかった。

普通に考えれば、そもそもまだ学院生でしかない俺に持ってくる話ではないし、破格な条件――

準教授待遇とか、「恋人（の樹）も一緒に」なんていう奇天烈なオプション――は行き過ぎていて、あまりに胡散臭い。それで現地の情報通の友人に調べてもらったら、どうも、人材の不足というより、純粋に頭数の不足らしい。俺だけではなく、他にも何人か候補がいて、現地で行うオーディションじみたものに通る必要もある。上手い話には裏があるというやつだ。

「よしんば残れても、準教授待遇ってのは盛りすぎの話だと思う。うまくごまかされていいとこ専任講師、外国人研究員、――下手したら、助手かボランティア学生の扱いかもって」

迷う理由なんて本当のところ、裏事情なんて関係ない。大きな可能性と経験の少なさを比べて、奥ゆかしく尻込みするほど、殊勝な性格でもない。俺の年齢なら仮に失敗しても、糧にしかならない。つまり、チャンスを享受することのリスクなんてないに等しいのだが――。

「でも、迷ってるってことは、行きたいと思ってるってことですよね？　なのに迷うんですか？」

幹の指摘に、ぎくりとする。やはりこの子は敏い。他人事みたいなのが気に入らないが。

「――選択肢は、俺がフランスに行くか、諦めて日本にとどまるかだけじゃないよ」

信号が変わったので幹のほうを向いているわけにはいかなくなったが、いつかの、不実なプロポーズなんかとは比較にならないぐらい真剣に俺は言った。

「俺は、幹、きみを連れて行きたい」

考えてもみなかったのだろう、幹は不審げに目を眇めた。

「つまり、留学を考えてみて欲しいってこと」

「僕が？　……無理、無理だよ、何言ってるの。パリ大がどこにあるのかも、どんなとこかってののも僕だって知ってるよ」

　広げた両のてのひらと首とが、ぶんぶんと音がするほど左右に振られた。

　可哀想に、あんな規格外を比較対象にせざるをえない環境の中で、幹の中の『普通』はハードルがやたら高くなっている。

「樹みたいにスキップして大学に、なんてのじゃなくて、高校ならいくらでも受け入れ先があるよ。勝手に悪いけど、きみの全国模試の結果も見せてもらった。全国レベルなら十分に成績優秀者じゃないか。もちろん、言葉も、外国生活そのものだって、慣れないうちは大変だ。でも、きみは人一倍努力家だし、俺も全力でフォローする。決して無駄な時間にはさせないと約束する」

　幹を取り戻してすらいなかったこの十日間あまりにも、ずっと考えていたことだったから、すらすらと口から滑り出た。

「そんなふうに言ってもらえるのは、凄く嬉しいけど、留学なんて、お金もかかるし」

「樹に留学の話が来た時、きみらのご両親は、費用のことは心配要らないから、樹の好きにしていいって言ったそうだ。だったらきみだって、同じようにする権利はあるはずだ。だって兄弟なんだから」

　樹のことをあんなに羨んでいながら、自分の身には全く置き換えてもみなかったのだろう。だが、留学の障壁なんて、費用と親の過保護ぐらいだ。それをクリアしてるなら、あとは、本人の強い意志と、好奇心だけあればいい。

　反論の語彙の尽きた幹に、俺はさらに言葉を継いだ。

「俺もフランスで高校時代を過ごしたんだ。あの国には、きみに見せたいものがたくさんある。綺麗なものも、そうでないものも」

でも、とおたおたと幹の口が開き、けれども何も言うことなくすぐに閉じることを繰り返し——やがて幹は、まるで悪い夢から覚めたような顔でつぶやいた。

「フランス……、一矢さんと、僕が、一緒に——……」

ベッドの上以外で、ごく自然に口からこぼれた俺の「名前」にほくそえみながらアクセルを踏む。約束した時間には間に合いそうだ。

彼を高い塔の上に閉じ込めた魔女がいることを、その時の俺は全く想像もしていなかった。

＊　＊　＊　＊　＊

「僕も行きたいな、フランス」

何気なさそうに幹が口にした言葉は、家族の集う小春日和のリビングを、一瞬にして凍り付かせた。

土曜日で、双子の両親がどちらも揃っていた。俺たちが到着した時に呼ばれた樹が、面倒くさいと墨書で顔と背中に書いたような態度で、階下に下りてきた。

彼らは先に昼食を済ませたのだろう、ダイニングには手作りのランチョンマットが二つだけ並んでいて、俺と幹がテーブルにつくなり、ボリュームのあるドリアが供された。

いただきますと手を合わせるのを待ち構えたように、彼女は、やはり丁寧にいただきますと手を合わせた幹の隣に座り、手書きのメモにそって、俺を質問攻めにし始めた。

双子の母親は料理自慢で、これも大変に美味いのだが、今の幹の弱った胃にはいかがなものだろうか。

やきもきしながらちらちらと幹を盗み見たが、幹は全くの無表情でもくもくと口に食事を運んでいる。

「僕も行きたいな」、機械のように動かしていた手をふいに止めて幹が言った。

それまで、息子ではなく自分がこれから留学するとでもいうように、嬉しそうにフランスの学校の話を聞いていた母親は、目に見えて狼狽えた。

「り、旅行に行くというのではないのよ、幹。今は樹の留学のお話をしているの」

「うん。だから、僕も留学してみたい。だってお母さん、フランス留学なんてかっこいいよ。ルーブルとか、ベルサイユとか、エルミタージュとか、僕も行ってみたい」

エルミタージュは違うぞと俺はつっこみかけたが、それどころじゃないほど、緊迫した何かが彼らの間を満たしている。部外者である俺が容易に触れられない何か。

しかし幹は、むしろ不自然なぐらいに屈託ない調子で、「樹はいいなあ」と言った。

「お母さんたちは、あちこちの外国に行ったけど、僕は外国どころか、飛行機に乗ったこともないよ。うちで英語ができないの、僕だけじゃないか」

「み、幹、来年は修学旅行があるでしょう？　シンガポールだったわよね、楽しみね」

「旅行じゃなくて、留学だよ、お母さん。同じ苦手なら、全然成績の上がらない英語よりも、実地でフランス語習ってみたい。樹には面倒掛けるかもしれないけど」

「僕は全然構わないよ、幹と一緒に行けたらすごく嬉しい」

その異様な空気を読んでいないわけがないだろうに、しらっとした口調で樹が言う。

「樹、黙りなさい！」

それまで黙っていた父親が、厳しい口調で、二人の息子のうち一方だけを咎めた。

そしておろおろするばかりの妻に目配せをすると、たった今叱り飛ばした樹にではなく、能面の口元だけに笑みのシールでも貼り付けたような貌でスプーンを動かすもう一人の息子に向かって、居住まいを正した。

「幹、きみは賢い子だから、わかっていると思うけれども、きみのことは、僕たちが決めるわけにはいかないんだ。きみには浅岡の本家の跡取りとしての責任がある。留学なんて、お義母さん——おばあさんの許しがないと、とても難しい」

「じゃあ、お父さんから聞いてみて。おばあちゃん、僕から話したってまともに取り合ってくれないよ。樹のことだけでもあんなに臍曲げてるのに」

置物のように無口で、ロボットのように従順だったもう一人の息子の静かな反抗は、まだ四十代であろう父親の眉間に深い皺を刻ませた。

「……すまない、幹。残酷なことを言うようだけれど、僕からは言えない。きみの本当の親として、できるなら希望を叶えてあげたいよ。でも、僕は——僕たちは、その権利をとうの昔に放棄した」

母親が深く深く俯いて、「ごめんね、幹」と小さく言った。

のっぴきならない緊張感を孕む親子のやりとりを、ただぽかんと見守るしかない俺に、読みかけの文庫本に重ねたスマホを弄る樹の視線がちらりと寄せられる。今の幹の爆弾発言を誰が教唆したのか、お見通しだとでも言わんばかりに。

内心で冷や汗を拭ったとき、幹の無邪気にも聞こえる声が、しんと静まり返った空気を破った。

「――なぁんて、冗談だよ、お父さん」

「……幹？」

「そんなに驚かせた？　ちょっと思いつきで言ってみただけ。本気にしないで」

いたずらっぽく、――俺には下手な作り物にしか見えなかったが――笑った。

「幹、冗談って」

「英語が関係ない国っていいなあって思ったのはほんと。英語の追試悪すぎて昨日も喬木先生に叱られたばっかでさ」

ふいに話を振られた俺は、いや、その、としどろもどろになってしまう。

「外国で暮らす勇気なんて全然ないよ。それに、全然知らない言葉を一からやるより、英語の再追試のほうが楽に決まってるよね。だから冗談ってこと。ごめんね、そんなに困らせた？」

「ああ、いや、いいんだ。……そうか、幹は英語、苦手なのか」

「苦手は英語だけじゃないけどね」

「語学の習得にはこつがあるんだよ。わからないことがあればいつでも聞いてくれていい。僕でも、お母さんや樹でも」

目に見えてほっとした顔をした父親は、自分がいま何気なく付け足した最後の一言が、どれだけ幹の疎外感と劣等感を刺激したのか考えもしないのだろう。

幹はなおも笑んだまま、有難うと父親にうなずいた。声音にも、表情にも、不自然なところなど何一つなかった。こめかみを引き攣らせるほど憤激している俺のほうが異常だとでもいうように。

「――ごちそうさま。じゃあ、僕はもう部屋に行くね。なんだかまだ寝足りなくて」

「あ、え、ええ、そうね。お勉強も大変でしょうけど、少しゆっくり眠ったほうがいいわ」

「うん。喬木先生、昨日は有難うございました。どうぞごゆっくり」

ぺこりと礼儀正しく頭を下げて、幹は足早に階段を上って行ってしまった。

幹の前の料理はきっちり四分の一だけ減っていて、だが母親は何の疑問もないかのように――あるいは、自らに何の疑問もないと言い聞かせでもしているかのように――息子が多くを食べ残した皿を躊躇（ちゅうちょ）なく下げてしまう。

俺は幹を追いかけたくて仕方がなかったが、この場でそれをすることは明らかに不自然だ。仕方なくもう何口か残っていた料理を大急ぎで平らげて、「そろそろ大学のほうで用事があるので、これで」とやんわりと辞去を告げた。

「喬木先生、僕もAクラの課題、聞きたいことあったんだ。帰る前に、ちょっとだけ部屋まで来てくれる」

と、樹が俺の腕を掴んで引っ張った。

「お母さんも、先生にどんなに聞いたって、どうせ心配性は治らないんだからきりがないよ」

父親も樹に同調し、結局母親も渋々とだが、引き下がってくれた。

樹について階段を上がった先、記憶にある樹の部屋とは違うドアを指さされた。

そういう場合じゃないのは承知だが、初めて訪れる「恋人の部屋」に、好奇心が頭をもたげた。

ドアをノックしても応えはない。樹が黙ってうなずくのをいいことに、部屋の主の許可を待たずに中に滑り込んだ。

そこは、几帳面に整頓された、恐ろしく殺風景な空間だった。カーテンと壁紙はアイボリーの無地、フローリングの床にはスリッパが一対置いてあるだけ、壁際の本棚には教科書類と数冊の文庫本が、背の高さ順に隙間なく並べてある。机上にはフィギュアや写真立てもない。椅子の背もたれに被せられた地味なグレーのパーカーが唯一、俺が見覚えのあるものだった。

およそ年頃の少年のものとは思えない、装飾的なものが何一つない部屋は、全くの予想外であり、かつ、予想どおりとも言えた。

ベッドの上の羽根布団の、こんもりとした盛り上がりを認め、「幹」と驚かさないように先に声をかけてから近づく。

乱れた髪の毛だけ覗いている布団ごと、覆いかぶさるように抱きしめる。

反応はない。けれども抵抗もない。

「俺はこれで帰るよ。ゆっくり休んで」

ぎゅっと腕に力をこめてから、そっと体を離す。後ろ髪をひかれる思いで背中を向けた時、「ごめんね」と小さなつぶやきが聞こえた気がして振り返った。

布団の小山はぴくりとも動かなかったが、足早に引き返して、つむじにちゅっと音をたててキスをし、さっきよりももっと強く抱きしめた。

謝られる理由なんて何一つないが、どんな言葉をかけても、幹のプライドを傷つけるばかりだろう。

扉の前で再び振り返って見た、何もない部屋と、小さな後ろ頭が、その後もずっと、脳裏に焼き付いて離れなかった。


「……驚かせたでしょう？」

コインパーキングに向かう道すがら、送るといって付いてきた樹がぽつりと言った。「いや」と否定したものの、続けて、「ちょっと」と正直に言う。樹は俯いたまま苦笑した。

「幹からも聞いてると思うけど、僕と幹は兄弟でも兄弟じゃない。幹は祖母のもとで、浅岡の跡取りとして育って、こっちでの学費や生活費、全部祖母が出してる。携帯もガラケーでしょ？　おばあちゃんが契約してるからね。進学に有利だってことで、幹がこっちの高校を受験したわけなんだけど、お金を出すことで祖母は、幹に関する権利は自分にあるんだって、両親に期待を抱かせないようにしたんだ」

幹の生い立ちの事情は、本人の口から聞くのと、樹から聞くのとではずいぶん印象が違った。

「つまり、祖母がいいって言わなけりゃ、幹には留学なんて無理なんだよ。幹だってわかってるはずなんだけど」

ため息とともに樹は、足元の小さな石をこつんと蹴った。

「……すまない。俺が余計なことを言ったから」

気軽にというわけではなかったが、「樹に許されるなら、兄弟である幹にだって、同等の権利がある」と言い切ったことを悔やんだ。幹自身は、到底無理だとわかっていて、けれども俺の無責任な提案に、いらぬ期待をもたされ、うちのめされたわけだ。

幹がよく、樹と僕は違う、と卑屈になることがあるけれども、それは樹が学習面や運動面で優れていることだとか、対人関係における器用さを言っただけではなく、そもそも大人の都合であらかじめ決められている立場の違いのこともあったのだろう。

「跡取りのことは、樹に代わるって話もあったようだけれど」

「それは、ないよ。多分、ない」

多分という割にはきっぱりと樹は言った。

「だっておばあちゃん、幹が大好きなんだ。それで、僕のことは嫌いじゃないけど、幹ほど好きじゃない。今は思いつきで暴走してるけど」

その時俺はそうとう不愉快な表情をしてみせたと思う。だいたいすべてはその祖母の子育ての失敗に端を発しているではないか。

「おばあちゃんが幹を大好きなのはみんな知ってるよ……幹本人以外はね。だいたい、老人受けしそうなタイプじゃん、幹。折り目正しくて、面倒くさいぐらい真面目で、どっか要領悪くて、とにかく一心に頑張るし、言い訳も文句も言わない。おばあちゃんにそっくり。あのひとも結構な苦労人なんだ」

彼らの祖母は、明治時代から続く大きな商家の一人娘で、蝶よ花よと深窓で育てられた娘時代から状況が一転したのは、父親と婿入りした夫とを、出張先の列車事故で同時に亡くしてしまった時だ。

結果だけ言えば、現在の浅岡商事の資本金は先代の十倍になり、従業員の数は倍、支店と事業所数は三倍になっているそうだ。

「うちの両親、僕に過保護でしょ。なのに、今回の留学話、僕以上に、母がやたら乗り気でしょ？」

僕はまだ行くとも行かないとも答えてないのにさ、と樹は苦笑する。

「お母さん、僕をおばあちゃんの手の届かないところにやりたいんだよ。跡取りの件は、夏からずっと揉めてたからね、今回の留学の話は、タイミングが良かったんだ。しかも、喬木先生が一緒に行ってくれる、なんて安心オプションつき。せんせって、うちの両親に信用あるんだよ。引きこもり予備軍の僕を更生させた実績あるし。それに、幹のためにもなるって思っている。僕が近くに居なければ、幹がひけめを感じることもなくなるだろうって」

自分の将来のことなのに、何もかもを他人事のように話す樹が気にかかった。

「……お前自身の意志はどうなんだ？」

「僕？」と樹はきょとんとしたように首を捻り、

「うーん、別にどっちでもいいかな。フランスは行ってみたいし、大学生活も楽しそう。でも、今の学校が嫌ってわけじゃないし、特に幹と一緒っていうのは捨てがたい。……まあ、幹は嫌なんだろうけどさ。ていうか、あなたと一緒に行くっていうのは幹的に凄く拙い気がする」

でもねえ、と樹はため息をついて、電柱に軽く拳をぶつけた。

「夏のおばあちゃん襲来のあと、――あなたが幹と出会ったあたりね。幹がヨロヨロだったのと同じぐらい、母もそうとう参ってたんだ」

わたしの子供はあのひとの玩具じゃない。わたしの子供は二度とあのひとには渡さない。夫に縋り付いてさめざめと泣く母親と、抱きしめた妻に「不甲斐なくて本当にすまない」と繰り返し謝る父親を垣間見たから、「留学なんて面倒くさい」なんて軽々しく断ることが、簡単ではなくなってしまった。

淡々と樹は話すが、咽喉につまったものを飲み込み切ってしまおうというような苦しさは隠しきれてはいない。

「あのな、樹。留学のことも、その他のことも、自分がどうしたいかだけで決めろ。お前自身が決めたことが、一番正しい選択だ。周りのことなんて考えるな」

「だけど、幹はまた僕のせいで、嫌な思いをしてる」

「お前が幹に負い目に思う必要はない。お前たちを分けたのは大人の都合だし、幹がお前に劣等感を抱くのは、冷たい言い方をすれば、幹自身の問題だ」

幹自身も、樹のせいじゃないときっぱり言っていた。それは本心からだろう。わかっているからこそやるせない気持ちが募るんだろうけれど。

樹の長めの前髪を後ろへなでつけるように掻きあげれば、形の良い額が露わになって、出会ったころの幼さが蘇った。

「お前は、頑張ってる。幹に負けないぐらい頑張ってる。お前が好きに生きていい理由はそれで十分じゃないか」

子供にするように、額をぴんと軽く指で弾いて、頑是なく見上げる双眸に、力づけるようにうなずいてみせた。

樹はごく素直にこくこくとうなずき——そこで生唾を飲み込んだ。

視線は俺から俺の肩越し、遠くに焦点を当て、「幹」とつぶやいた。

俺は弾かれたように振り向いて、固まった。

曲がり角の入り口に、同じ小さな顔の少年が、大きな眼鏡をかけて、ぽつんと突っ立っていた。

即座に、たった今見たものを材料に、彼が頭の中で組み立てた「事実」を俺は察した。

十日前の失態を繰り返すまいと、俺は持ち前の反射神経と脚力で路面を蹴った時、幹もまた背中を俺に向けて曲がり角の向こうへと消えかけていた。

「——幹、待って！」

部屋に籠られたら終わりだ。あの殺風景な箱に籠ったら最後、二度と出てこないに違いない。

そんな危機感に駆られて、革靴の底でアスファルトを強く蹴った。かつて、全国レベルのテニスプレーヤーとして鳴らした自慢の脚力でもって疾走すれば、病み上がりの幹に追いつくぐらいは造作もない。

結局、駐車場と彼の家とのちょうど中間ぐらいで幹はつかまった。

「待って、幹！　誤解、だから」

手首を強く握って振り返らせても、幹は頑なに俯いて、言葉をひとことも発しないまま拘束を振り切ろうともがく。

「頼むから、話を聞いて、幹。きみが何を見たとしても、俺にはやましいことなんて何ひとつない」

「い、嫌だ、触る、な…ッ、――触るな……ッ！」

叫びざま、思い切り上下に揺さぶり、手首を振り切られた。

「何で追いかけて来るんですか。ほんものはあっちにいるのに！」

「追いかけるに決まってる。ほんものが逃げたんだから」

幹の言葉を使ってそのまま返し、今度は脅かさないように、そして逃がさないように、そろそろと片手で幹の手首を捕らえた。

「俺にとってほんものはここにいる幹だけだ」

「嘘だ……っ！」

叫んだと同時に、かくん、と幹の膝がくずおれた。俺は慌てて彼の腰を支えたけれども、力の抜けた膝はそのまま地面にぺたりとくっついてしまった。

「喬木さんは嘘ばっかり。ほんものは樹だよ、僕じゃない。パパもママも言ってただろ？　ほんものの子供は樹だけだって……！」

「ご両親はどうだか知らない。俺にとって、ほんものの恋人は幹だけだよ」

片膝をついて屈めば、冬の乾いたアスファルトから冷気が染み込む。弱った体には障るだろう。

「——幹、ここは寒いよ。せめて車の中で話そう」

力の抜けた二の腕を掴んで立ち上がらせようとしたが、幹はいやいやをするように体を捩ると、またその場に座り込んでしまう。

少し考えて、俺は自分のジャケットを脱いで幹の肩に羽織らせた。

幹はそろそろと顔を上げると、俺と肩のジャケットを見比べ、合わせをぎゅっと握りしめた。そして、再び深く項垂れてしまった。

「……ほんとは、信じたいんです。あなたが言うこと、全部。疑るなんて、みっともないことしたくない」

腰を屈めて、ジャケットの上からぽんぽんと背中を叩く。

「信じなくていい。もっと疑っていいぐらいだ。俺は今まで、それだけのことをきみにしたから。……でも、できれば逃げないでほしい。傍にいさせてくれれば、信じてもらえるように努力するから」

羽化したばかりの蝶のように、幹の背中が上下し、伏せた面から、熱のこもった吐息が、アスファルトに白い靄となって消えていく。

「それでも、きみが逃げてしまったら、やっぱり、追いかけるよ、今みたいに。どんなに遠くに逃げても、しつこい男だって嫌われても、きみが他の誰かを好きでも」

幹はふいにがばりと面を上げた。

「嘘だ。あの時は、追いかけてくれなかった……！」

詰るように問われた意味が、その時は本気でわからなかった。

「あ、合鍵だって、普通に受け取った。僕にくれるって――ずっと僕のだって言ったくせに！」

『合鍵』、それでようやく思い至ったが、却って言葉に詰まった。

あの時、――島崎に支えられた幹の背中を見送った、あの時？

お前を利用して裏切った下種な男に、――何故だって？

「……追いかけて、良かったの？」

我ながら間抜けな問いだとわかっていて、おそるおそる問う。

幹はただ深く俯いた。

俺は生唾を飲み込み、片膝をついてもっと彼の耳に口を近づけ問い直した。

「追いかけて、欲しかった？」

返事はなく、伏せた面は見えないけれども、泣いているに違いない恋人を見下ろしたまま、俺は身動ぎひとつできなかった。

自分のしでかした罪の重さを痛感してはいたが、今、かつてないほどの後悔が、巨大な津波のように押し寄せ、圧倒的な水圧をもって肺を押しつぶす。

（……俺は、一体、何を――何をしでかしたんだ……？）

この愛すべき恋人に、――ひたすら愛すること以外に、何を。

振り向かずに気配だけで察して呼ぶと、はい、と案の定すぐ後ろあたりで応えがあった。

「――樹」

「このまま連れて帰る。悪いが、ご両親にうまく言っておいてくれないか」

具合が悪い未成年者の子供は、本来は保護者の下で休むのが当然だ。この状況でふたたび連れ去ることで、幹の両親はどんなに言い繕ったとしても、不可解に思うに違いない。通報されれば犯罪者だ。

嘘でも真実でもなんでもいいが、幹がうちに帰らないことを不自然がないように伝えてほしいという依頼は、普通の高校生にはとうてい難しいだろう。

だがすぐに、わかりました、と短い言葉が背中に返ってきた。

サンキュ、と俺が言うより先に、樹が静かに去る気配がした。

蹲ったまま俺は、ようやく、骨も砕けんばかりの力で、幹を抱きしめた。

傍らを、自転車に乗った小学生が賑やかに通り過ぎていった。

17 ― 幹 ―

新宿駅前の待ち合わせ場所のうち、一番メジャーな建物を真正面に見る石畳のロータリーには、小さな町のお祭り程度の人出があった。

十二月に入ったせいか、今日が金曜の夕方だからか、道行くひとがなんとなく浮かれている。いかにもチープな生地の定番のユニフォームを身に着けたサンタクロースも三人ほど見送った。

視界がくっきりと広いのは、最近またコンタクトレンズを愛用しているからだ。

喬木さんは、幹が楽なほうでいいよと言うんだけど、ひとの多い街ではよく見えたほうが安全だし、あの抜きんでて格好いいひとの傍らに、冴えない黒縁眼鏡がいるというのは、いかにもみっともないし。

「スキーウェア、選びに行こう」

クリスマスプレゼントだよと喬木さんが言った。

実はもうお店でアタリはつけてあるから、試着してみて欲しいって。

スキーに連れて行ってくれる約束はしてて、でもウェアなんて高いものは受け取れないと固辞したのだが、「幹にはいろいろ辛い思いさせちゃったから、自己満足かもだけど、お給料も入ったしそのぐらいさせて」と言われては断りきることができなかった。

フランス行きのことはあれ以来話していない。両親の会話にも耳をふさいでいる。

僕自身は、彼は行くべきだと思っている。そして、行ってほしくないと思っている。だから口に出せない。イエスともノーとも聞きたくない。

「――イツキ、くん？」

突然、後ろからぐいと肩を掴まれた。

いきなりの接触は不快でしかないが、樹と間違えられるのはよくあることなので、笑顔すら張り付けながら、平然と「違います」と言いながら体をひきつつ振り向いた。

そこには、スーツ姿のビジネスマン風の男性が立っていた。そんなに年はとっていないが若いというほどでもない。教師という風情でもない。父親か祖父母世代のひとならわからないでもないが、

——こんなのが樹の知り合い？

「イツキくんでしょ。久しぶりじゃない。ちょっと雰囲気変わったね。冬服だからかな」

（——あ！）

最悪なことに思い出した。昔の「客」だ、……多分。

ハゲデブ不潔オヤジが僕の定番客だったが、この若い男はやたらしつこくて、断る理由を考えるのも面倒で、なしくずしに何回か寝た。

この街には、特に夕方以降は、なるべく近づかないようにしていたのに、——油断した。

僕の顔色から、思い出したのがわかってしまったようで、そのスーツ男は、つと屈んで、僕の耳元に顔を近づけた。

「いま客待ち？　だったら俺にしなよ。チャージ弾むよ、——そいつの三倍でどう？」

てのひらを広げて三本の指を見せつけるように振り、ついでに耳孔の奥へと生暖かい息を吹きかけられた。

「鏡のプレイ好きだったよね。またしようよ。いい場所知ってるからさ、ね？」

続けて、男の乾いた指先がぞろりと肩を撫で、肉付きを確かめるように二の腕を掴む。

鼻の奥がツンと痛み、同時に鳥肌が一瞬にして全身を覆った。

「……は、放してくださいっ、何のことか……僕はっ」

「とぼけないでね。きみ、その制服で商売してたんだよ。学校じゃ、ずいぶんな優等生らしいね。ちょっと調べればすぐ身元わかったんだけど、大人気ないから黙ってたの、俺。それに免じて一回付き合ってよ、イツキくん」

このひとの言っているのは樹のことだろうけど、どちらにしろ学校にバラすぞ、というところか。逃げ出したいのに冷や汗が出てきて力が入らない。いつかの貧血の時のように、体の水分が蒸発する感じ。

(——か、かず、や、さ……ッ)

食いしばった歯の奥で、この場に一番いて欲しくないひとを、渇望するように呼んだ。

一年以上前、僕は、この街で、毎日のように、不特定多数の相手と、金を貰って、性交渉を持った。その乱れた日々のことは、思い出せば煩わしいという程度で、具体的に拘ったことがなかった。

それなのに、今いきなり、鼻先につきつけられた過去が、ぞろりと蘇って全身から熱を奪う。

放せ、と再び腕を弱く振り切ったとき、思いのほかあっさりその拘束が解かれた。

え、と見上げれば、その男の腕を捻り上げた喬木さんが、剣呑な目で男と対峙していた。端正なつくりの顔に、怒りを露にして。彼をさんざ見慣れた僕でもその迫力に圧倒される。

「うちの子に、汚い手で触るのやめてくれる」

「なん、何だ、きさまはっ」

自分よりずっと長身の相手に見下ろされた男は、たじろいだように言い返す。

「うちの子だって言っただろ、この子の保護者だよ」

喬木さんは、そんな男の様子を、上から下までじろりとねめつけながら平然と言うと、男はまた怯まされたようだったが、すぐに芝居じみて、ハッと吐き捨てるように笑った。

「お前みたいな若いのが保護者なわけがあるか。だいたい、誘ってきたのはこのガキのほうだ。優等生のナリで騙されてんだろうが、商売女より股の間のユルい、――……ぐえっ！」

音もなく素早く動いた大きな手が、男の咽喉元を掴んでいた。

「は、はな、せっ――ッ」

「頭弱いな、あんた。この子の年齢わかって言ってんの？　児童淫行でしょっぴかれたい？　それとも未成年者略取？　――ああ、しかも、その目立つ社章、合コンで一番人気とかいう広告代理店のじゃない。そういや本社が新宿だっけ。警察と会社、どっちに通報してほしい？」

首を締めあげられながらも、男は慌てふためいて襟元のバッジを隠した。

「遅いよ。ナンパには効果的でも、買春するなら外すべきだったね」

喬木さんは一度指先が白くなるほどに、男の急所に当てた指に力を込めた後、唐突に放した。

よろけて植込みによりかかり、ヨダレを拭おうとする男のみぞおちあたりを膝で押さえつけ、スーツのポケットに平然と手を入れる。すぐに目的のものは見つかった。

黒い革の名刺入れから一枚を抜き取り、男の目の前にかざしてみせた。

「これ記念に貰っとくね。世間様に後ろ指さされたくなきゃ、二度とこの子に関わるな」

いいな、と念を押されてこくこくとだらしなくうなずき、男は転ぶように人混みへと走り去った。

それを見送ってから、彼の後ろに張り付くように隠れていた僕を振り返った。

未だ波の引いていない彼の怒りを肌で感じれば、逃げることもできず顔を上げることもできない。

「……ごめん、なさい——」

それだけを咽喉の奥から絞り出すと、頭の上に温かい重みが乗せられた。

「何で謝るの。待たせてしまったのは俺なのに」

よしよしと頭を撫でられたが、緊張は解けるわけもない。

今の一幕について、どうやって誤魔化そうかと——そう、僕はこの期に及んで誤魔化すという卑怯なことを考えたのだが、

「——さっきのことは。島崎に少し聞いてる」

僕がバネ仕掛けの蓋のように頭を上げた先、怒っているのではない、けれどもとても真剣な表情がそこにあった。

「島崎はこう言った。幹と寝たことがある。あいつを買ったんだ、って」

悲鳴を飲み込んで息を止める。

血の気を失くし強張った僕の頬を、喬木さんは温めるように両手で包み込んだ。

「幹が話したくないのなら、無理に訊くつもりはないよ。お前の信頼を得るには、俺がまだ全然足りてないことぐらいは承知してる。それに、聞いても聞かなくても、俺としては何も変わらないんだ。俺が知らない部分も含めて、お前の抱えている荷物、まるごと受け止めるって、とっくに覚悟

してるから」

大きな手の温もりを両頰に感じながらも、僕は瘧のように震えた。ただ、恐ろしかった。

全部を明け渡すなんて恐ろしいこと、できるわけがない。彼を信じているとか信じていないとかじゃなく、ただ、知られたくなかった。体を売っていた事実も、それ以上に、今なおくすぶるあの狂気の在処を。

だって好きだから。それでも好きだから。――好きでいてほしいから。

「そんなに怯えないでくれ、幹。俺は二度とお前を傷つけたりしない。俺自身からも、お前を護るから」

「……ッ」

――それでも、隠し続けるという選択肢なんてあるはずがない。

僕のやらかした罪は消えない。どんなに口を噤んでも、別の形で現れるだろう。さっきみたいに。

「――樹が悪いんだ……」

押し殺した声で僕は言った。

「樹が、あいつが、僕の弟だから――」

＊　＊　＊　＊　＊

温かく設えられた一矢さんの部屋のソファに腰を下ろし、彼が飲み物を用意するのすら待たずに、僕は憂鬱な口火を切った。

「……樹を、苦しめたかった」

嫌なことはさっさと済ませてしまうに限る。

もしかしたら、この部屋も見納めかもしれない。

受け止めると彼は言うけれども、全部を話して、気味が悪いと追い出される可能性のほうがうんと高いだろう。

「あの頃の僕の頭の中では、どうやったら樹を殺せるかって、両手じゃ足りないぐらいのプランでいっぱいだった。いつも能天気にへらへら笑ってるあいつを、ナイフや薬や、階段から突き落としたりとか、具体的にその情景を思い浮かべてはほくそ笑んでた。できるだけ派手に殺せたらいいのにって。――でも実際には何もできなかった。だって樹は僕の弟だから」

他人みたいな両親、僕の後ろに樹しか見なくなった祖母、加賀谷の兄とかできの悪いほうとしか認識しない同級生や教師、そんな中で、樹だけがずっと変わらず、僕の「弟」だった。幹ちゃん幹ちゃんって、熱があるのに布団を抜け出して、僕の後を付いて回った、小さな樹のままだった。

最初はごく偶然だった。予備校の帰り道、遅い時間に迷い込んだ路地裏で、勘違いしたサラリーマン風のオジサンに声をかけられて、そのままホテルに連れていかれた。

ついていった理由は自分でもわからない。そういうのもいいかって思ったんだ。遮断機の下りた踏切の向こうに歩くのと一緒。初対面の喬木さんについていったのも、多分、一緒だ。

名前を聞かれて、とっさに、「イツキ」って名乗った。

そういうホテルにはたいていは大きな鏡があって、視力の落ちた目で鏡を見れば、汚らしいオヤジに尻を犯されてアンアン喘ぐ加賀谷樹がいた。

あの優等生が、汗と唾液と精液に塗れて、大股開いて、アレが欲しいって、奥まで突っ込めって、尻を振って、――ヤニとニンニクの臭いのする口で、イツキイツキと連呼されればますます笑いが止まらなかった。

最後は、ざまあみろって叫んで、鏡に向かってイった。強烈な快感で、憂鬱なこと全部飛んでいった。

それ以来、ほとんど毎日、街角に立って客を取ってた。二、三か月ぐらい続けたかな。

ある時、同業者の子たち何人かと、まとめて買われた。ホテルで出された飲み物に薬を盛られたらしくて、気が付いたら全員、縛られて車の中に放り込まれていた。車はまだ動いてないけど、見張りはいて、僕以外はみんな眠ってるか薬でイっちゃってた。

僕は薬が合いにくい体質らしく、気分は最悪だったけど、幸い正気は保ってて、無我夢中で拘束をといて、隙を見て逃げ出した。

生きてるのなんて面倒くさい、早く死にたいなんて思ったこともあったけど、いざ命の危険を感じると、人間の本能ってすごい。ゲロとヨダレまき散らしながら、もう死に物狂いで夜の街を疾走した。

そしたら、ほんとにたまたま、夜遊び中の島崎と出くわした。

「島崎があなたに言ったことは、半分は嘘。半分は本当。あいつと寝たのはほんとだけど、客じゃないよ。僕とあいつは、当時から追試仲間だったけど、ほとんど口を利いたことなかった。なのに危険を承知で、仲間と一緒に助けてくれて、しかも、薬の効果と興奮を抑えるためのセックスに付き合ってもくれたんだ。大げさじゃなくて、命の恩人。だから、今も頭が上がらない」

それで懲りたから、それっきりやめた。自分のやってることのばかばかしさに気づく程度には痛い目見たし、島崎にも説教されたし。

気が付くと一矢さんは僕の隣に腰かけていて、逃がすまいとするかのように、僕の手首を握りしめていた。

無理をしなくともいいのに。こんな過去、幻滅どころの話じゃない。不特定多数の突っ込んだ体に己もまた触れた事実があることを、彼のようなまともなひとは、吐き気がするほど気持ち悪いだろう。

さりげなく手を抜こうとしたのに、ぎゅっと握力が掛かった。しかもぐいっと引っ張られ、否応なく彼の胸へと倒れてしまう。

「――お前が無事で良かった」

熱のこもった吐息が項にかかった。

「たくさんのことを考えるべきだろうけれども、結局はそれだけだ。幹が、生き伸びて、俺と出会ってくれて、――本当に良かった」

「……か、かずやさ、な、何言って、」

「だけど、できればもっと早く知っていたかった。そうしたら、俺の浅はかさが、お前の苦しみに拍車をかけることもなかった」

混乱してやみくもに身を捩る僕を、僕の背中と肩をがっしりと押さえた腕はびくともせず、さらに彼の懐深くへと招き入れる。

「話すのは勇気が要っただろう。……俺を信頼してくれて、有難う、幹」

「……う、わあああああああ――っ！」

彼の胸に鼻先を埋めたまま、僕は絶叫した。

狂気じみた声を聞いても、一矢さんが僕を抱きしめる腕は少しも揺るがなかった。

僕は悲鳴のように、哄笑のように、あるいは産声のように、わんわんと声に出して泣いた。

大きな手が僕の背中を何度も優しく上下し、冬色のセーターはあとからあとから溢れてくる涙を吸い取っていく。

望んだものを望んだ以上に与えてくれるひとに、一生でたった一人愛したひとに、僕はどうしたら酬（むく）いることができるだろう。

僕にできること。

それは、僕を護るように頼もしくそびえた広い背中を、前へと押すことに違いなかった。

18 ―一矢―

住宅地の一軒家は、ぐるりを洒落たデザインの開放的な柵で囲まれている。

道路から見上げていると、あのあたりと思う部屋の灯りが消えた。

そしてすぐに、家の玄関ドアが静かに開いて、律儀にパジャマから着替えたらしい幹が小走りに門から出てきた。

慌てたのか、直前の言いつけは守られなかったようで、くたびれたスウェットの上下にパーカーを羽織っただけだ。いつもきちんとしている恋人の、気の抜けた格好が見られたのはちょっと嬉しい。

ちなみに現在は午前零時。ここに見回りの警察でもいれば、俺は完全に不審者だ。

「突然ごめんね、寝る準備してただろうに」

「一矢さんこそ！　明日は早朝に成田だって言ってたじゃないか。準備は大丈夫なの？」

「持って行くものは空港にもう送ったし、部屋はそのままキープしておくからね」

フランス行きの件はまだ間に合いますかと教授に問うと、教授はかつてないぐらい迅速に精力的に動いてくれて、それから二週間後に渡仏が決まった。

本格的な滞在は年単位になるだろうが、あっちでの生活基盤が整って一段落したら、一度日本に戻ろうかとは思っている。


夜中とはいえ自宅のど真ん前はまずいので場所を移動しようというと、幹は近所の割り合い広いスペースの児童公園に案内してくれた。

風はなく空も晴れ渡っているが、ひと気はない。カップルも酔っぱらいも浮浪者もいなければ変質者もいない。時間よりも明らかに気温のせいだろう。

手袋もしていない幹の手をとって自分のコートのポケットに入れ、公園をぐるりと取り囲む冬枯れの桜並木の下を歩く。幹が甘えるように頬を俺の腕にすりつけてくるのがくすぐったい。

「……ここ、花が満開になったら結構壮観だろうね」

月明かりでは、寒々しく空へ伸ばす枝々の木肌はほとんど黒い影に見える。

幹も同じように上を向いて、「そうなのかなあ？」と白い息とともにのんびり答えた。

「実はここ、ほとんど来たことないんだ。駅と反対側だから。近くにあるの知ってただけ」

「じゃあ、桜が咲いたらまた来よう。お弁当持って、お花見しよう」

月明かりに幹のうっすらした笑みが寂しく映る。信じていないけれども嬉しい。口には出さないがそう顔に書いてあるだけにやるせない気持ちが募る。

一度は断ったフランス行きを決断させたのは、幹の言葉だった。

万が一俺が幹の告白を受け止めたら、幹もまた俺の背中を押すつもりでいたのだそうだ。

渋る俺に、幹は確信に満ちて言った。

「今でなくとも、必ず後悔する時が来るよ。正しいとか間違いとかじゃなくても、どちらか一方を選んだ時は、いつだってもう一方に心を残すものだから。……僕は、あなたに後悔してほしくない」

幹の言葉は、実年齢以上の重さと諦観を尽くした苦さとを帯びていて、俺は軽々しく笑い飛ばすことができなかった。

「じゃあ、もしも俺が、幹と離れたことこそ後悔したら、どう責任取ってくれるんだ」

と、幹にとってははなはだ理不尽な駄々をこねたら、

「そしたら戻ってくればいいよ。フランス行きのチャンスは、逃したら取り返しつかないけど、僕のほうはいつでも好きな時に取り返しつくから」

と幹は、自分より年齢も上で図体もでかい駄々っ子を、訳知り顔でたしなめたんだった。


「寒いだろうから、まずは、これ」

手にしたショッパーから、すでにタグも全部外した銀色のスキーウェアを取り出す。

たちまち幹の目が丸くなった。

「結局、サイズ適当に買っちゃった。少し早いけど、クリスマスプレゼント」

手を通して、と言うと、幹はためらいながらも、パーカーの上からそれを羽織った。

「やっぱり、この色が一番幹に似合う」

ちょうど頭上の月と同じ色だ。光沢のある生地が、同じ色の光を弾いて目に眩いほどだが、それをまとう幹はちっとも負けていないどころか、彼のはにかんだ笑顔こそが光源のようにも思える。

「嬉しい。すごく嬉しい。……ありがとう」

口から出た言葉は月並みだが、少し大きめでふかふかのそれを、両手で軽くはたいて感触を楽しむ幹を見て、何やら誇らしく思うのと同時に、口惜しい思いが同時に過る。ウェアごときでこんなに喜んでくれなくていいのにと。

「肝心のクリスマスは、一緒に過ごせなくて、すまない。——スキー旅行の約束も反故にしてしま

って、……それも、ごめん。いつか絶対に連れて行くから」

それどころか、年越しも初詣もバレンタインも、イベントごとに疎い幹に教えたかったことが、全部宙に浮いてしまった。

「これで十分以上。ほんとにありがとう」

力いっぱい真剣な面持ちで幹は言う。

恨み言も覚悟の上だったのに考えてもいないようで、――つまり、俺の言う未来の約束なんて、ほんのちょっとも信じていないということだ。

冷たくなってしまった頬に、そっと手を添えて、軽く自分へと引き寄せるだけで、幹はぽふんと俺の胸に倒れこんだ。

「卒業したら、一緒に暮らそう」

二度目のプロポーズにも、やはり言葉は何もないまま、大きな双眸が限界まで瞠られた。

「必ず迎えにくるから、待っていてほしい」

あの時と違うのは、陽光ではなく月光が白々と照らす、眉をハの字に下げた、この上なく困った顔。

俺もまた、あの時とは違い、確信なんて欠片(かけら)もないどころか、迷いと懼(おそ)れとで押しつぶされそうだ。

「お前はきっと、俺なんかより世の中のままならなさを理解してるんだろう。今でさえ厄介ごとが俺たちの間に山積みになってるし、これからもっと増えるかもしれない。俺も正直、どうしたらいいかなんて何ひとつ思いつかない。だけど、幹、どうか俺を——俺と一緒にいる未来を、今から諦めないでくれ。俺たちがお互いを諦めなければ、時間が俺たちの味方になる。俺はそう信じてる。——だから、幹にも、信じてほしい」

俺の言うことにはこっくりうなずかなかったことなんて片手に余るのに、この時ばかりは幹は強情だった。

「……でも、でも、一矢さん。どうしたって、絶対にダメなことはあるよ……」

一番大事な相手に、こんな顔をさせてまで俺は行かなくてはならないのだろうかと、この決意をしてから何十回目かに臍を噬む。

けれども、「そうだね」と俺はその寂しい否定に追従した。

「そうしたら、今度こそ、お前を攫うよ、幹。誰にも、お前自身にも奪われることのないように、俺だけが知ってる場所に閉じ込めて、二度と出してやらない」

でも、と再びつぶやいたきり、幹はわずかに俯いて、足先の砂場を眺めた。その視線の先に、誰かが忘れただろうオモチャの赤いバケツと黄色いスコップが半分砂に埋もれている。何を思い出したのか、幹は一瞬懐かしそうな顔をした。

「……僕は、諦めなくていいのかな？」

熱いため息交じりの声も、少し吊った目じりも、潤んでいた。

「あなたを、待っててもいいのかな？」

薄情だな。待たないつもりだったの、と冗談めかして非難したが、幹は極めて真剣に言い募った。

「待ってられると思うと、忙しい時でもいちいち気にかけることになるよ。重いし、面倒だし、鬱陶しいよ。——僕、あなたに嫌われたくないんだ。好きじゃなくなってもいい。嫌いにならないで欲しい」

「ずっと好きだよ」

言葉を尽くすのを惜しんだわけではないが、彼の根強い不安や不信を解決できるのは結局、時間と実績だけだ。俺はわざと、軽々しいとも言えるほど朗らかに請け合った。

「でも、『ずっと』っていうのはすぐには証明できないから、——それまで、待ってて」

ぱちぱちと何度か長いまつげを瞬かせた後、わかった、と幹は大きくうなずいた。

「待ってるよ。ずっと待ってる。——あのね、僕いつも通信簿の所見に書かれてたんだ。根気はあるけど、頑固で融通がきかないですねって」

「そりゃ、頼もしいな」

俺は少し笑った。幹も少し笑った。

笑いの形のまま、どちらからともなく近づけた唇をぴったりと合わせて、わずかに離し、自分の鼻先で幹の鼻のてっぺんを弾いて、そうしてまた唇を合わせる。

誓いの言葉とじゃれ合いのような口づけを繰り返すうち、やがて言葉は不要になり、口づけは、互いの口唇も舌も唾液も何もかも自分へ吸い込んでしまうような、激しい接吻に変わった。

丸い月はちょうど頭上に掛かっていた。

真冬の澄み切った冷気の中、しんしんと降り積もる雪のように、白銀色の月光がさえざえと地上に降り注ぎ、傍らの遊具の短い影すら靄いで見える。

何年も経って、もう会えないかつての恋人を想う時、彼はきまって、この冬の夜の眩いばかりの月光の下にいる。はにかんだ微笑みを浮かべながらひっそりと佇んでいる。『待ってるよ』、――その言葉のとおりに。

――たぶん、俺たちは互いに若かった。

幹はもちろん、俺もまだ、世間では十分にヒヨッコで、未知のものに対して、何の恐れもためらいもなく、互いの胸に抱いた理想（ゆめ）が、ほど近い未来の現実だと信じることができるほど、――俺たちは若すぎた。

第二章

別離

〜もうひとつの未来〜

01 ー 幹 ー

過分なクリスマスプレゼントを貰ったものの、イベントごとに疎い僕はお返しを何ひとつ用意していなかった。申し訳なく思いつつもお伺いをたてると、たくさん手紙を書いてほしいとリクエストされた。

忙しい一矢さんにはメールのほうが邪魔にならないんじゃないかと言ったら、「幹のメールは遠距離恋愛向けじゃないんだ」と苦笑された。

約束どおり、近況報告を記しただけのつまらない手紙を送ると、返事は、綺麗な絵葉書で届いた。文字は宛名と署名だけだけど、裏のデザインはどれも凝っていて、荘厳な寺院の写真だったり、前衛的な絵画だったり、お洒落なイラストだったり。

一通ずつ積みあがっていくカラフルな絵葉書は、彼が言う「諦めないこと」のご褒美のような気がした。

年が明けて、暦の上ではもうすぐ春という時季に、双子の弟も渡仏した。

いろんなことがあってから、樹とはそれまでにもましてほとんど――おはようの挨拶すらなくなっていたけれども、その時ばかりは、頭を下げて、あのひとに会ったら渡してほしいと包みをことづけた。

「えらく厳重な包装だね」、と樹は苦笑いだったけど、中身は大したものじゃない。

でも、知られた恥ずかしいものが入っている。バレンタインのチョコレート代わりの和菓子と、夏休み明けと比べて十六番も上がった実力テストの席次表。手紙には、ちゃんと進級できるよって追伸つけて。

入試から留学直前の最後のテストまでずっと首席を譲らなかった樹には比べるべくもないけれども、僕なりにそうとう頑張ったんだよ。

なんせ、進級して、卒業しなきゃ、迎えに来てもらえないからね。

そしたら、週末ではないのに、一矢さんから電話が来た。ご褒美とお返しは何がいいかなって訊ねられたけど、思いがけず聞けた彼の声が、僕にとっては何よりのご褒美だとわかってくれてるだろうか。

最初に、「あれ？」と思ったのはいつだったろう。

電話が途絶え、メールが途絶え、今日も郵便受けには、差出人だけの絵葉書は入っていない。

この時は、あまり深く訝ることもなく、「連絡できないぐらい忙しいならこちらから電話したらもっと迷惑だろう」と独り決めした。そして、返事があろうとなかろうと、相変わらずのペースで手紙を送り続けた。それを僕は「約束を叶えるための努力」のひとつだとも思っていたので。

他愛もない近況を記した便箋とともに封筒に入れた、駄菓子のおまけのシールや、大吉のおみくじは、あのひとを癒してくれただろうか。

蝋梅の芽や、川のほとりの桃の花弁や、散り初めた薄桃色の桜の花びらに、あのひとは日本を思ってくれただろうか。

『卒業したら、一緒に暮らそう』

魔法の呪文のように唱えては、不安に弾む動悸を鎮まらせて、祈りのように両手を合わせる。

ただ待っていればいい。約束が果たされる日を。遠くない未来を。

三年になってからも同じクラスになった島崎が、僕を観察するみたいに目を細めた後、心の底から面倒臭そうな顔で言った。

「……ったく、傍観するつもりだったんだけどな。拝聴してやるよ、お前の辛気臭い悩みごと」

なけなしのプライドが邪魔して一瞬迷ったが、仕方なく現状を伝えれば、やれやれと彼は肩を竦め、行ってこいよ、とこともなげに言った。

「行って、って?」

「フランス。どうせ、ゴールデンウイークは暇なんだろ？　俺は法事で福岡に帰るから、お前の相手してやれないし」

別に相手をしてくれと頼んだ覚えはないのだが。

「……海外、だよねフランスって」

「金と足と頭と、旅行会社にコネのある大親友が一人いれば、人間どこでも行けるもんさ」

島崎はその場で電話を数本かけて、オンシーズンの航空チケットを押さえてくれてしまった。

しかも、正規料金のほぼ半額。とはいえ、祖母や両親にばれずに使える金額の枠は超えている。

「貸すよ。……返せよ、いつかでいいから。――まともな方法で」

しばらくぽかんとしたあと、僕はぎこちなくうなずいた。

確かに、それしか方法は無かった。この不安は、一目あの人に会うだけで、多分霧散するのだ。

有難う、とぺこりと下げた頭の後ろを、島崎がぞんざいに叩いた。

＊　＊　＊　＊　＊

よく晴れた五月の上旬、ゴールデンウイークの中日、僕ははじめて異国の地を踏んだ。

到着した日は空港近くのホテルに泊まり、次の日の早朝、最初に聞いていた住所に直行した。

ガイドマップ片手に、慣れない石畳を歩いて、地下鉄を使い、たどたどしく英語で道を聞き、どうにかこうにかそのアパルトマンに来れば、その部屋は空家になっていた。

僕は早速途方に暮れてしまった。引っ越していたのは想定内だが、ここに来れば今住んでいるひとが先住者の住所を親切に教えてくれるものだと、真剣に期待していた。しかし現実はそんなに甘くない。

仕方なく、もう一つの住所を書いたメモを取り出す。樹の住まいは近くだと聞いている。

ここまで来たなら迷っていても仕方がない。無謀な兄だと呆れるかもしれなかったが、事情を話して、あのひとの行方を訊こう。

（大丈夫、大丈夫。きっと、もうすぐ、会える）

顔を見たら、挨拶より言い訳より、まずあの胸に飛び込んでしまおう。

あのひとはきっと、苦笑ひとつで許してくれて、苦しいぐらいの抱擁と情熱的なキスとで、くすぶった不信も不安も寂しさも、たちまち消してしまうだろう。

再会の瞬間を思い描くことで、ともすれば萎えかける足で、一歩踏み出す。

僕はまるで考えてもみなかった。……いや、無意識に目を逸らしていたのかもしれない。

完全なる音信不通や、不自然なまでに不明な「転居」、それらの事象のきわめて単純な理由を。

――あのひとに、避けられているという事実を。

ようやく探し当てた樹のアパルトマンも別のひとが住んでいた。

しかし、その学生風の若い男は、樹の知り合いらしかった。僕の落胆ぶりを見かねたのか、筆記で、「frere（兄弟）de Itsuki?」と書いてくれたので、もたもたと辞書で調べてからうなずくと、「Attends un instant.（ちょっと待ってて）」といったんうちの中に戻り、フランス語で書かれた住所らしきメモを持ってきてくれた。

どうやら、この樹と同じ顔が、何よりの身分証明になったらしい。

頼りついでにガイドマップを見せると、ここから頑張れば歩いて行けるあたりにマルをつけてくれた。

僕はまた整然と敷かれた石畳をとぼとぼと歩いた。

三十分ほど行くと、今度は開けた通り沿いの分かり易い場所で、目当ての建物を見つけた。セキュリティが前の建物より厳しいのか、エントランスに入る前に部屋番号を押してインターホンを鳴らす方式で、メモをもう一度確認して番号をプッシュしたが、返事はない。

平日の昼間で、学生の身であれば、外出中も当たり前か。

アパルトマンの門扉の前に戻ってきて、装飾的な割に丈夫そうな鉄の柵にもたれた。さすがに疲れた。朝ホテルを出てから、もう六時間ぐらいたっている。

バッグからミネラルウォーターを取り出して一口飲んだ。朝から何も食べていない。空腹をほとんど感じないのは、胃も時差ボケしているからかも。

空がおもむろに翳ってきていた。傘は持ってきていない。

雨が降るまで待ってて、降りはじめたら、いったんホテルに戻ろう。

方針が決まれば肚も据わる。肚が据われば疲れは少しだけ忘れられた。

ふと、何となく聞き覚えた靴音を耳にしたようで、僕ははっと我に返った。我に返った、ということはつまり、意識が飛んでしまっていたということだ。

あるいは、塀にもたれたまま眠っていたのかもしれない。空を見れば雨雲がずっと濃くなっていた。

靴音をまた耳に拾う。寝起きにも似たぼんやりした頭のまま、石畳の道を何ブロックか先まで見渡すと、視界に入った小さい影は、肩を抱き抱かれ寄り添いながら早足で歩いてくる、どう見ても仲睦まじそうな恋人同士の姿だった。

(――あれ?)

どうやら僕は、まだ眠っているのかもしれない。

初めての旅先で、緊張と歩きすぎと時差とで疲れ果て、立ったまま眠っているのだと。

胸に温めていた近い未来の現実を、夢に見てしまっているのだと。

何の恐れも危機感も覚えないぐらい、あたりまえのように、僕はその「夢」を、――寄り添って走り寄ってくる、二つの影を凝視しつづける。

彼らは、いったん立ち止まって、顔をごく近付けて何か話し、背の高いほうが駆け出す。後を追うようにもう一方も。みるみるうちに距離が詰まる。

やがて、カツン、と革靴の底が石畳を強く蹴り静止する音が、ひときわ高く響いた。

「――み、き……?」

呆然と僕の名前を呼ぶ一矢さんの真後ろに、もう一方の影が追いつく。さっきまで、彼の隣をあたりまえみたいに占めていた『僕』が。

そうして、彼の視線の先で立ち竦む、『僕』を見つけて、息を呑む。

もう一人の、『僕』。

……樹に、言葉はなかった。

一矢さんだけが、幽霊を見るような顔つきと、罠にかかった獣に近付く時の足取りで、ゆっくり

ゆっくりと歩み寄ってきた。

僕は消えも逃げもしないし、噛み付きもしないのに、そろりそろりと足音すら消して近付いてきて、わずか二メートルぐらいに迫ったところで立ち止まった。

「どうして、ここに」

彼にしてみれば一番の疑問を口にしたのだろうが、僕は戸惑った。

(どうして、なんて、どうして訊くのかな)

理由なんてひとつしかないのに。

答えも疑問も言葉にすることなく、ただ、変わらぬ涼やかな長身を、穴のあくほど見つめつづけた。

あとから歩いてきた樹がその横に並ぶと、傍らを見上げ、「先に、帰ってるから」と言った。

そうして樹は、僕を一顧だにせず追い越し、門扉の奥へと足早に消えていった。

――『先ニ帰ッテル』カラ。

それだけで、鈍った僕の理解力でもちゃんと把握できた。

「………知らなかった」

やっと、声が出た。渇いた咽喉に唾が絡んでひどくかすれたけれども。

「一緒に、住んでるんですか、……樹と」

一矢さんは、気の毒なほど目に見えて狼狽えた。何度も口を開け、それからまた閉じる、それを繰り返したあと、今度はきゅっと目を閉じた。

返事を待つ間、僕はうっとりと彼を見つめていた。正確に言えば、彼に「見惚れて」いた。何せそこらの俳優以上に姿の美しいひとだ。やっぱりとても格好いい。記憶よりも、携帯の中の画像よりもずっと。

ふと、大粒の水滴がぽとんと僕の鼻の頭に乗っかった。

ぼんやりと空へと目線を上げた時、「――ごめん」と通りの良いテノールが耳に届いた。

「樹を、愛してる。……ずっと昔から、樹だけを」

それは、互いを恋人と呼びあったひとから、初めて、そしてようやく貰えた、「真実」だったかもしれない。

「……ずっと、ですか？」

ずっと、――初めから？

「……ああ、そうだ」

一矢さんは潔く首を前に折った。

「……じゃあ」

一度奥歯をぎゅっと噛みしめてから再び口を開いた。

「……僕の、こと、は……？」

ひゅっと彼の咽喉が鳴った。そのまま長く息を止めたあと、そろそろと息を吐きながら彼は言った。

「…………きみとのことは、――――……間違い、だった」

「…………まちがい？」

間違い。——初めから、ずっと。

出会いも、優しい言葉も、巧みなキスも、情熱的な愛撫も。

合鍵も、月の光を集めたスキーウェアも、色とりどりの絵葉書も。——いちばん大事な約束も。

「…………樹と、まちがえたの？」

「——……すまない」

「…………………」

今すぐ逃げてしまいたいのに、一日立ちっぱなしの膝はがくがくと震えはじめるし、足の裏は石畳に縫い留められたように動かない。

もしもこの疲れた足がなければ、回れ右して脱兎のごとく走り去れただろうか。

もしも人一倍見栄っ張りでなければ、なりふり構わず彼の足元に縋り付くことができただろうか。

けれども僕の脚は、もうとてもとても疲れていて、僕の性格は、もう十七年も見栄っ張りのままで治しようもない。

「……今、樹と、暮らしてるんですね」

そしてやはり僕は救いようのない見栄っ張りで、昂然と頭を上げて二度目に訊けば、「喬木さん」は今度ははっきりと肯いた。

「きみには、俺の勝手で振り回してしまって、——本当に、すまない」

悄然と首を折る彼に、ぎくしゃくと口の端を吊り上げつつ、緩く首を左右に振った。

「仕方ないですよ」

初めから、ずっとだもんね。

「仕方ないことは、仕方ないです」

だけど、今だけ、ズルい大人のままでいてほしかったな。

一番辛い真実なんて打ち明けないで、単純に、世間によくある心変わりをしたのだと、遠恋じゃ珍しくはないことなのだと、最後の嘘をついてほしかったな——。

灰色の空の、うんと遠くの雨雲の切れ間にまで逸れた視点と意識とをようやく戻した時、右手に持ったものに気づいた。

「……そうだ、これ、お土産です。樹と、食べてください」

唐突に差し出せば、形の良い眉がぐぐっと真ん中に寄った。

空港のマーク入りの紙袋で、中身もありがちな梅干と海苔と栗饅頭だ。そんなに怪訝な目で見るようなものじゃないんだけど。

「持って帰っても仕方ないし。迷惑なら、……捨ててください」

「——……いや、いただくよ、有難う」

ためらいながらも喬木さんが手を差しだす。

持ち手を預け渡そうとした時、喬木さんの指先と、僕の手の甲とが、こつんとわずかにぶつかった。

(——やっと、触れた)

九千キロの距離と、十二時間のフライトと、今朝から今までの彷徨とに思いを馳せれば、ささやかな達成感を覚えた。

「じゃあ、元気で。——弟を、よろしく」

石畳が、ゆっくりと雨の色に変わっていく。

肌に落ちる異国の雨は、大粒のそれが孔を穿つかのように重かった。

「………幹、俺は、」

喬木さんが何か言いかけた。

雨音の中、必死で耳を澄ましたが、結局は彼は、視線を逸らし口を閉じてしまった。

やがて何か吹っ切るかのように唐突に喬木さんが走り出した。さっきの樹と同じように、振り返りもせず僕の脇を抜けて、薄く濡れた路面の水がはねるのも構わず、扉をくぐり建物へと駆けていく。

僕は、彼の背中が入り口の重厚なドアの中へと消えていくまで見つめつづけた。

消えて行ったあとも、消えた背中を雨の向こうに探るように、その場に立ち尽くしていた。

(——あのね、会いたかった)

九千キロを越えて、一番伝えたかった言葉は、結局、伝えられないまま、伝えるすべを永久に失くした。

でも、最悪ってほどじゃない。だって、あのひとが、「僕」を忘れることはない。

「僕」は二度と会うことがなくとも、あのひとの隣には今も「僕」が居る。幸福な未来を語る

「僕」が。

それで、十分。

――あのひとは、僕を、忘れない。


本格的な雨になって、今更走ってもしようがないから、のんびり歩いて帰った。

途中で、名前は分からないけれど、とても大きな公園の遊歩道をつっきったら、品種の違う薔薇が何本かあちこちに開花しているのと出会った。

濃緑の葉と、幾重にも重なった薄桃や薄黄の花弁が目に鮮やかで、雨の中でも匂うようだ。そういえば、観光にはいい季節だって、島崎が言ってたっけ。

生まれて初めての海外旅行だったけれども、ホテルに戻って着替え、荷物をまとめるとすぐに空港に向かった。

夜越しのキャンセル待ちをしてでも、とにかくこの美しい国から出たかった。

ロビーの隅っこの椅子に落ち着き、僕はようやく泣くことができた。

一生にただ一人と決めた大切なひとに、やっと会えて、嬉しくて、嬉しくて、あまりの嬉しさに、はらはらと涙が出た。

＊　＊　＊　＊　＊

「イッキくん、久しぶり。またやってるの？」

二度と近づくつもりのなかった路地裏に立って数十分もしないうちに、二年前の知り合いがすぐに声をかけてきた。今は制服着てないのに、僕あんま成長してないのかな。

にこりと笑って、黙って指を五本立てたら、商談成立だ。

この分なら、島崎への借金はゴールデンウィーク中に返せそう。鼻が曲がりそうなほど体臭のきつい男に肩を抱かれ、ホテルへ向かいながら頭の中で計算機を弾く。泊まる場所も確保できそうだ。

久しぶりのセックスは、相手など関係なく、ただひたすら、気持ちよかった。

今、僕はイッキだ。誰が見ても、完璧に、僕はイッキだ。

大きな鏡に、自分の嬌態を映し、僕はケラケラと笑う。

いつにないハイテンションは、さっき嗅がされた甘い匂いのする煙のせいかな。

「イッキくん、相変わらず、鏡のプレイ、好きなんだ？」

激しく僕の尻を犯しながら、その男は聞いてきた。

うん、とうなずいて、「だからもっとして」。

自らの両手で尻のはざまを開き、腰を大きく揺らし、性器を擦るようねだって、――自ら進んで狂った。

何度目かの射精に至る瞬間、もうろうとした脳裏に、別れ際のあのひとの顔が浮かんだ。少女漫画みたく背後に薄桃と薄黄の薔薇を背負って、じっと僕を見ている。

（大丈夫だよ）

僕は、平気だよ。最後、ちゃんと笑えたでしょう。

（大丈夫なんだよ）

だから心配しないで。そんな苦しそうな顔で。

何日が経過したのかわからない。

日が暮れるのを待ってホテルを出て、あの路地や近くの店で適当に相手を選び、またホテルにこもって、一晩中セックスに耽る。一度に複数だったり、一晩に複数だったり、ドラッグの効果もあり、体はどろどろに疲れて、頭の中はずっと朦朧としている。

何が悲しかったのかも辛かったのかも、元の名前すら思い出せない。

あるとき目が覚めると、島崎の心配そうな顔があった。

「バカヤロウ。どうして連絡しなかった」

島崎は、僕の手を握った手に、またぎゅっと力を込めた。

「知り合いから、お前を見かけたっつって連絡貰ったんだよ。実家から慌てて戻ってきたら、ここでお前がつぶれてて、――ここ、お前がいた店の上。頼んで貸してもらった」

ごめん、と僕は唇だけで言った。

「……あの男に会えなかったのか？」

僕は首を横に振った。とたんに、涙がどっと湧いて出てきて、両手のひらで、顔を覆う。

泣いたのは、空港のロビー以来だった。

「会えたよ。……ちゃんと、会えた」

「だったら、どうして」

顔を覆った手の甲を指の腹で撫で、前髪を梳きながら、お節介な親友は責めるでもなく静かに問いかける。

「まちがえたんだって、あのひと。はじめから、ずっと樹が好きなんだって」

だからもう、レプリカは要らない。もともと粗悪品だったけど、仮にどんなに精巧だったとしても、本物（オリジナル）には敵わない。

「僕じゃだめだったんだ、最初から。だって僕は樹じゃないから。だから僕は、樹にならなきゃいけなかったんだ。大急ぎで、イッキに。そうしたら僕は、ずっと、あのひとの傍にいられる。あの綺麗な国で、ずっと一緒に――」

幹、と低い声が再び僕自身を呼び、力強い腕が僕を掬い上げて、苦しいほどに抱きしめる。

親友の腕は、揺るぎなく力強く、宝物のように優しく、僕を包んだ。

「――俺がいる」

耳元でささやかれる言葉は、すでに「親友」の域を超えていた。

「俺が、いるから。お前の傍に、ちゃんといるから」

でも、と言いかけるのを、触れるだけの口づけがふさぎ止めた。

「傍にいる。お前が一人で立つことができるまで、傍にいて、面倒みてやるから」

「……嘘だ。お前みたいな面倒くさがりに、僕みたいな面倒なのの面倒なんてみられるもんか」

べそべそ泣きながら、癇癪みたいに僕は喚いた。

「みんな、パパもママもおばあちゃんも樹も、――あのひとも、みんな僕のこと持て余した。僕はいい子にしてたのに、いい子にしてたら全部うまくいくはずなのに、みんないらないっていった。ぼくはいつきじゃないから、いつきじゃない子はいらないって……！」

駄々をこねる子供のような僕に、苦笑した形のままの唇が、鼻の頭と頬とに落ちる。

「バカ幹。お前がいつ俺の前でいい子だったよ？　それに俺は、お前の面倒くさいところが気に入ってんだ。面倒くさがりの俺が唯一面倒みんのがお前なんだから、ちったあ信用しろ」

ぽかんとする僕に、悪事をそそのかすように島崎が言う。

「どうしても、だめならさ。――二人で、逃げちまえばいい」

何もかも捨てて。

いつもの皮肉っぽい笑みで促されれば、僕にはもう、差し出された手を振り払う勇気なんてなかった。

僕は幼児が親にするように、金色の長い髪ごとその首根っこにしがみつき、いつかあのひとにしたように、わあわあ声に出して泣き出した。

いつかあのひとがしてくれたように、島崎もまた当然のように受け止めて、大きなてのひらで何度も僕の背中をさすりながら、「ほんと、面倒くさいなお前」と呆れるみたいに言った。

第三章

再会

～十年後～

01 ー 幹 ー

久しぶりですね。

十年ぶりの再会というのに、あまりにありきたりな挨拶をようやく口にできたのは、思いもかけず二人きりになった車の中だった。

声は滑稽なほど裏返ってしまったが、自ら笑う余裕なんてない。たった数文字を言うだけなのに、恐ろしいほどの勇気が必要だったのだ。


浅岡商事株式会社の東京支社長のお披露目と、東京に本社を置く成瀬通商との合同事業のプレス発表を兼ねたパーティーで、彼——喬木一矢さんと十年ぶりに再会したのがつい二時間ほど前。

漆黒のタキシードに包まれた見事な長躯、相変わらずの俳優のような甘いマスク、いかにもインテリゲンツィアな挙措に、加齢による重厚な威厳を加えて、双子の弟の後ろで微笑んでいた。

樹に二か月ほど遅れた先月、帰国したのは知っていた。母校となる大学で教鞭をとっていることも。世界的な言語学者でベストセラー作家でもある彼が、日本の大学に席を求めれば容易に教授待遇で迎えられるだろうことは、聞かずとも想像がついた。

やあ、と、樹の後ろから僕へと右手を掲げてくれた時、弟がお世話になっていますとか、ご無沙汰していました、とか月並みなセリフすら思いつかず、それどころかそもそも声なんて出ず、瞬きも忘れてまじまじと見つめてしまった。ひょっとしたら親の仇のごとく睨んでしまってたかも。気を悪くしただろうか、呆れただろうか。悔やんだ時には遅く、彼はさっさと僕の脇を抜けて、樹の背後を護るように歩き去ってしまった。

すれ違った一瞬、かすかに甘い香りがした。

僕の知らない匂いだったが、それは確かに彼の匂いなのだろうと思うほど、彼に似合う甘く魅惑的な香りだった。

思わず思い切り息を吸い込んだ。鼻から呼気を戻すのが、ひどくもったいない気がして、そっと息を止めた。

かつて好きだったひととの十年ぶりの再会という（僕にとってだけの）一大事は、それですべて終幕、となるはずだった。

「……そうだな、十年ぶりか」

車に乗って十分、ようやく口を開いた僕に、彼の応えはごく自然なそれだった。

「お互い、老けたよな」

付け足された冗談にほっとして、ようやく肩の力を抜いた。

そういえば昔も、話下手な僕が、とっさに訪れる気まずい沈黙を取り繕うより先、さりげない話題で、あるいは何気ない接触で、僕を無意味な緊張から手並みあざやかに救うひとだった。

「老けたのは僕だけですよ。あなたは全然変わってない」

口が上手くなったなあと彼が笑う。

自然に背もたれに体重をかければ、ずっと痛かった胃に、清浄な空気が入り込んだように――痛いのは肺じゃないんだけどそんな感じってこと――、少しばかり楽になる。

今朝から持病の胃痛が強く出ていたのだが、今日のパーティの重要性は弁えていたし、祖母の機嫌が悪かったしで、欠席したいとはとても言い出せなかった。祖母の指示で用意されていた、樹とお揃いのタキシードを、悪目立ちを恐れた僕が、どうしても着ないと言い張ったからだ。

ビジネススーツとはいえ一番上質なのを着ているから、ドレスコードは問題ないはずだが、祖母としては、二人の孫によって浅岡の未来が盤石なことを来客に印象付けたかったのだろう。

あらかたの重要人物への挨拶を済ませたところで、こっそりと退出したときには、暖房はよく利いているのに、冷や汗で身震いが出た。

ひとまず、ロビーの一番隅にあった、背もたれのやたら大きなソファに沈みつつ、窓ガラスの夜鏡に映る自分を薄目で睨んでいたら、頭上から奇跡が降ってきた。

「――幹」

クリスマスも大みそかもとっくに過ぎていたが、奇跡とかご利益という現象は季節を選ばないらしい。

「ひどい顔色だな。車で来てるから、家まで送ろう」

呆然と長身を椅子から見上げれば、口に出さずとも僕の困惑が伝わったのか、彼は苦笑した。

「俺もあの場は気詰まりだったから、出て行くちょうどいい口実になったよ」

会場から消えた僕を心配した樹が、自分まで抜けられないからって、彼を寄越してくれたんだろうか。

相変わらず兄思いの、本当に良くできた弟だ。両親も祖母も役員たちも、僕自身でさえ、僕の存在を持て余してるっていうのに。

「も、もう、大丈夫、です。薬は飲んだし、その、僕はタクシーで」

ようやく言葉がひねり出せたことに安堵しつつ、ほとんど逃げる直前みたいに腰を引きながら言うと、彼はますます苦笑を深くした。

「ついでだから気にしなくていい。ポーチに車持ってくるまで、ここ座ってて。——迎えに来るから」

僕はまた言葉を失い、錆びたブリキのおもちゃのようにカクカクと首を縦に振る。

固辞することも、謝辞を言うこともなかったが、それでも了承の意思は伝わったようで、喬木さんはうなずくとすぐ軽やかに背中を向けた。

その漆黒の背中がエレベーターホールに消えるまで見送って、見えなくなった途端、ソファにへなへなとへたりこんだ。——奇跡って、疲れる。

夜の車の中っていうのは便利だ。運転手は基本的に前を向いてるから、目を合わせなくても会話できる。ウインドーの反射やルームミラーで盗み見しても気づかれない。

「そうだ。幹、言い忘れてた。——結婚おめでとう」

突然、軽く彼が振り返ったとき、僕は驚きのあまり、お尻が座面から三センチは飛び上がったと思った。見れば、彼の高い鼻梁に信号機の赤い光が射し、不思議な陰影をつけている。

「今日、奥さんは一緒じゃなかったんだ？　挨拶したかったのに」

「あ、ええ。……別居してるんです」

え？　と彼が疑問の形に口を開きかけたとき、信号が変わった。

静かなエンジン音とともに、また車が夜の中を滑り出した。

歩道の脇に続く桜並木は、まだ固そうな蕾が枝もたわわについている。開花はまだ先だろうか。

「もう半年になりますよ。……樹に聞きませんでしたか？」

いや、と彼は困惑げな面持ちで短く答えた。

「そうですか。外聞良くないから、気を遣ってくれたのかな。恥ずかしい話ですが、条件が整い次第、離婚になると思います。おばあちゃ——会長にも伝えてありますし」

お見合いから半年で結婚。一年もしないうちに離婚（予定）。愚鈍な僕らしからぬ驚異的なスピードだ。

別居したばかりの頃は、離婚を明らかに前提にしていたというわけではなかった。ただ、二人でいることに、僕たちは互いに疲れてしまったのだ。

今回、わずか三か月前に帰国したばかりの樹が東京支社の支社長に就任することが決まり、僕はそのサポート役になるということを彼女に電話で報告すると、彼女はとうとう離婚を切り出してきた。

わかったよ、と僕は即答した。今まで我慢してくれて有難うと。

僕の祖母と彼女の両親との、「浅岡の次期社長との縁組」という、一番大事な約束が果たせないことがはっきりした今、無理して続ける意味はない。

それを報告したとき、祖母は長いため息をついたきり、しばらく目を合わせなかった。祖母のため息が、僕の肺に入り込んだように胸が詰まった。

祖母はもういい年で、引退して趣味の生活に入りたいだろうに、不肖の跡取りは、いつまでたっても彼女の悩みの種だ。将来の予定をいきなり覆され、不肖の兄が傾けさせた会社を立て直すため呼び戻された樹にも、本当に申し訳ないことをしたと思う。

申し訳ない。本当に申し訳ない。おばあちゃんにも、弟にも、喬木さんにも、……妻にも。

「でも、樹は、あなたとのことには干渉しないっておばあちゃんに誓約書まで書かせてたから、心配しなくていいです」

僕は努めて明るく言った。——前を走る車のナンバーを見ながら。

「僕もまだほら、若いしさ、今回はだめだったけど、これでも割ともてるんです。跡取りをこさえるのは、任せてくれていいから」

「……そんなのは、無理するようなことじゃないだろう」

まるで咎めるような口調で喬木さんが言った。

「幹は、幹の好きなように生きていいんだ。樹がそうしているように」

何か気に障ったのだろうかと、おそるおそる横顔を盗み見たが、テールランプに陰る彼の表情は読めない。

「でも、浅岡に跡取りは必要だし。その、……樹には、そこまで望めないでしょう？」

当たり前だ、と彼はそっけなく言った。

「俺がどうこうってんじゃなくて。あいつは、自分の気が向いたことしかしない男だからな。日本に戻ったのもあいつの意志だし、会社運営のことも、十分面白がってるんだ。飽き性で面倒くさがりのあいつが、三か月も続いてるのがいい証拠だ。いつだって好きなことを好きなように、好き勝手にやってるだけなんだよ。だから、きみがあいつに負い目を感じることはない」

ちらりとバックミラーを見てスムーズにハンドルを切る。途端に脇をスピード違反のバイクが疾走していく。鮮やかな手つきだ。確か彼の趣味で、国際A級ライセンスを持っているんだったか……。

相変わらずだな、とぽつりと喬木さんがつぶやいた。

「真面目なところも、考えすぎるのも、頑張りすぎるのもさ。——いつも他人のことばっかりだ、幹は」

昔の話をまさか喬木さんから蒸し返されるとは思わなかった。

「……や、やだな。僕、十年たっても全然成長が見られないってことですか」

何とか今度は、ちょっと拗ねたように、おどけてみせることに成功したはずだが、反対に喬木さんのほうが、むっつりとした顔で、首を横に振った。

「別に悪いことじゃない。むしろそれはきみの素晴らしい本質だと思うよ。——ただ、度が過ぎるのは良くない。どうしてもイヤだと思ったら、逃げてしまっていいんだ。あとのことなんて考えるな。きみ一人が好き勝手したって、世界はそう簡単に壊れやしないんだから」

「好き勝手は難しいなあ」

　はは、と声に出して苦笑する。

「僕にも浅岡の跡取りとしての責任があるし、祖母はもう年だし、僕だっていい年だし、なんとか腰を据えて頑張らないと。——樹にまで迷惑かけてしまってほんとに申し訳ないです」

　ブレーキを滑らかに踏みながら、喬木さんが二度目のため息をつき、ハンドルに重心を傾けて僕を振り返った。

「幹、一番重要なのは、律儀にまた身を竦ませる。

「幹、一番重要なのは、きみ自身がどうしたいかってことだ」

　……僕がどうしたいか？

　考えたこともなかったから、言葉に詰まった。

　唐突にガラスの分厚い壁にぶち当たったように、夜鏡の中の彼をまじまじと見つめた。

「そう他人にかまけてばかりじゃ、蔑ろにされた幹自身が可哀想だろう」

「…………可哀想、ですか？　僕が？」

　そうだ、ときっぱりうなずくと、彼はまたアクセルを踏んだ。

　それきり互いが黙りこくったから、ひどく気まずくて、前方ではなく、彼とは反対側の窓の向こうの町並みに気を取られたふりをして、なるべくさりげなく顔を背けた。

　車内にはノスタルジックな洋楽が流れている。彼がほんの少しボリュームを上げたのは、窓のほうへと首の向きを固定したきり、動かなくなってしまった僕のためなんだろう。

彼の誤解はともかく、僕は泣いているわけじゃない。窓に映る彼の横顔を、今度こそ遠慮なく眺めていられるから。

今朝起きたときから続いていた胃の痛みも、めまいがするほどの頭痛も、気づけば消えていた。

喬木さんの心配性こそ相変わらずで、彼は僕のアパートの近くの路上に車を停めると、先に降りた。

部屋まで送ると言って聞かず、仕方なくその先の細い道を指差すと、僕に合わせているのだろう、ゆっくりとした足取りで先へと進む。

タキシードの上着も蝶ネクタイもカマーバンドも車の中に置いてきてしまった彼の、白いドレスシャツの背中が、月明かりでいっそう真白い。

薄暗い道を抜けると正面に築三十年のこぢんまりしたアパートが現れる。足を止めた彼が、間隔をあけて後ろについてきた僕を振り返る。

「……ここに住んでるのか？」

何に驚いてるのかはわかるんだけど——一応でも御曹司が住むような場所には全く見えないけど、中は外観ほどひどくはないんだ、風呂もキッチンも付いてるし。

「結婚の時は、僕なりに立派なマンションを用意しましたよ。でも、別居した時、マンションの名義を彼女に変更したので。それに慰謝料についてはまだ協議中で、できるだけ貯めておかないと。

……別に不便は無いですよ。帰って寝るだけだし」

そのまま帰ってと言うわけにもいかず、というか、もう彼のほうから帰ると言ってほしかったのが本音だが、ここまで来たら上げないわけにはいかない。

玄関ドアを押さえて、どうぞ、と俯きがちに手で中へ招く。

視界の靴先が動かないので長身を見上げてみれば、まだ彼は難しい顔をしていた。

「かず、……――喬木、さん？」

「子供がいないなら、マンションだって多すぎるぐらいだ。何もそこまでしなくても……」

「……ああ、慰謝料のこと？」

実は、島崎に報告したときも、やりすぎだってたしなめられたし、彼女もまた、マンションだけで十分だと言ってくれたんだ。僕の減俸も当然、知ってたし。

「すごく、傷つけたから、ほとんど僕の押しつけです。お金で償えることじゃないですが他に方法も」

「だが弁護士ぐらいは立てたんだろう？」

「立てる意味がありませんから」

きっぱり言うと、明らかに僕よりも女性という種族に詳しそうな彼は何か不満げだったが、結局口は噤まれた。「他人」のごくプライベートなことだから聞きづらいと彼が思うのは当たり前だ。

だが、今言わなくたって、祖母や相手の両親には「診断書」を見せてある。いずれ事実は知れるだろう。だったら、自分からばらした方がましだ。

「――夫婦の生活ができなかったんです」

ぎょっというように目を瞠った一矢さんを三和土に置いたまま、自分からさっさと靴を脱いで上がり、暗闇の中で電灯のヒモを引っ張りつつ振り返る。

「勃起不全というそうです。――つまり、僕は性的に不能です」

淡々と言えた自分を褒めてやりたい。自嘲だけは隠せなかったけれども。

「えっと、そこら辺に座ってくれます？　座布団はないんですけど……お茶でも淹れますから」

狭く殺風景な部屋の床に、何冊かの経済誌と、フランス語の辞書が積み重なっていた。片付けるふりで、経済紙の間に辞書を挟んでそそくさと隅っこに置く。

やかんの代わりの小鍋をコンロにかけてみたが、そもそも来客に出せるような茶葉なんてあったっけ？

わずかな希望とともに狭い室内をうろうろした僕の二の腕を、喬木さんが突然捕えてぐいと引き寄せた。

「……いつからだ」

十年ぶりに触れられた腕。ごく間近にある端整な面。どくんと派手に飛び跳ねた心臓に気付かれただろうか。

「健康上の理由ならなおさら交渉の余地がある。知り合いの弁護士を紹介するから」

ああ、さっきの話か。これ以上隠すようなこともない。

「――最初からです」

「……最、初って」

「最初は最初です。結婚した夜から。……彼女に悪いところなんてありません。明るくて可愛くて、ほんとに、いい子だった。僕は彼女をとても好きでした」

苦労知らずな彼女が、将来の夢を語るのを聞くのが好きだった。彼女は言葉をつくして、幸福という色がどんな色なのか教えてくれた。それは本当なら、僕という鉛筆書きの落書きに、はじめて塗られる色なのかもしれなかった。

結婚そのものは祖母のすすめだったけれど、僕は僕なりに、彼女と暮らせる日を心待ちにしていた。

「彼女に、不能なのかって真顔で聞かれたときは、僕がそんな恥ずかしい言葉を言わせてしまったんだなって、ただ申し訳なかった。二人で病院に行って、新婚性勃起障害と診断され、どういうわけか彼女に原因があるって、彼女が責められました。――ばかな医者でした、そんなはずないのに」

そんなはずがないんだ。彼女は僕が初めてだった。――いや、その初めてすら一度もなかった。でも僕にはどうすることもできなかった。だってできないんだから。ベッドに入ると気持ち悪くて、彼女の胸に吐いたこともある。

反発する磁石みたいに彼女の上から飛びのいた僕は、パンツ一枚であたふたベッドに正座して、胃液の残る口をシーツに押しつけんばかりにして、やっぱり素っ裸の彼女に頭を下げた。

ドタバタ喜劇みたいな情景は思い出せばおかしみさえ湧くのだが、喬木さんは地球の最後みたいな沈鬱な面持ちで、僕の顔を穴の空くほど凝視している。

「彼女からご両親に知れて、ご両親から祖母に知れて、結局、早めに結論が出ました。――笑っていいですよ。社会人としてダメで、夫としても、男としてもダメだなんて、……自分でも可笑しいんだから」

無遠慮な視線はやはり恥ずかしく、どんなに不自然でも引き攣ってても、笑うしか僕にはすべがなかった。

陰鬱な空気を、やかん代わりの小鍋のガタガタピューという賑やかな音が破った。

慌ててガスコンロに走り、火を止める。背中を見せながら何気なく言葉を紡いだ。

「……イヤな話を聞かせてすみません。こんなつもりじゃなくて、ちょっと気分が悪くて、だから――」

「ああ、いや、俺が悪い。好奇心からとは言わないが、デリカシーのないことを聞いてしまって」

ぺこぺこ互いに頭を下げあうことに、ふとおかしみを感じて、口元を緩めると、彼も同じ気持ちなのだろう、いたずらっぽく目を眇めた。

「格好悪いよな。もうお互い『ごめん』は止めだ。それより、すぐに寝るといい、まだ顔色良くないし。――ああ、客がいると寝られないよな、悪い、気が利かなくて……これで帰るよ」

「あの、お茶を出すから、もう少しだけ――……」

とっさに焦って引き止めて、やはりとっさに口を噤んだ。そのお茶がどこにあるのか、あるかどうかもわからないのに。

「こっちこそ引き止めてごめんなさい。送ってくれて有難うございました」

彼は軽く首を横に振った。しかし、そのまま出て行くかと思いきや、立ち止まったまま、僕の背後をじっと凝視している。

振り返って、彼が見ているものに気づき、——卒倒しかけた。

殺風景すぎる空間の寒々しい蛍光灯の下で、フランス語のポケット辞書なんかよりもっとまずいものが、異質な光沢を放って存在を主張している。——むき出しのパイプハンガーの、スーツとワイシャツの掛かっている一番隅に、ほぼ新品の、十年前のスキーウェア。

「こここれ、これは、——これは、その……」

僕はひどくうろたえた。今日という特異な一日の中で、一番、これ以上なくうろたえた。ケチって、押入れのない安い部屋にしてしまったことを、この時ばかりはこの上なく後悔した。

「いい一度も着てないし、りり流行も疎いし、ブランドものだから捨てるのもったいなくて、つい！　ほら、冬はコートの代わりにしてて。——あ！　い、いえ、コートっていうか、その」

一度も手を通していないのに、毎冬のコート代わりなんてとんでもない矛盾だ。余計に混乱してきた。治まった胃痛がまたしくしくとぶり返す。何か、何か気の利いた話を、何か話を逸らさないと——……。

「有難う、幹」

——心臓が跳ね上がった。

「大切にしてくれてて嬉しい。それ見つけるまで、五件ぐらい店を回ったんだ」

苦労した甲斐があったよと彼は屈託なく笑った。そして、

「ああそうだ。今度、お花見にでも行こうか、幹」

ほんの軽い思い付きのように彼は言った。それを思い付いた——連想した理由については、もう考えないほうがいい。これ以上はほんとに気が変になる。

「樹も誘って、重箱の弁当と一升瓶抱えてさ。樹は全然飲めないけど、幹は結構いけるって聞いてる」

「は、はい、飲め、飲めます」

「じゃあ、花が咲いたら連絡するよ。俺はともかく、樹の予定が開花よりも予測つかないからなぁ」

彼が開いた玄関ドアから、一陣の春風が室内に入り込んだ。

風は淡い匂いがした。未だ開花もしていない桜の花びらが、夜気に混ざって迷い込んだように清々しい。

「大事にして。具合の悪いときに邪魔して悪かった」

軽く手を挙げ、彼は長方形に切り取られた夜の向こうに消えていった。

きっちり閉じた扉を見つめたまま、僕は呆然と床に座り込んでいた。しくしく痛む胃どころじゃなかった。

（……夢じゃないよね？）

ほっぺをつねるのは無意味だ。何度も夢でやったから知ってるけど、夢だって痛い時は痛い。

でもこれはきっと、夢じゃない。

あのひとの匂いが――桜に似た淡く甘い匂いが、まだここに残っている。

瓶詰めにしてとっておきたくとも、お茶もやかんもないこの家に、瓶なんてあるわけがなかった。

02 ― 幹 ―

浅岡商事株式会社において、『取締役経営相談室室長』――というのが、今の僕だ。子会社でもいくつか形式上の役職を持っているが、基本的に登社するのは新潟の浅岡商事本社か、今いる東京支社のどちらかである。

失態で平取に降格したものの、特例として、常務以上に許される個室を引き続き持たせてもらえた。机と可動式の低いキャビネットが一つずつあるだけの、広くはない部屋だが、新設の部署でまだ職掌もはっきりしていないし、社員の配属もないから、今のところ不便はない。

そのキャビネットの上に、三日ほど前から、純白のカラーの花が、古い花瓶にどーんと生けられている。

上手く水を吸い上げてくれたのか、萎れる様子はなく、今も、緑の茎はすらりと天井に向かい、筒状の花弁は目に痛いほどの清浄な白さを誇っている。

正装の花嫁によって選ばれるほどの清冽さとゴージャスさをあわせもつ花だ。その凛とした立ち姿は、水際立っている――といえば聞こえがいいが、つまり、ほとんど悪目立ちのようでもある。

昨日、稟議書類を回収にきた秘書の女性が、胡散臭いものを見るような眼で凝視してから、一言も触れないままそそくさと出て行ったっけ。

それは、数日前、あのひとが僕にくれた花。

――あのひとが、恵んでくれた、花。

＊　＊　＊　＊　＊

二度目の再会――変な言い方だな――は、呆気なく訪れた。

喬木さんが、あのパーティ以来、何度かうちの会社に来ていることは知っていた。

知っていた、というのは、人の出入りのほとんどないここに、突然、秘書室の若い子がお茶とお菓子を持ってきてくれて、「最近よく支社長を訪ねて来られる素敵な方はどなたですか。取引先の方ですか」と、何気なさを装いつつも目をキラキラさせて訊いてきたからだ。お茶はともかく、お菓子は彼女たちが自前で用意したものだった。女の子ってわかりやすいし逞しい。

「支社長のお知り合いで、K大の言語学の教授だよ」

「教授でいらっしゃるんですか？　三十代ぐらいに見受けられましたが、もっと上なんですか」

「いや、見たとおりお若いよ。外国の大学でキャリアを伸ばされた方だからね。先だってロシアの企業と提携しただろう？　契約上、専門的な翻訳が必要なことがあって、コンサルティングしていただいてるんだよ」

人材派遣で通訳を呼ぶより正確で何よりタダだからね、と樹はいたずらっぽく笑っていた。

「じゃあ、またそのうちいらっしゃいますよね」

だと思うよ、と言うと、女の子たちは目に見えて沸き立った。

もっとも、どのぐらいの頻度で彼が来ているのかまでは知らない。僕はあまりこの部屋から出ないし、できればもう会いたくはない。——向こうも会いたくないだろうから、自分なりに気をつけていた。

——にもかかわらず、三日前、樹の部屋の前の通路でばったり。

くるりと背を向けて逃げ去りたくとも、それは社会人としてどうなんだ、と思うにつけ、仕方なく肚をくくり、自分から「お疲れ様です」と、かなり緊張しながら、涼やかな背中に声をかけた。

彼はぎくりと肩をいからせて、肩越しにゆっくりと振り向いた。

「……幹」

何もそんな、幽霊でも見たみたいに驚かなくたっていいじゃないか。ここは僕の職場で、この廊下は支社長室につながる唯一の通路なのだから、会っても不思議はないんだよ。

——と、足も心も萎えそうになる自分にこそ言い聞かせる。

「先日は、家まで送っていただいて有難うございました」

軽く目礼すると彼は、いや、と短く応えた。

彼のよそよそしさに少なからず落胆した。やっぱり、僕には会いたくないんだろう。

顔も見たくないほど嫌われてるとまでは思わないけれど、僕たちの過去を思えば、できれば避けたい気持ちはわかる。というか、共感できる。僕もそうなんだから。

「えっと、その、……その花束。とても、綺麗ですね」

彼の右手に長さのある花束が握られているのには、遠目からでも気付いていた。

カラーを五本ほどまとめた縦長のやつ。シンプルだけど、存在感のある花束だ。あたりさわりのない話題にするのは、いちばん自然だったはずだ。

なのに、彼はますます緊張したように見えた。

「そう、かな」

らしくもなく口ごもりつつ、気まずそうに花束を脇に抱えなおした。ちょうど体の陰になるように。

不機嫌じゃなくて、照れているだけなのかもしれない。長身で華やかな雰囲気を持つひとに、よく似合っているのに。

「ええ。きっと樹も喜びますよ」

いくら鈍くてもそれの贈り先ぐらいは容易に察せられた。

凛とした白い花弁、まっすぐな太い茎。いかにも気高い花は、樹のイメージだ。

「……さあ、どうだろう。あいつは花なんてさして興味ないかもな」

「そんな。恋人から貰う花ですもん、嬉しいに決まってますよ。今日は何かの記念日なんですか？」

喬木さんは軽く首を捻っただけで、そうとも違うとも言わなかった。

沈黙が怖くて、僕はあたりさわりのないはずの会話を続けた。

「ええと、誕生日じゃないし、ホワイトデーは過ぎたし、三月って——」

「——きみには関係ないよ」

ぴしゃりと喬木さんが言った。

恋人に贈る花束から、特別な日という連想するのは、おかしなことだったろうか。

素敵だなあ羨ましいなあと、単純に思ったのは事実だけれど、皮肉みたいに聞こえたんだろうか。

「それより、樹に用事があるんだろう。俺は私用だから、先にどうぞ」

水面を揺らいでいた木の葉が一気に底なし沼に吸い込まれていくような音を遠くに聞きながら、僕はぎくしゃくと彼の前に出て、樹の部屋のドアをノックした。

どうぞ、と応えがあって、二人並んで入ると、正面の机にいた樹はちょっと目を瞠った。何か誤解されてはと僕は慌てたが、後ろから喬木さんが、「道が空いてて、早く着いた」とのんびりと言った。

樹は、そっか、と軽くうなずいて、まずは僕に「急に呼び出してごめんね」と言いながら椅子を勧め、喬木さんには「まだちょっと時間がかかるからそのあたりに居て」とそっけない。

気を回しすぎたことに、僕は少なからず恥じ入った。やましさを持つのは僕だけなのだ。

樹からプロジェクトの進捗具合の説明を受けてから、いくつか稟議書に判を捺した。存在感たっぷりに壁を背にして立つ喬木さんの気配がどうにも気になって、集中するのにとても苦労した。

樹は祖母に次ぐ決定権を持っているので、僕の承認は本来必要ないのだが、何か重大な決定事項のとき、樹は必ず、あらかじめ僕に、直接、説明してくれる。日本の企業経営はまだ慣れないことが多いから、キャリアがあって、誰より信頼できる人間に、アドバイスを頼みたいんだそうだ。

樹にとって僕は、「不肖の兄」でしかないと思っていたから、「一番信頼できる人間」と言い切ってくれたことは、とても面映ゆく、とても嬉しかった。僕はその期待に応えたい。樹には企画力や実行力では劣るけれども、確かに、僕は樹よりは経験がある。業界や会社についての知識や、人脈も。

今も、準備不足のような気がした来期の新製品のプランについての懸案事項を言うと、樹は律儀にメモをとって、また報告するね、と言ってくれた。

お疲れ様、とうなずきながら、もっと頑張ろうと心の中で自分に言い聞かせる。

「——そうだ、幹、よかったら一緒に食事に行かない？」

書類を片付けながら、樹が何気なく僕を誘った。

食事って、だって喬木さんがさっきから待っているのに。

きょろ、と背後を気にした僕に、樹が片目をつぶった。

「一矢が、僕らまとめて奢ってくれるってさ」

冗談で返せばいいのに、僕はまた空気を飲み込んだまま固まってしまった。

おい樹、と後ろから不機嫌そうな声が聞こえた。

「いつ俺が奢るなんて言ったよ」

樹は全く気にした様子もなく、にこりと笑った。

「そりゃこの中では一番の年長者だもん、奢ってくれるよね？」

「しがない客員教授の懐事情を甘く見るなよ。お前の年収は俺の三倍以上だっつの」

「東欧株はそろそろ止め時だってこの間忠告はしたよね。その後どうなのアレ」

「ほっとけ」

口をさしはさむすきがないぐらいいつっけんどんに言い合う二人に、僕はとんでもないと手をぶんぶん横に振って自己主張した。

「僕は、まだ仕事あるから遠慮するよ。それにほら、今日は記念日なんだろう、二人で行ったほうが、」

記念日って？　樹は心底胡乱な面持ちで首を傾げた後、ぽんと膝を叩いた。

「ああ、そうか。僕たちが付き合いはじめたのが、十年前の今日だ」

「そうなんだ、おめでとう」

祝福の言葉は、この上なく自然に口からこぼれた。

それが、彼らにとっては幸福な記念日のひとつでも、僕にとってはどんなことを意味するのか、察せないほど鈍くはなかったが、さっきの喬木さんの突然の不機嫌顔を思えば、祝福のダンスを踊ることすら、お安い御用だと請け合っただろう。

その時、樹の机の内線が鳴った。

「……何だって？　――そう、困ったな。いや、ああ、わかった。今すぐ向かうよ。下に車の用意させて。新幹線のチケットも。ああ、グリーンじゃなくていい」

電話を置いて樹は、さっきから彼を待ちかねている恋人を振り返った。

「悪い、一矢。工場の生産ラインのトラブルで、今すぐ新潟に行く。だから今日はパス」

「何だって？　冗談だろ、樹。レストラン、一か月前からの予約で――」

「無理」

たった二文字の言葉を言っただけで、樹は慌ただしく書類をまとめ、上着を着はじめる。

「無理はどっちだ！　今日は空けておけと念を押したのはお前じゃないか」

喬木さんは、責める声は大きくはないものの、イライラと僕の座っているソファの背もたれを拳骨で叩いた。

「どんなトラブルか知らないが、たかが電話一本で一番偉いはずのお前が出て行くなんておかしいだろう。社員はどうなってんだ、社員は！」

「僕の仕事に口は出さないで欲しい」

ぴしゃりと樹はいくつも年上の恋人に言い切った。聞いていた僕がひやりとするぐらい冷たい声で。そして、喬木さんの勘気に頓着する様子もなく、アタッシェケースに書類を詰めて身軽に立ち上がる。

反対に喬木さんは、苦虫を噛み潰したような顔で、腰をどすんと僕の隣に落とした。

なぜか僕のほうが動揺し、おたおたと樹に取りすがった。

「樹、そんなの、良くないよ。前からの約束だったら優先しなきゃ。――そうだ、工場だっけ？

それ僕が代わりに行くから、きみは」

「幹には無理だから、僕が行くんだよ」

歯に衣を着せても仕方がないことだが、喬木さんの前ということもあって、僕はとっさに俯いて耳まで赤らんだ頰を隠した。

「……ったく、仕方ないな。わかったよ」

不承不承と言ったような声が背後から聞こえた。

「じゃ、幹を借りてもいいか？　せっかくの人気レストランだ、キャンセルは惜しいし独りは空しい」

「ああ、それでいいんじゃない？　それでまた一か月後に予約入れてきてよ。じゃ、幹、そういうことで、よろしく」

ちょうどその時秘書の女性が車が来たと知らせに来た。

有難う、と樹はもう後も見ずに僕たちの横を通り抜けようとして——。

「樹」

ソファのほうから背もたれ越しにぬっと伸びた腕が、樹の腕を捕らえ勢い良く引っ張る。

「何、すん——……っ！」

ほとんど仰け反って背もたれを越させられた樹が倒れこんだ先は、喬木さんの膝の上。不安定な姿勢のまま、怒気を隠さず目を剥いて睨んだが、開いた口から出るはずだった罵声は、素早く捉えた喬木さんの唇に吸い込まれた。

「……んっ……ム……ッ」

無理な姿勢で苦しそうに呻いた樹を抱く角度を少しだけ変えて、喬木さんは熱烈なキスを続ける。僕も秘書の女性も、彫像のように固まってしまって目を逸らすこともできない。

長いのか短いのか、とにかく最後にチュっと派手な音を立ててもう一度濡れた唇を吸うと、ごちそうさま、と樹を手放した。

「……キャンセル料だ。安いもんだろう？」

樹は視線だけで射殺しそうなほどきつい瞳で彼のいたずらな恋人を睨みつけ、――全く動じないまま彼を膝に乗せて微笑する喬木さんに、やがてふっと口元をほころばせた。

「あなたが寛大な彼氏で有難いよ」

そうだろう、と喬木さんはくすくす笑いながら樹へと片目を瞑り、樹を膝から下ろした。

樹はソファから床に落ちたアタッシェケースを拾い上げると、少し考えて、腰を屈め、チュッと喬木さんの頬に音を立てたキスをした。

「いい子でね、一矢」

喬木さんがひょいと親指を立てる。樹は驚きつつも事情を聴けもしない秘書の女性に、「待たせたね」と爽やかに言って、今度はさっさと部屋を出て行った。

その派手な一幕を唖然と見送った僕は、「さて行こうか」、と立ち上がった喬木さんに肩を叩かれて、思わず飛び上がった。

「食事。奢るから」

僕は慌てて両手を横に振った。

「い、いいです、いいです。そんな、理由もないし、あの、仕事も残ってて——」

「予約に苦労しただけに、キャンセルは惜しいんだ。それに、樹はきみに自分の代理を頼むって言ったろ？　ならこれも業務のうちだ」

行こう、と多少強引に彼は僕の背中をぽんと押し、前へと進めた。そして、ふとテーブルに置き去りにされたカラーの花束に目をやってから、僕を振り返った。

「これ、気に入ったみたいだから、幹、持っていく？」

「え！　まままさか、それこそ、とんでもない。それは樹への」

「まだあいつにやるっつってないし。考えてみたら、あの情緒のない男に渡しても、水ひとつ替えるとは思えない。それにほら、この部屋、そこに立派な花が飾ってある」

振り返れば確かに、窓際の花器に季節の花の見事な生け花が飾ってあった。

そりゃそうだ、専務取締役副社長の肩書き、しかも支社長室だ。急に設えられた僕の部屋とは違うに決まってる。

「横流しみたいなのが嫌じゃないなら、幹の部屋に飾ってやって？」

差し出された花束をたっぷり二秒は凝視し、そして恐る恐るそれと喬木さんの顔を見比べた。さっき、僕の何かが彼を怒らせたことなどなかったかのように、彼は柔らかく微笑んでいる。

分不相応に立派な花束。現在の恋人との記念日のプレゼント。彼にとってはほんの思い付き——どれをとっても、はいそうですかと受け取れるわけがない。

「……あ、りがとう、ございます」

でも、その時の僕に断る勇気なんてなかった。

僕は、嬉しかった。

嬉しかったんだ。——だって、理由なんてどうでも、好きなひとから初めて贈られた花なんだ。

たとえ、道端の雑草を抜き取って放られたとしても、僕は一生大切にするだろう。


二人きりの会食は、ただ座ってるだけなのに気が遠くなるほど緊張した。有名な南仏料理の店らしいが、喬木さんにしてみたら、ずいぶんと気詰まりな食事だっただろう。

でも廊下でかちあった時とは違い、喬木さんは始終にこやかで、ごく自然に沈黙を埋め続けてくれた。

そして、僕のあまり進まない食欲にあわせて皿を選び、ゆっくりと食事を進めてくれた。残していいものか迷った時は、前からフォークを伸ばして、食べかけのそれを、ひょいと口に入れてしまったりとか。

「そっちのほうが旨いみたいだ」

同じ料理なのに、彼はそう言って、いたずらっぽく片目をつぶった。

ほっとして、どきどきした。今なら、いろんなことを謝れるかもしれない。

「あの、さっきはプライベートなことに立ち入ってしまって、すみませんでした」

喬木さんがわずかに目を瞠る中で、ぺこんと首を前に折る。

「それに、せっかくの記念日で、素敵なレストランなのに、僕なんかがご一緒してしまって、――本当にごめんなさい」

「どれも、幹が謝ることじゃないだろう。だいたい、ここに強引に誘ったのは俺だ」

「……いえ、さっきの樹の急用も、もとは僕のせいなんです。恥ずかしい話ですが、僕の手配ミスで、今までの生産ラインが確保できなくなってしまって、いくつか新規で工場を始動させることになったから」

融資の利子だの、取引先への賠償だの、時間とともに、損害だけが大きくなっていく中で、新潟の本社のほうとの連携もうまくいかず、しかも同じ頃、祖母の肺に、初期の悪性腫瘍が見つかった。

樹が、フランスの大学を飛び級で卒業した後、経営コンサルタントのような仕事をしていたので、今までにも時折、祖母が会社のことで相談をしていたのは知っていた。

病床の祖母に請われ、準備室の「副」室長として、樹が形式上、僕の下にきて采配を振るってからは、嘘みたいな速さで業務は軌道に乗った。

「発想の転換なんですって。大きな工場が確保できないのなら、町工場を束ねれば良い。ただ、束ねるというのに技術力の上下で問題が生じるから、それを埋める方法を考えマニュアルを作成するっていう回り道こそが近道だって、樹はこともなげに言って――」

そうして、当初予定していた支社の開業も、量産用プロトタイプの製作のどちらも、ぎりぎり間に合わせてしまった。

『予定どおり進める。延期はないよ』と、明日の天気の話をするみたいに樹から報告を受けたとき、僕は安堵のあまりぼろぼろ涙をこぼしてしまった。これでやっと祖母も、会社のみんなも安心できる。

驚き慌てる弟の手をとって、何度も何度も有難う有難うと頭を下げた。

相変わらずだね幹は、と樹は苦笑しながら、これから後方の援護は頼むよと僕に反対に頭を下げた。僕の失策を責めることもなく。

「会社は樹に任せておけば大丈夫だから、僕は、辞表を出すべきだとは思ったんです。樹もやりにくいだろうし。でも、祖母が止めて――ほら、僕は浅岡姓を持ってるから。うち同族会社だし」

喬木さんの顰めた眉間が視界の隅に入った。

やっぱり、おかしなことだと思っただろう。僕が今ものうのうと役員として会社に残ってるなんて。

けれども、辞意を伝えた時、祖母は、謹厳な中に僕への慈愛を見せる微笑を浮かべて言った。

『こういうご時世だから、今は会社は樹に任せるけど、彼は別にやりたいことがあると言うし、東京支社が軌道に乗りさえすれば、私はまたお前に任せるつもりよ。創業と保守の才能は全然別のものですからね。残念ながら幹、お前には、前者の素質が樹に比べて欠けるところがあるのは否めない。けれど、合理主義で、因襲や人間関係を割り切りすぎるきらいのある樹よりは、実直で方々に気配りのできるお前のほうが、社員の信頼を得、業績を長く保守するのには長けていると思うのよ』

内心では嬉しかったが、それは僕への詭弁ではないかと疑いの目で見返してしまうと、『それからこれは、重要なことだけれど』と祖母は重々しく続けた。相変わらずしゃっきりしない孫を力づけるように。

『浅岡の跡取りは幹、お前だけよ。あなたという、真面目で孝行者の孫が次期当主になってくれるのだと思えば、安心してお迎えを待てるわ』

……けれど、跡取りどころか、僕はもうすぐバツイチになってしまう。

しかも妻の伯父は、取引先の社長さんにあたるから、その縁もダメにして、――それでも浅岡の名前を持っている僕を、祖母は見限ることはできない。

「もう少ししたら、支社も新規事業も軌道に乗ると思います。僕も頑張るし、そうしたら樹にも時間ができます。そうだ、このレストランのことも、何とか早めに予約できるよう、ツテを頼ってみますね」

薄笑いを浮かべながら返事を待ったが、僕の話など全く聞いていないかのように彼の手は、銀のカトラリーを滑らかに動かし休むこともない。

「……あの、だから、そうしたら樹と――」

「さっきから、きみが何を言いたいのか、俺にはさっぱりわからない」

喬木さんは、やはり皿の上の肉料理に目を向けたまま、淡々と言った。

「樹は俺との食事より仕事のほうが魅力的だと思ったからそちらを選んだだけだし、俺は、……俺は、きみからの謝罪だのツテだのがほしくて嫌々誘ったわけじゃない。俺たちがそれぞれ好き勝手やってることで負い目に思われるのは、――不愉快だ」

反射的に口元を右手で覆うと、手から滑り落ちたナイフが結構な騒音を立ててテーブルから膝、それから床へと落下した。

「うわっ。あっ、ご、ごめんなさ――っ……」

慌てる僕を一瞥したきり、喬木さんはすぐにまた自分の皿と向き合った。

「……本当に、全然変わってないのな」

ごく小さなつぶやきは、決して好意的なものではなく、針のように胸に刺さった。そして、それっきり彼は、僕に何も話しかけなくなった。

もくもくと自分の食事を皿から消化していく彼につられて、無理に口の中に詰め込んだ肉は、とろけるように柔らかかったが、いつもの食事と同じように、鉄と砂の味がした。


駐車場に出たところの植込みに、桜の木があって、喬木さんがそれを見上げて、「もうすぐ開くかな」とつぶやいた。

それが一時間ぶりの会話らしい会話で、ずっと彼の靴の後ろを見つめていた僕ははっとして顔を上げた。

「さくら。ほら、蕾をつけた枝が重そうだ」

何気なく彼は上を指差す。僕もつられて見上げると、不意に頭を動かしたせいかクラリとする。

「……さくら、は、好きですか?」

「好きだよ。海外にいると、一番懐かしく思い出すね」

目線を上に向けたまま柔らかく口元をほころばせた喬木さんをぼんやりと見上げる。

まんまるの月が晴れた空にかかり、桜の枝の向こうから、惜しみなく白銀の光を降り注いでいる。

端整な面差しもまた温度のない光に晒され、無駄な肉のないシャープな顎骨が首筋にくっきりとした影を作っている。神話の英雄のようだ。咲いてもいない桜を振り仰ぐふりで、僕はうっとりと見蕩れた。

——あの日もそうだったな。蕾はもっと固くて、月光はもっと冷たかったけれども。

「……僕も、好きです」

ずっと封印していた言葉が、口からぽろりとこぼれ落ちた。

すぐに我に返って「さくらが」と付け足すと、喬木さんは春風みたいにふわりと微笑んだ。

「いつか、花びらを送ってくれたな」

昔のことを彼から口にするとは思わなかった。

ほとんど返事のないまま、一方的に送り続けたエアメール。会いたい以外に文章は思いつかなくて、あの児童公園で拾い集めた花びらを封筒に忍ばせた。

「メトロのホームで封を切ったんだ。逆さにしててのひらの上で振ったら、ちょうど電車が滑り込んできて、風圧で花びらが全部舞い上がってさ。……びっくりしたな。俺も周りも」

目を細めて懐かしむ表情はどこまでも柔らかい。

「子供みたいないたずらだって、呆れたんじゃないですか?」

「とんでもない、嬉しかったよ。返事、できなくてごめんな」

「いえ、ほっとしました。手紙、憂鬱にさせてたかもって、ずっと悔やんでたから」

「……幹」

おもむろに喬木さんは、真正面から僕に向き直り、腰から上をまっすぐに僕のほうへと倒した。

「あの時は、本当にすまなかった。いつか、きみにきちんと謝らなければと思っていたのに、こんなに遅くなってしまって」

「や、やめてください！」

驚きのあまり僕は半歩後じさりながら、両のてのひらをかざしてあたふたと左右に振った。

「謝られても困ります。ひとの気持ちは仕方のないことなんだから。それに僕こそ謝らなきゃ。やみくもに押しかけたりして、あなたにも、樹にも、心配をかけたでしょう？」

「いいや、俺にこそ謝らせてくれ。俺は意気地なしだった。きみのためを思うなら、むしろ真実を伝えるべきだったのに、いたずらにきみを避け続け、一番ひどい方法で傷つけてしまった」

彼の端整な面は、苦渋の色に満ちている。

十年前の異国でも、こんな顔をさせたなと場違いな懐かしさを覚えた。

「――ねえ、喬木さん。全部が、はるかな昔の話ですよ」

両手を背中で組んで、ちょっと背伸びをするようにして、にこやかに長身を見上げる。

芝居がかった動作だと自覚はあるけれども、芝居というならば、僕は全力で、『本来こうあるべき十年後の自分』を演じていた。

「僕は、とっくに忘れてました。誰だって、子供の頃の恋愛の失敗なんて、さっさと忘れたいものです。どうか喬木さんも忘れてください。何かで読みましたよ。昔を懐かしむのは、年を取った証拠なんですって」

挑発するように唇の両端を持ち上げると、喬木さんは少し驚いたように目を瞠り、続いて朗らかな笑顔になって、「年寄り扱いとは心外だ」と楽しそうにねめつけた。

＊　＊　＊　＊

誰も訪れない部屋で、一日を過ごすのはとても長く感じる。

今日は、——今日も、予定は何も入っていない。

普段から、僕に用があるのはほとんど樹だけで、けれども今日、樹は朝から外出と聞いている。

何かやらなきゃって焦りはあるけど、——正直に言えば、怖い。僕が何かしようとすると、誰かがため息をつく。それは祖母だったり、役員や秘書だったり、——自分だったり。

時計の秒針の音が閉塞感を増幅させていく。

そんな時、花瓶からすらりと長く伸びる切花に意識が向く。春の午後の日差しを浴びて一層目に眩しい。

凛と空を指す緑の茎と白い花弁に、あのひとの横顔が重なる。

「やっぱり、難しいよ。——好き勝手なんてさ」

難しいよ。生きることは、本当に難しい——。

珍しく、内線電話が鳴った。なんと、祖母がこれからここに来るという連絡だった。

わかりました、と答えた途端、胃が裏側からぎゅっと掴まれたみたいに痛んだのを、息を詰めて堪える。

震える手で鞄からいつもの錠剤を出し、既定量より多めに口に含んで、白湯で流し込んだ。祖母に心配をかけるわけにいかない。

この痛み止めはインターネットで適当に購入したものだが、値段は高いし、多分あんまり性質が良くないものだ。だけど、緊急の時には市販のそれなんかよりずっと早く効くから、どうしてもやめられない。

飲んでしばらくは、視界も触覚も聴覚も、何もかもがぼんやりとする副作用があって、立っている時は足元を踏ん張らなければならなくて大変だけど、座っていればさほど影響はない。

それからわずか数分後だった。

秘書の案内もノックすらなく、樹と祖母が揃って入ってきたので、僕は慌てて腰を半分浮かした。

「東京にいらっしゃる予定は伺ってませんでしたが……」

答えはなく、ただ、ため息を堪えるような口調で、「座りなさい」と祖母は言った。

隅に置いてあった予備の折り畳み式の椅子を、樹が広げて僕の机の前に置き、祖母が腰掛けた。

樹自身は祖母のやや後ろに立ったままだ。

「――幹、この説明をしてほしい」

樹の手の茶封筒から、机に投げ出されたのは、ダブルクリップで左端を二箇所止めた書類の束と、何十枚かの写真。名簿らしきリストが一枚。

「僕がある方に取引をお願いしたら、うちとだけは絶対にごめんだと言われたんだ。追及したら、唾棄すべき賄賂が横行してるというじゃないか。うちには賄賂を出すような余剰金も不透明な資産管理項目もない。そうしたら、賄賂は何も金ばかりじゃないと、とんでもないことを聞いた。『浅岡の若常務じきじきの特殊な接待』、ある筋じゃ有名だとね。——最初、僕には全く意味がわからなかった」

書類の表紙には、太字フォントで、「浅岡幹の素行に関する調査報告」のタイトル。

「残念ながら、その大半は裏が取れてる。最初はしらばっくれてても、写真を見せたら大抵は喋ってくれたらしいよ。当事者側に守秘する意味もないからって。音声も残してある」

鋭く細めた双眸で僕を見下ろす樹の面からは、一切の感情がそぎ落とされている。

「……ずっと前から、そういう真似をしていたのね」

祖母の吐いたため息は、床に染み込んでいきそうなほど、重く、深い。

のろのろと手にした写真には、投資家や銀行の貸付役員、省庁のお役人に、政治家、暴力団関係者。僕がこの半年ほどで、ベッドの相手をした連中が、失笑するほどいかにもなエリート然として写っている。調査は最近のものだからか、きわどい写真はここ一か月ほどの数枚で、エレベーターの監視カメラの画像と、客室の中も数枚あった。利用するホテルは一流どころばかりだったはずだが、セキュリティは案外見掛け倒しなのかな。それとも探偵社が優秀だからか。——それなら経費もうんとかかったろう。僕に直接聞けば済むことなのに。

リストのほうは見るまでもない。肩書も名前も、――報酬も、そらで言える。

のろのろとキャビネットの上の花束へと焦点をずらす。花弁の艶やかな白が眩しい。

……やっぱりこの部屋には似合わないな。なんせ花嫁さんの花だもんな。

「何とか言ってくれ、幹！」

祖母の背後から僕の机を拳でドンと樹は叩いた。

けれども、僕にとって彼らの剣幕は他人事でしかなかった。

「……仕方なかったんだ」

ぼんやりと口にすると、知っている、調べたと言ってるくせに、樹は息を呑んで硬直し、祖母は首から上を真っ赤にしてわなわなと震えた。

二人とも、今更何を驚くのだろう。真実だったって、たった今、樹、きみが言ったじゃないか？

それに、大したことじゃないだ。ほんのちょっと僕が我慢すれば良いだけ。そうすれば全部が上手くいく。

あいつらみんな、示し合わせたみたいにそう言った。だから僕はそうした。

そしたら本当に、全部が上手くいったんだ。

――全部が。

あれは、大学を卒業し、本格的に会社に関わるようになって二年ほど経った頃だ。

僕は初めてひとつの大きなプロジェクトを任されたのに、銀行の貸し渋りでどうしても資金が調達できなかった。二年もすれば全額返済だってできるとどれほどプレゼンテーションしても、良い返事は貰えず、期限が迫っていた。

今まで取引したことのなかったとある都市銀行の支店の融資担当の課長が、何かのパーティーの後、僕をバーに誘ったことが最初だった。

カウンターテーブルの下で手を握られた。脂肪が厚く体温高で、てのひらはじっとりと汗をかいていた。

僕はとうに何も知らない子供ではなかった。それどころか、——経験豊富だ。

当然、口約束だけだから、後から「そんなのは知らない」と言われてしまえば、ヤられ損ってやつだけれども、会社の資金を無駄にするのでもないし、却って証拠も残らないし、失うものは何もない。

むしろ、その「口約束」が案外律儀に守られたことに驚いた。あとはまあ、そのひとの口利きとか、同じような嗜好のひとが噂を聞いたとか、何となくそうかなってわかるようになれば自分から誘ったり。芋づる式に人脈は増えていった。

地位のある、特殊な嗜好のひとたちって、妙に横の繋がりがあるみたいなんだよね。呼ばれて出向いたら、それぞれ関係ないはずの知り合い三人が、一緒に待ってたなんてこともあったっけ。

いいか悪いかといったら、悪いに決まってるし、イヤに決まってる。単純に、行為そのものも気持ち悪かったし、十六の頃は知らなかったセックスの正しい意味を、今の僕は知っている。

ひどい時はまる一日拘束されたりしたし、避妊具をつけてはもらえないこともあり、体の内も外も散々汚された。痛くて怖くて苦しくて惨めで、体は反応しても、心が気持ちいいことなんて一度もなかった。

いつからか、僕の性器は、勃起（エレクト）なんてしなくなった。——触れられても、自ら触れても、男性として真っ当に機能することはなくなった。

それは結婚するずっと前からわかってたこと。不能のくせに妻を持った、最低最悪な男だ、僕は。

妻にだけは申し訳ないと思う。だけど、後悔なんてしない。

僕は浅岡の跡取りで、次期社長で、みんなを護る義務と責任を果たしただけだ。

——きみと同じだ。そうだろう、樹？


「……どうして、幹、——僕にはわからない。幹、どうして……」

長い沈黙を破ったのは樹で、拳に握った両手を震わせながら、喘ぐようにつぶやいた。

樹は僕よりずっと賢いくせに、どうして、どうしてを僕に訊くの？

「だって、契約取らないと、資金を確保しないと、許可を貰わないと、……困るだろう？　おばあちゃんも、樹も、社員の皆も、取引先のひとも、困るよね？」

樹はうなずきもしない。祖母は皺深い目を大きく見開いて、僕を穴の空くほど見つめている。ハンカチを握り締めた手がふるふると震えていた。

「みんな困るから、仕方ないじゃないか。……大丈夫だよ、ちょっと我慢すれば——そう、何時間か、ちょっと気持ち悪いのを我慢すればいい。そしたらみんなが助かるんだ。僕はそのぐらい何でもな――」

「おおお黙りなさい！」

祖母はしゃっくりの途中みたいなひっくりかえった声で叫んだ。

「そんなマネを孫にさせるぐらいなら、会社なんてつぶしたほうがマシよ！」

厳しい口調とは裏腹に、彼女はぼろぼろと皺深い眦から涙をこぼしていた。

それまで何もかもがスクリーンか濃霧の向こうのでき事のように非現実的だったのに、不意にすべての事象が具体的な質量を持って僕を取り囲んだ。

（どうしてあなたが泣くんですか）

あなたはただ晴れやかな顔で、さすがは私の孫ねと、微笑んでくれればいい。あなたが褒めてくれたように、僕は誰より頑張り屋で、足りなければもっと頑張るから、困ったことは全部、任せてくれていいんだ。

「――幹、あなたは今すぐ自宅で謹慎なさい。この不祥事は、私のほうで処理します。口止めもできるだけさせます。浅岡のためじゃない。あなたの名誉のためによ、幹」

「……謹慎、ですか？　でも、仕事も残ってるし、会社だって」

「会社(ここ)には樹がいます。あなたは必要ありません」

「でも、僕は、浅岡の跡取りだし、責任もあるし――」

会社の磐石は樹にある、それはわかってる。

けれど、あなたは、樹では足りないことがあるのだと。この僕が、必要なのだと。

「あなたが、そう、おっしゃったから、僕は――」

「色を売るしかできない能無しに一体何ができるっていうの！」

バンと机を両手で叩きざま、祖母はガタリと椅子を蹴倒しながら立ち上がった。

「今すぐ出て行って頂戴！　ここは私の聖域なの！　汚らわしい娼婦に、浅岡の敷居は二度とまたがせない！　出て行って！　出て行きなさいってば！」

髪を振り乱して泣き叫ぶ祖母に「おばあちゃん、ここ会社だよ」と樹が小声でたしなめた。

「い、樹、だって、樹……こんな、こんなことって……」

祖母は小さな体を、弟の腕の中で丸めるようにしておいおいと泣いた。

僕だけはなおも椅子に腰かけたまま、呆然と彼らを見ていた。

こんな取り乱した祖母を見たのは初めてだった。己のガンを告げられた時すら冷静だったひとが。

「――と、とにかく、今日中に更迭の辞令を出します。役員会の承認を得たら、取締役からは永久に外れてもらいます。……株主としてのあなたにまで、どうこう言うことは私にはできないけれど」

だが、彼女の鉄の自制心は、彼女自身をすばやくなだめたらしい。ややあって、鼻をすんとすすり、僕へと面を戻したとき、彼女の瞳には、涙ではなく、幼い頃の僕が憧れてやまなかった、強い意志の光が湛えられていた。

「あなたにまだ最低限の羞恥心と自尊心が残っているのなら、幹。せめて株(それ)は、樹に譲渡して、謝罪なさい。私ではなく、――兄の不行跡に散々迷惑をかけられて文句一つも言わない、あなたの立派な弟に」

方々にしばらく不在の連絡を入れなくていいのだろうかと、秘書室に掛けた電話は、会長から伺っております、と短い対応でとっとと切られた。

片手には黒革の鞄。朝持ってきたものをそのまま持ち帰るだけだ。今朝方揃えた業務資料はそのまま机に残した。誰が引き継ぐとも思えないけど、持ち帰っても仕方ない。

空いたもう一方の手を見て一瞬迷ったが、空のまま拳に握った。あれはもともとが僕のものじゃない。

見事な白い花たちは、今も殺風景な部屋にあって誇らしげに輝いている。この部屋から暫時の主が消えても、なんら変わらず凛と咲き誇り続けるだろう。

豪華な花束が残された部屋を、僕はもう振り返らなかった。

外に出ると、夕暮れの風に、温く甘い匂いが鼻先に運ばれてきた。駅へと続くアスファルトを見晴るかせば、街路の並木が、薄桃の羅紗の帯で繋がれている。

春が来たんだ、と僕は唐突に思った。あのひとを見送って、十度目の春。

真下から見上げれば、薄い桃色の花弁が雲のようにふわふわと垂れ下がっている。花びらや蕾が、しゃらしゃらと微風に鳴るようだった。

『お花見に行こう、幹』

もちろん、あれは社交辞令だろう。花は咲きかけても、樹からはそんな話は出なかったし、あのひとからの連絡もない。そもそもあのひとは、僕の連絡先なんて知らない。訊かれることもなかった。

でも、ようやく時間ができたから、今日ならいいよって、僕から誘ってみようか。

僕の足は、自然に彼の職場のほうへと向いた。かつて僕も通っていた大学。タクシーを捕まえるよりは、電車のほうが速い。お菓子と缶ビールを途中のコンビニで買って行こう。

それで、あのひとに謝りたいことがある。嘘をついたこと。とても大きな嘘を。

(――あのね、忘れたなんて、嘘です)

この十年のたった一日でも、あなたを忘れたことなんてなかった。

ひとの一生の幸福の量は生まれる前から決まってるって聞いた。

だから、寂しかったり、苦しかったりしたとき、十年も前の、しかもたった数か月間に貯金した幸福を、僕はちょっとずつちょっとずつ引き出しては使ってきた。

古い携帯に保存してある写真や留守電の声。カラフルな絵葉書の束。とうとう返せなかった合鍵。それから、月光を集めたみたいなスキーウェア。

頭の中の映像は、あまり性能のよくない僕の記憶力ではだんだん薄れてきてしまうから、時折それらの大事なものを一つずつ取り出して浸っては、色褪せかける記憶に、色を塗り直してきた。

けれども、手入れを尽くした切花もいつかは枯れるように、厳重に風除けしたろうそくもやがて燃え尽きるように、どんなに毎日丁寧に思い出をたどっても、時とともに記憶は薄れる。

例えば、ついこの間までは、夢に出てきてさえあのひとの顔は逆光になって見えなくなっていたし、声だって覚えてるのとは違うと、夢の中の僕は戸惑っていた。

目覚めては、苛立ちの余り自分を傷つけてみたり、髪を掻きむしって泣き叫んだり。

だけど、あのひとと再会した日から、不思議なぐらい鮮明に十年前のことが僕の中に蘇ってきたんだ。

昨夜見た夢でも、あのひとの声も、あのひとの顔も、夢の中でもときめいてしまうほどはっきりしていた。目覚めるのがもったいなくて、鳴った目覚ましをうっかり壊しかけた。

――ああでも、どうか誤解しないでほしい。あのひとに僕を好きになってほしいとか、樹から奪ってしまえたらいいとか、そんな大それたことは願ってないよ。

十年は、人間を成長、あるいは老いさせるのに十分な時間だ。

もちろん、樹を羨むことは今もある。あのひとから大事に想われていることも、抜きんでたビジネスの手腕も、祖母や周りから頼りにされていることも。ああなれたらいいとも思う。

けれども、それは理想として胸の裡にあるだけで、十代の頃のように刹那的で分不相応な競争心に駆られているわけじゃない。ただ純粋な羨望として、いいなあ、あんなふうになれたらなあ――と指をくわえて眺めてるだけだ。

この間の二人の仲睦まじいシーンだって、胸の痛みは少しだけ、それよりも単純に、どきどきした。彼の隣で幸せそうに笑っている、もう一人の『僕』を、いいなあいいなあとただ羨んだ。

ただ、嫌いにならないでほしいとは思う。好きじゃなくていいから、嫌わないでほしい。会えば決まり悪く思うだろうけど、あんまりはっきり迷惑がらないでほしい。

それで、次にまた偶然に会ったら、たとえば次の十年後にでも会ったら、若い日の失敗の相手ではなく、現在の恋人の兄としての僕に、気安い挨拶を返してくれるといいと思う。

(大丈夫。叶わなくても、辛くはないんだ)

一緒にいた日々も、会えなくなってからも、あなたはいつも僕の傍にいた。

目を閉じればいつでも、あの幸福な日々が降りてくる。

低めのテノール。微かにくすぶるコロン。怒った顔。笑った顔。困った貌。

体を重ねた時の重み。息苦しさ。淫らな囁き。甘い睦言。大事な約束。


ほうら、島崎。お前はああ言ったけど、——僕は、幸福を知らないわけじゃない。

03 ー幹ー

言語学棟の案内図どおり、喬木さんの研究室は一番上の階の端にあった。

春休み期間中とはいえ、何かと忙しいひとだから不在も覚悟していたが、幸運なことにノックの音に軽やかな応えがあった。

「——幹？　どうして、ここへ……？」

僕を認めると、喬木さんは、ひどく驚いた様子だった。

何冊かの洋書を壁際の本棚に手早く戻しつつ僕へと向き合った彼は、ネクタイにウエストコートの英国紳士風のスタイルで、いつかのタキシードも素敵だったけど、これも甲乙つけがたいほど格好いい。

「お花見に行こうよ」

まるで高校生の頃のような気安い口調で僕は言った。

「約束しただろう？　桜が咲いたらって」

胃の痛みはもう感じない。さっき寄ったコンビニで買った水で、残っていた薬を全部飲んできた。僕はどうしてもここにたどり着きたかったから。

「今日はもう咲いてるよ。ほら、そこのコンビニでお酒とお菓子を買ってきたんだ」

用意がいいだろうと自賛しながら白いビニール袋をかざして見せたが、喬木さんは笑ってくれなかった。

「……ここに来ること、樹は、知ってるのか？」

「樹？」

僕は首を傾げ、語尾上がりに訊き返した。

「樹はもちろん仕事だよ。知ってるだろう、忙しいんだよ。けど、僕はそうでもなかったから、先に上がったんだ。だからちょうどいいかなって」

ごめんね、と喬木さんは困惑した顔で言った。

「残念だけど、今日はこれから、急ぎの仕事があるんだ。樹に予定を訊いてみて、また連絡するよ」

僕はできるだけさりげない風を装って聞き返した。

「でも、喬木さん、僕の連絡先知らないでしょう?」

ぴくんと口の端が引き攣ったのを、僕は見逃さなかった。

(――やっぱりね)

喬木さんは、はなから僕に連絡するつもりなんてない。仕方ないか。「社交辞令」なんだから。僕だって、アポもなく職場を訪問することが、社会人としてマナー違反であると弁えてはいたけど、僕もまた彼の連絡先を知らされてないから仕方がなかったんだ。

「あのね、僕、連絡は要りません。それで、ここにお仕事終わるまでいていいですか。静かにしてるし、遅くなって構わないから。今日は天気もいいし、夜桜のほうがきっと素敵だよ」

勧められもしないのに、手近なソファに腰を下ろし、きょろりと部屋の中を見回してみる。壁一面の本棚には横文字のタイトルの分厚い本がぎっしりだ。

「わあ、難しい本ばかりですね。僕が読めそうなものはありますか」

「幹、ほんとに今日は無理なんだ。それに、花はまだ咲き始めたばかりだよ。もう少し待ったほうがいい。樹も一緒に行きたいだろうし、七、八分咲きぐらいになると見ごたえもあるし」

待つ、と口の動きだけでつぶやいたつもりだったが、性能の良い喬木さんの耳はきちんとそれを拾った。

「ああ。もう少し待てば――」

「……どのぐらい？」

自分でもびっくりするぐらい、低い声が出た。

けれども喬木さんは、ようやく僕が聞き分けたと思ったのだろう、あからさまにほっとした顔になり、素早く左腕のクロノグラフを覗き込んだ。

「ええと今日が木曜日だから……そう、週末、……多分、来週末までは大丈夫じゃないかな」

見え透いた愛想笑いが、胃の痛みとは違う熱を引き出す。それは十年も前にくすぶらせたまま鎮火しきれなかった熾火(おきび)で、たちまちのうちにうねるような炎に変わり身の裡を駆け巡る。

炎のような感情、それは怒りだった。

「……また、待つの？」

不機嫌も露わな声でつぶやくと、喬木さんはゆらりと首を傾げた。

「………幹？」

「――嫌だ。待たない」

冗談じゃない。僕はぴしゃりと拒絶した。

「もう待たない。もう嫌だ。二度と待たない。――待たないったら！」

ソファから腰を上げた途端、大事に抱えていたコンビニ袋が床にひっくり返り、ビール缶が重い音を立てて転がった。

「だってもうたくさん待ったよ。凄く長かった、気が狂いそうなぐらい長かったよ。一日が終わるごとに、今日は何て長かったんだろうって、明日はもっと長いんだろうなって、繰り返し繰り返し絶望した……！」

雑草のようにしつこく芽生える期待と、真っ暗な深淵を覗くような絶望。夜ごと日ごとの繰り返しに心が病むほどのそれを、なおも繰り返せと？

「なのに、まだ待てって言うの……っ」

僕は地団駄みたいに床を踏みしめ、拳にした手を何度も太腿に打ち付けた。

「――み、き？」

得体の知れない食材をうっかり口にした時のような、恐懼（きょうく）と不可解がないまぜになった貌が、囁くように僕の名を呼ぶ。

それではっと我に返った。

（だめだ、落ち着け）

恨み言を言いに来たんじゃない。詫びてほしいわけでも、憐れんでほしいわけでもない。

僕はただ、さくらを、一緒に見たいだけなんだ。さくらを、……好きなひとの、一番好きな花を、一緒に。

十年前、約束したとおりに、さくらを――。

「――幹、もしかして熱があるんじゃないか？　震えてるし、唇が真っ青だ」

「ね、熱は、ないよ。それより、さく、さくらが、さくらが咲いたんだ。だから、お、お花見に」

「……ああ、分かった。分かったから、幹、まず、病院に行こう、お花見はその後でね。待ってて、今タクシー呼ぶから。……っとそうだ、車が構内に入ること、事務局に言っとかないと」

回路のショートしたロボットのように繰り返す僕をなだめながら、喬木さんが大慌てで電話を取り出している。だけど、彼が何をしようとしているのかも何を言っているのかも、僕の目も耳も理解しようとしない。ただ、甘い声が、幹、待って、とその二語を紡ぐのだけは聞き逃さなかった。

『幹』、僕を呼ぶゆったりと優しいテノール。

差し出される僕より一回り大きな手。

『迎えに来たよ』――圧倒的な幸福に見舞われたのは、十年前じゃない、ついこの間のことだった。

「……かずやさん――」

携帯電話を耳に当てたまま、彼がぎょっと振り向く。不可解なものを見る目つきで。

でも僕にはそれが、十年前の僕に向けられていた、慈愛に満ちた眼差しにしか見えない。

「……あのね、一矢さん」

『一矢さん』。声にして呼べることがとても嬉しい、――呼んだ先にあなたがいる。なんて素敵な奇跡だろうね。

「あの時、僕、ひとことも返事できなかったけど、気分が悪かったからじゃないんだ」

「あの、時……？」

「再会の日だよ。僕、すごくびっくりしちゃったんだ。あなた、何度も見た夢と全く同じで、嬉しいよりも、まず、びっくりした」

あの時の間抜けな自分が脳裏に浮かび、つい思い出し笑いをしてしまう。

そういえば、びっくりして、慌てすぎて、ちゃんと伝えてなかったな。

「――迎えに来てくれて、ありがとう、一矢さん」

熱に浮かされたように話す僕への返事は、春の遅い午後の陽ざしが凍り付いたかのような、恐ろしく長い沈黙だった。

言葉も音もないばかりか、微動だにしない。だから僕も彼の口が開くのを待って、そわそわしながら佇んでいる。自分の心臓の鼓動が煩いぐらいに耳に響く。

「……一体、何を言っているんだ、幹」

その長い長い沈黙の後、一言ずつを噛みしめるようにようやく一矢さんが口を開いた。それは僕の期待したものとは違っていたけれども。

「俺たちがそういう関係だったのは、もう十年も昔のことだろう……？」

眉を深く顰めたまま硬化した面も咽喉を絞るようなかすれ声も、あまり知らないそれで、少しばかり気圧(けお)される。

けれども僕は、こともなげにうなずいてみせた。

「うん、もう十年も経ったんだよ。十年はほんとに長かった。凄く長くて、待ってるの大変だった。でも諦めるなってあなた言ったたし、だから頑張ったんだ。――頑張ってよかった。覚えてる？『諦めなければ、時間が味方になる』って。凄いね、本当にそのとおりになった」

最後の記憶は、異国の雨に紛れていく背中だった。

そこで得た絶望がどんなに深くとも、目を閉じれば瞼の裏に今も残る風景は、おとぎ話の国のように美しい。濡れて光る石畳。マロニエの並木、薔薇の香り、尖塔、繊細な細工の連なる窓——魔法の呪文のような言葉。

おとぎ話の国には、おとぎ話のおしまいのような幸福な結末が用意されていたはずだった。

とうとうめくれなかった絵本の最後のページを想像するたび、後悔だけが塵のように積もっていった。

どうして、何を捨てても、縋ってでも、あなたについていかなかったんだろう。どうして、たった一つの夢を叶えられなかったのだろうって。

十年前、僕はまだ高校生だった。進学のこととか、将来のこととか、おばあちゃんや両親のことか、たくさん心配ごとがあったし、それを放り出したとして、必ずあるだろう周囲の反対に抗う勇気は僕にはなかった。それに、困難な夢を叶えようとしているあなたの足手まといになることも怖かった。

でも、あれから十年が経った。僕の年はかつてのあなたを追い越した。厄介なことは全部樹が引き受けてくれた。あなたはすでに夢を叶えて、学者としての基盤を固めてる。

どんなに僕自身が変わらなくとも、十年の時間は、律儀に、確実に、僕を——僕たちを巻き込んで流れていたんだ。あなたが言うように。

「今日、おばあちゃんが、僕はもうここにいなくていいって言ってくれたんだ。僕の好きにしていいって。だって樹がいるからね。会社も、浅岡の家も、おばあちゃんもパパもママも、樹がいれば大丈夫みたい」

一矢さんは憐れむような視線を向けたけれど、僕は明るく首を横に振った。

「いいえ。嬉しいんです。僕は今度こそ、自分のために生きてみたい。あなたが言うように、誰のためでもない、僕の、――僕自身の、幸福のために」

今の僕はどこにでも行ける。引き止めるものは何もない。――僕は、自由だ。

晴れた草原を裸足で踏みしめたかのような強烈な開放感だけが体中に満ちていた。

「やっとあなたと一緒に行けるよ、一矢さん。今度こそ、連れて行ってください」

あの綺麗な国、――街中に薔薇の匂う、おとぎ話の国へ。


カタッと窓枠がわずかに鳴った。夕暮れが近づいて風が出てきたのだろうか。

西側の窓から差し込む春の長い夕陽が、一矢さんの完璧な造形の顔貌を黄金色に照らしだしている。口元は固く引き結ばれ、眼球は何もない一点を睨み据えたままだ。

何故、優しく笑ってうなずいてくれないのだろう。差しだした手を繋いでくれないのだろう。

希望に華やいだ心が急速にしぼんでくる。

「一矢さん……?」

探るようにそっと呼びかけると、寒いのか彼はぶるっと大きく身震いし、ようやく僕に視点を合わせてくれた。

「もちろん、幹、きみの決断はとても素晴らしいと思う。お前には、お前自身の生き方を選ぶ権利がある。――でも、俺にそれを手伝うことはできない」

きっぱりとした拒絶に、僕は一瞬ぽかんとした。迎えに来たひとと一緒に行く、それはとてもシンプルで、簡単なことではないのか。

「手伝うなんて必要ないよ。傍にいてくれれば、それで十分。あなたに迷惑はかけない」

動揺を堪え、何とか気を取り直して、きゅっと顎を持ち上げた。

「言葉は多分、大丈夫。大学で専攻したし、自分でも勉強してるよ。パスポートは鞄の中。いつも持ち歩いてるんだ。あなたがいつ来るかわからなかったし、ひょっとするとすぐに必要になるかもしれないしね。それから、飛行機代と、当座の生活費ぐらいはちゃんと貯めてある。仕事は向こうに行ってから探す。選り好みはしないし、きっと何とかなるよ」

何か得体の知れないもののように僕を凝視する一矢さんへと僕は、ゆらゆらした足取りで近付いた。

僕が一歩進むごと、一矢さんは、一歩後退る。一歩、一歩と繰り返すうち、とうとう、どすん、と彼の背中が頑丈そうな本棚にぶつかった。

追い詰めた獲物に爪を立てる猛禽類のように、僕はすばやく彼の両腕に縋りついた。

「まだ、何か足りませんか？　言ってください、僕はどうしたらあなたと一緒に行けますか？　あの国じゃなくてもいいよ。あなたと一緒なら、僕はどこでもいいんだから」

幹、と喘ぐように一矢さんが僕の名を呼んだ。

「お前が、俺を想ってくれるのは嬉しいよ、幹。でも、連れていくことはできない」

「……どうして？」

「俺にはもう、樹という人間がいる。もしもあいつが先に死んでも、俺の隣にいていいのは樹だけだ」

「あなたが樹を凄く好きなのは知ってるよ！」

だらんと下に垂らしたままの彼の二の腕を、僕は爪を食い込ませて掴み、激しく揺さぶった。

「だけど樹は忙しいんです。凄く忙しいから、あなたと一緒には行けないよ。だから代わりでいいんだ、樹の代わりでいいから、今度は、僕を連れていってください」

「俺にとって、樹は、一人だけだ。誰も代わりにはなれない。たとえ、幹、お前があいつの兄で、外見が似ていたとしても、お前は幹だ、樹ではなく。樹がお前ではないように」

「でも、あなたは僕を代わりにしたじゃないか！」

一矢さんは、石つぶてが鼻先に当たったように強く顔を顰めた。

気の毒に。心の冷めた部分で、僕は彼に同情した。

彼はその誠実さゆえに、十年も前のつまらぬ恋で犯したささやかな過ちに今も深い罪の意識を抱えている。優しさゆえに、落ちぶれたかつての「恋人」——つまり、「赤の他人」——を突き放すことができない。

その誠実さと優しさとに、僕は付け入るだけだ。醜いのは今更。いっそ醜くていい、汚れることをためらわなくて済む。かつてのように、僕はもう自分から失くしたりしない。

「ねえ、一矢さん、僕に言ったよね。間違えちゃったんだって。——間違えるぐらい似てるんなら、僕でもいいじゃないか。だって樹は忙しいんだ。これからもずっと忙しいよ」

視界の端に、彼の右手がそっと持ち上がったのが映った。殴るような人じゃないとは重々知っているが、卑怯なことをしているというやましさは、反射的に首を竦ませた。

その手の伸ばされた先は、僕の醜くひきつってるだろう左頬だった。

「……聞いてくれ、幹。俺たちは、十年も前に終わった」

てのひらでそっと頬全体を覆い、親指の腹で口の端をいとおしむように撫でてくれた。

懐かしいくすぐったさに、うっとりと身をゆだねる。

「十年前、俺がお前を裏切り、傷つけ、——俺たちは、別れた。……わかるね？　終わったんだ。この先、俺たちの道が交わることはない、——永久に」

優しい愛撫とは真逆の、端的で、そして絶対的な、拒絶の言葉だった。

息を呑みこむ僕に、彼は冷静に言い募った。

「どうか幹、——もう、俺のことは、忘れて欲しい」

限界まで瞠った目で、彼の鼻先を見つめた。見つめる、というよりは、睨んだ。

しかし彼は怯むどころか、それ以上の苛烈さでもって僕を見返した。

「俺は忘れたい。許されたいんじゃない。お前と出会ったことも、傷つけたことも、——樹に、幹という名前の兄がいたことも、忘れたいんだ」

理知的な目の中に、惨めに取り乱す僕が映っていた。

ようやく自らの見苦しさに思い至った僕は、ひどくうろたえた。

「そんなの、……困るよ、今更──そんなの」

僕はそろそろと、彼に縋っていた両手を脇に下した。

「だって、僕は幸せになりたいんだ……」

鬱々と溜めていた十年分の暗い激情が、僕の中から霧のようにふわふわと散っていく。

飾りもためらいも見栄も照れも恥も意地も、余計なものを何もかもキレイに削げば、あとに残るのは、みっともなくも正直な本音。

「樹みたいに、幸せになりたい」


ひゅっと喬木さんの咽喉が鳴った。

「幹」と、ひどく狼狽えた声が僕の名前を呼んだ。

「──お前の幸せに、樹は関係ないんだ、幹」

どうしてだろう、今にも泣き出しそうな顔だなと僕は思った。

そろそろと喬木さんの両手が持ち上がり、僕の両肩をぎゅうと強めに掴んだ。

「どうかわかってくれ。お前は樹じゃない。樹の代わりなんかでもない。幹、お前には、お前自身の価値がある。浅岡幹という一個の人間に、十分に価値があるんだ」

咽喉に絡んだ声も、大きな呼吸音も、やっぱり、泣いている時みたいだ。

こんなに立派な大人のひとが、泣くなんてあるわけないのに。

「……価値、ですか？　──僕に？」

「そうだ。お前自身の価値だ。樹という基準で測ったのでなく、俺や他の誰かがどう思うかでもない。浅岡幹という男が、今まで精いっぱい頑張ってきた事実を、お前は誇りにしていいんだ。誰かの代わりでいいとか、居なくてもいいとか、そんなふうに、自分を貶めたらだめだ」

（僕の、価値……？）

僕は樹じゃないし、樹の代わりにもなれないなら、どんな価値が？

誰も訪れない、電話も鳴らない部屋の中に飾っておく以外に、どんな価値が？

大好きなひとに、忘れたいと、忘れてほしいと懇願された身に、——どんな価値が？

靄のように揺らいだ記憶の拠り所を探るように、眼球だけをそろそろと窓の外に逸らした。

黄昏にさしかかった空だけがぽっかりと窓枠で切り取られている。高層階のこの部屋からは、地上の桜並木のてっぺんも見えない。

「……ええ、そうですね。——僕は、僕です」

ぼんやりと口に出してみれば、すとんと腑に落ちる。

どんなに足掻いて、取り繕ってみても、つまりそれが唯一の、面白みのない真実だと。

「あなたが言うとおり、僕は、樹でも、他の誰かでもありません。……だけど、期待するひとも多いです。こんなに似てるなら、もっと頑張ればいいのにって、だから頑張れって、みんな励ましてくれる。それはとても有難いことだし、僕は頑張るのは得意なんだけど、でも、どんなに頑張っても、全然足りなくて……」

結局、ほんのちょっと近付くこともできないままだ。——だってつまり、僕は僕だから。僕でしかないから。

「……頑張るのは、得意です。でも、どう頑張ればいいのか、わからないんです。何を、どうすればいいのか……どうやって、何をしたらいいのか、……何のために、どこで、どうやって生きていけばいいのか……」

ふと、カツンと踵に触れたものを、ややギクリとして見下ろした。

それは重厚な研究室の床にはそぐわない、薄桃色のビール缶だった。

「……ごめんなさい。散らかしてしまいましたね」

僕はぎくしゃくと膝を折り、転がったビール缶を拾い集めた。

缶の側面に一面の桜の花の意匠があしらわれているそれは、たまたま立ち寄ったコンビニで、銘柄よりもデザインが気に入って購入した。

桜の下での乾杯にぴったりだと思ったんだけどな。

「……忙しい時に、無理言ってごめんなさい」

「え？」

「だから、お花見。ほんとは週末も忙しいんでしょう？　……忙しいなら、仕方ないです」

すまない、と喬木さんは小さく頭を揺らした。

失望はなかった。社交辞令を真に受けた僕が愚かなだけだ。

けれども、これが最後だとどうしても思いきれなくて、わざと、卑屈っぽい苦笑を口元に浮かべて振り返る。

「……でも、もしも、――もしも、あなたが忙しくない時なら、僕、ここに来てもいいですか？」

喬木さんが口を開く前に、たたみかけるよう続けた。

「お仕事の邪魔もしないし、時々でいいし、ほんのちょっとでいいです。――あなたが忙しくない時、また会いに来ていいですか？」

「――だめだ」

即座に、そしてきっぱりと喬木さんは言った。

「もう、ここに来てはだめだ。俺のことなんて、幹は早く忘れなきゃだめだ」

からっぽの頭の中で、ぷつん、と、糸の切れた音が、した。

驚いたわけじゃないよ。答えは、十年も前に貰っていたのだし。

でも、いつだってあなた、僕に優しかったから。……最後まで、優しかったから。

だから、ひょっとしたら、あなただけは、だめじゃないよって。

会いに来てもいいよ。そこにいてもいいよ。

頑張らなくていいよ。お前はお前のままでいいよ。

「また、おいで。待ってるよ』

はじめて出会った時のように、優しい苦笑いで、そう、許してくれるのだと――……。

「……そうですね。変なことばかり、……すみません。――そうだ、忙しいんですよね。長居して
ほんとにごめんなさい」

テーブルに並べたビールはそのままに、やっぱり放り出してしまっていた黒革の鞄を手に取った。

胃が、またじくじくと痛み始めていた。困ったな、薬はもう残ってないんだ。

脂汗が滲み、手足の先が冷えてくる。

アパートに帰って、少し休もう。そしていつものように、スキーウェアと、絵葉書と、合鍵とを、部屋中に並べて、幸福に浸って、――明日には、全部、捨ててしまおう。

『俺のことは忘れて欲しい』

それが、大好きなひとがたったひとつ僕に望んだことだから、頑張ろう。

大丈夫、僕は昔から頑張るのだけは得意なんだ。

のろのろと扉へ向かう僕の背中を、喬木さんがそっと押した。出ていくことを促すというよりは、優しく支えるように。

ドアノブに手をかける彼を振り仰いだ時、思いのほかずっと近く彼はいた。身長差からか、ちょうど彼の吐息が僕の鼻先にかかるほど、近くに。

――触れたい。

強烈な衝動がこみ上げた。

あの日、樹が当然のように受けとめていたそれに。

あの温もりに、――唇に。

これが最後だから。これで最後にするから。

僕は何度も拳を握り締め、口からついて出そうになる言葉を懸命に堪えた。

(あなたに、触れても、いいですか……？)

ドアのすぐ手前で突っ立ったまま、穴のあくほど彼の口元を凝視してしまっている僕に、喬木さんは面食らったのかやはり黙っていた。あるいは、出ていくタイミングを失ったのだろうかと思われたかもしれない。

僕は、右手をそろそろと上げた。

まばゆい西日は本物の蜂蜜のように体中にまとわりついて、ひどく動かし辛い。だけど、時間が止まったかのような特別な空気をできるだけ乱さないように、そろそろと、そろそろと指先を彼へと向けた。

触れたい。ほんの一瞬でいい。この十年が、それで昇華されるから――。

けれど、肘すらまだほんの数センチも自分の体から離れないうちに、僕は突然ぎくりと慄(おのの)き、伸ばしかけた指を縮こめ、――彼を凝視した。

「……幹？」

愛しいひとの頭の後ろから、オレンジ色の陽光が差し込む。

彼の肩に、真っ黒い闇がかぶさっていた。

――違う、影じゃない。あれは、彼を頭から貪り食らおうとしている鬼だ。

痛みも与えず脳髄をすすり、餓えと渇きを満たすことを最上の幸福とする化け物。

弟を誠実に選んだひとに、十年も抱き続けた想いが、とうとう、醜く浅ましい餓鬼を産んだ――。

「幹……大丈夫か？」

低い声は、何も知らぬげに、彼に喰らいつく醜い鬼の名前を呼んだ。

「やっぱり、病院に寄ったほうが――」
カッと目を瞠って、ガタガタと震える僕へと伸ばされた手を、僕は全力で振り払った。
手の甲をしこたま僕に打たれた彼は、わずかに目を眇め、だが怒るでなくひたすら不審そうに、
そして気遣わしげに、幹、と僕の名を三度呼び、再び僕に手を差し伸べかけた。
それが届く寸前、僕は、ドアを壊す勢いで押し開け、なけなしの気力と体力をかき集めた足で、
床を蹴って逃げ出した。

その時の僕に、全力で走るという行為は、いつか切ってみた手首の傷よりはるかに痛く、苦しかった。

エレベーターでなく階段を使ったから、下り切った所で激しく咳き込む。

それでも足は止めないように無理に進ませたら、咳による肺の痙攣がさらに胃を刺激し、とにかく建物の外には出たものの、そこからそう遠くない中庭で立ち止まってしまった。

膝をついて足元の草に胃液を吐き出し、生理的な涙と唾液で汚れた顔を袖で拭う。そこが土の地面で、吐いてもそう迷惑にはならないから、気を緩めてしまったのかもしれない。

もしもここで倒れたら、きっと喬木さんだけでなく、大学関係者のひとたちにも迷惑だろう。

何度も息を吸い込み、土と木の湿った匂いで痛みを浄化する。

ふらふらと身を起こすと、植込みの向こう、建物の壁がコの字形に囲む空間に、今日見たどの木よりもたわわに花をつけた桜と、古ぼけたベンチがあった。

そのベンチの硬い座面の誘惑に、僕は逆らえなかった。

ほんの少し、ほんの少しだけ休んでもいいだろうか。がんばったから、ほんのすこしだけ。

そしたらもっと、頑張るから。──頑張れるから。

それはいつも、樹や祖母や重役たちのため息を聞きながら心の中で繰り返す言葉。

何を頑張ればいいのか今は見当がつかない。けれど、きっと、何かを頑張れば、誰かが認めてくれる。

それはもう祖母でないことぐらいはわかってるし、あの真面目な弟でも、他人のような両親でもないだろう。ましてあの優しいひとは、僕に頑張るなとたしなめるひとだ。

だけど、きっと、誰かが認めてくれる。よく頑張ったねと、頭を──優しい手で、頭を撫でて、褒めてくれる。

すぐにもくずおれそうになる足をひきずりながら、わずか三メートルほどの距離を歩き、ようやくたどり着いたベンチに腰掛ける。

ビル風が僕を歓迎するかのように花びらをまきあげた。靄だつような一面の薄桃色。

なんて綺麗なんだろう。この桜は特に綺麗だ。これだけ綺麗なら、あのひとの視線も引いただろう。

（お花見──できてよかったな……）

あのひとと一緒に見ることはできないけど、あのひとと一緒の花は見られた。十年かかって、やっと。

せめてその花弁の一枚なりとも捉えたくて指先を伸ばした時、杭が腹を突き破るかのような激痛が走った。

一瞬息を止める。我知らずうめき声が漏れる。何か苦いものが喉に詰まって、げえげえと醜悪な音をさせて嘔吐した。

赤い液体が、僕の手と胸を――見えないけれど、おそらく口の周りにべっとりと張りついた。

(――血……?)

苦しさよりも、どうしてと疑問があった。どうして。何が起こってるの。

鉛のように重くなった体は支えきれず、座面から転がるようにして地面にずりおち、横転した。

(……困っ……た……な……)

死ぬのかな、と漠然と予想した。あまり現実感がなかった。むしろ、こんな場所で動けなくなっている状況をこそ、どうしようかと惑った。

ままならない。何もかもがままならない、――心も、体も。どちらも僕のものなのに。

だんだんと視界が暗くなる。耳鳴りがわんわんと煩い。鉛のような体が、湿った土の中にずぶずぶとのめり込んでいくようだ。

怖い、と思った。叫べるのなら、叫んでいただろう。あの時だってそうだった。――あのひとと初めて会った時。

生きるのが億劫な毎日に、体は勝手に夕立に濡れた踏切へと動いた。でも、心は叫んでた。死にたくないと。死ぬのは怖いと。――そう、こんなふうに。

(たすけて……)

痛む腹から振り絞った声では、きっと音になる前に消えてしまっただろう。

——『幹!』

質量を感じるほどの濃い闇の中、ふいに、僕を呼ぶ声がした。

——『助ける、幹、必ず、助けるから!』

その声を僕はよく知っていた。

強力な磁力が働いたように下がっていく瞼を、僕は最後の力を振り絞って半分だけ開けた。

案の定、狭い視界の中に、ごく心配そうなあのひとの顔がある。

ミキ、ミキ、と、愛しいひとが何度も、確かに僕の名前を呼ぶ。優しい響きで、何度も、何度も。

(かずやさん、むかえにきてくれたの?)

だいじなやくそく、まもってくれたの?

『迎えに来たよ、幹。待たせてごめん』

(あのね、いま、とても眠いんだ)

だから、ちょっとだけ、眠ってもいいかな。

目が覚めて、あなたがまだそこにいてくれたら、そうしたら——。

最後に見た顔も聞いた声もすべて、怯えた心の見せた幻だとわかっていてなお、その極上の幻は、引きずり込まれかけていた暗闇に怯んでいた僕に、ただ深い安堵だけを与えた。

再び瞼が終演の緞帳のように下りていく。

愛しいひとも、寒さも痛みも音も、何もかもが闇に溶けるように消えていく。

黄昏の風がひときわ強く吹き、ひんやりと冷たい花びらが、はらはらと降り注ぐ。

目に鼻に口に、はらはらと、死出の白い布のように。

優しい思い出も、惨めな記憶も、失敗も、恥も、罪も、穢れも、何もかも、はらはらと覆い、はらはらと浄化してゆく。

はらはらと。

涙のように。

第四章

夢見草

~願わくば桜の下にて~

― After that ―

ピッ、ピッ、と無機的な機械音だけが静かな部屋に満ちる。

何もかも清浄な白い部屋のベッドの上に、線の細い――細すぎる青年が、青白い瞼をぴっちりと閉じて横たわっている。

生気に欠けた真っ白い面からも、骸骨のように細い腕からも、いくつかのチューブが延び、いくつかの機械へと繋がっている。

どうやら彼の魂は、ひとまずこの世界に留まることにしたらしい。

「手術そのものは成功しました。吐血の原因は、進行した潰瘍が胃に孔を空け、溢れた血液が食道を逆流したからです。開腹し、病変部を一部取り除き縫合しました。……あとは、浅岡さんの体力次第です」

医師はカルテをめくりながらちらりと青年を見た。正直、それが一番の問題だ。執刀したのは彼ではなく彼の同僚で、経験豊富な外科医だが、病状うんぬんよりも、痛々しいほどに痩せた手足に一瞬怯んだと、ぽつりと語っていた。

ずいぶんと進行していた胃の潰瘍が胃に孔を空けたために大量の出血となり、放置すれば失血死に至る可能性も十分にあった。だが、発見が早かったのと、倒れた場所が、国内最高レベルの医学部を擁するK大学構内だったことが幸いした。K大附属病院の高度救命救急センターに運ばれた浅岡幹は、意識のないまま、すぐにオペになった。

「再度詳しい病理診断を要請していますが、迅速診断では胃の粘膜に癌組織は認められませんでした。しかし、胃壁がかなり広範部に渡って傷ついていまして、出血が何箇所かから同時に起こっていました。……どうも、浅岡さんは、ずいぶんと我慢強い性格をしておられたようですね。急性とはいえ、一朝一夕にこうまではなりませんからね。痛みもかなりひどかったでしょうに、今までどんな治療も受けられた様子がないのは、……驚異的です」

担当医師は、そこで言葉を区切り、同じようにうつろな目をして椅子に座る患者の親族たちを、代わる代わる淡々と見つめた。彼はわざとその視線に、非難の意を込めている。

それは、プロフェッショナルな医師としては、あまり良くないことなのかもしれなかったが、死にかけた若者を前にして、何を聞いても首を横に振るしかできない連中に、ささやかな口撃をせずにはいられなかった。

「本来、胃潰瘍の治療では、開腹手術にはまず至りません。ある程度初期の段階で受診してもらえれば、食事療法と薬剤投与で治癒することも可能です。つまり、調子が悪いと思った時点で検査を受けて、しかるべき治療を施しさえすれば、ここまでひどくはならなかったはずなんです。ましてこれほど進行していれば、自覚症状もそうとうな痛みとしておありだったでしょう。体調の異常は傍目からも明らかではありませんでしたか？　何故、どなたでも、彼を無理にでも病院に連れて来なかったのですか？」

その場にいるのは、患者の妻と、両親と、祖母と、それから弟だという青年だ。なるほど、妻以外は、皆どこか面差しが似ている。皆、一様に互いの顔色を窺い、そうしてゆっくりと首を横に振った。別居しているという患者の妻だけが、しくしくと泣きっぱなしだ。

彼らの反応に、医師はもううんざりしている。何を言っても、彼らは心底戸惑った様子で首を振るのだ。何も知らない、と。

——知らないではすまされない。彼らは親しい身内だ。そして患者の異変は、すでに隠すことができないほど著しかったはずだ。

患者は、今どきの放蕩な若者とは思えなかった。神経質なほどきちんとスーツを着込み、少しくたびれた通勤用の鞄を持っていた。鞄の中には、システム手帳と、文庫本と、フランス語のポケット辞書、パスポート、古い外国の絵葉書、それから、食べ忘れたのか食べられなかったのか、コンビニのおにぎりが入っていた。つまり、どこにでもいる普通の会社員だ、——普通よりも真面目な。

その「普通の青年」は、スーツの下に、異常に痩せた体を隠していた。あばらが標本のように浮き出ていて、手足は骨ばって痛々しい。肌は白い粉を吹いていて、爪に血の気がない。体重は成人男性の平均よりも二十キロ近く下回っている。つまり、栄養失調だ。おそらく長い間、まともな食事をとっていないのだろう。胃の痛みだけのせいではなく。胃潰瘍の主因の多くは、精神的ストレスに由来する。

また、患者の左手首の静脈のあたりには、何本も傷痕があった。浅い傷がほとんどだったが、二本ほどは縫合の跡が認められた。

——強い意志によって噤まれた口の代わり、この青年は体中で、声なき悲鳴を、いくつも発していた。受け止めるべき人間に届かないまま。

医師は小さなため息をカルテの上に吐き出し、ポケットから透明のビニール袋を取り出した。それには、錠剤を包装してあったらしい、銀紙とプラスチックの空容器が入っている。

「浅岡さんの上着のポケットから、こちらが出てきました。薬の包み紙です。外国製の強力な鎮痛剤ですが、中毒の危険性があり、また効能が切れると精神的に非常に不安定な状態になります。薬の効果の切れる前後には幻覚や幻聴の症状がひどく出るもので、日本では、医薬品として認可されていません」

「――つまり、危険ドラッグとか覚せい剤とか、そういう類のものですか」

その時はじめて、患者の弟だという青年が喋った。双子だと聞いているが、さほど似ていない。患者が眼を開ければ印象はまた違うだろうか。

そうです、と医師は彼に向かってうなずいた。

するとその弟は再び黙りこくってしまったので、医師はあえて彼の顔を覗き込むようにして視線を合わせた。

「なぜ浅岡さんは、病院には行かず、こういうものに頼られていたのでしょうね。放っておけば、死ぬかもしれないのに……？」

「……胃潰瘍だったんでしょう？　悪性腫瘍ではないのなら、死に至ることはないと侮っていたのではないですか」

「悪性か良性かなんて、私たちだって、最終的には病理診断の結果を見ないと断言はできませんよ。

ましてや浅岡さんご本人には、ただ具合が悪いということしかわからなかったはずです」

「……」

「——私には、『消極的な自殺』としか、思えません」

言わずもがなことを付け足したことに、しまったと医師は少しばかり思ったが、撤回はしなかった。

弟は唇を噛み、俯いてしまう。代わりにはっと顔を上げたのは、患者に似たところのある年配の男女——両親と祖母だという——で、医師は彼らのうち、父親らしき壮年の男性に向かって言った。

「こちらも義務がありますから、警察には通報させていただきます」

「は、はい。——息子が、ご面倒を、お掛けします」

とその男性はまごつきながらうなずき、座ったまま深々と頭を下げる。

下げるなら自分にではないだろうと、医師は密かに憤った。

02 — A bitter ending —

東京の桜はすべて散っても、幹は昏睡状態のままだった。

手術は成功し、術後の経過も、医師が危惧していたよりもずっといい。若い体は傷の回復が早く、ほぼ一日中受けている点滴が、むしろ以前より、顔や爪先に赤みを取り戻させている。

病変部の再検査の結果は、迅速診断や臨床医の所見と同じくやはり良性だった。また、常用していた違法な薬の後遺症として、精神障害（パニック）や再現症状（フラッシュバック）が懸念されるところだが、そもそもずっと眠っているからあまり関係がない。眠りながらうなされることもないようだ。

つまり、経過は十分に良好、目が覚めてしかるべき時間はすでに経っている。しかし未だ、幹の瞼が己の意思で開かれることはない。

普通なら、患者の家族から、「手術は失敗なのではないか」と理不尽な詰問のひとつもあるものだ。しかし、訪れた家族に、患者さんの精神的なものとしか……と担当医が語尾を濁しつつ言うと、いつかと同じように皆、一様に視線を逸らしつつうなずき、誰一人として医師の責任を追咎（ついきゅう）することはなかった。

そして今も彼は、ただ、ひたすら静かに、――安らかに、眠り続けるばかりだ。


普段は全くひと気のない病室の扉の前で、喬木一矢は立ち竦んだ。

中から珍しくひとの声が聞こえる。女の軽やかな笑い声は担当ナースだろう。それから、おそらくは男の声と。

（――まさか……！）

幹が長い眠りに就いてから、その日がちょうど一か月目だ。ノックを忘れて扉を開ける。

そこには見覚えのある背の高い男と、担当の若いナースがいて、ベッドの脇で何か会話しているところだった。やはりというべきか、ベッドに横たわる幹は、相変わらず、ぴっちりと青白い瞼を閉じたまま、話すどころか目覚める様子もない。

「よう、久しぶり、――喬木センセ」

ひらひらと軟派に手を振った若い男の、場違いなほど陽気な声に、喬木は苦々しそうに「ああ」とだけ答えた。だが相手は、食えない笑みで愉しげに言う。

「十年ぶりかな。偉くなったって聞いたけど、あんたあんまり変わんないね。貫禄ねえし」

「貴様は無駄に成長してるな、島崎」

不遜な態度は今更だからどうでもいいが、十年間でさらに背が伸びたのか、日本人の平均を軽く超す長身の喬木より、さらに高い位置にある目線は不愉快以外の何物でもない。

若いナースは、ここでの仕事をすべて終えたことが残念で仕方がないという面持ちで、器具を抱えて出口へと向かう。

しかし、ドアの手前で彼女は振り向き、島崎と、そして喬木とを交互に見て言った。

「あの、また来てさしあげてくださいね」

島崎がにこやかに軽く首を傾げてみせると、彼女は少しまごついた。

「……浅岡さん、お見舞いの方があまりいらっしゃらないんです。ご家族の方も、いらっしゃっても、ナースステーションに着替えとか置いてすぐ帰られてしまうんです。もちろん、皆さん、お忙しいでしょうし、浅岡さん、意識が戻られてないから、居ても仕方がないと思われるのでしょうけど、――挨拶したり、話しかけたり、手を握ってさしあげたりすることは、患者さんにとって、とても良いことなんです」

ナースの義務の枠を超えた発言という自覚はあるのか、彼女は反応を窺うように島崎を上目遣いで見つめる。島崎は同情的な表情でうなずいた。

「じゃあ、俺もなるべく、そうしよう。優しい思いやりを有難う。こいつに代わってお礼を言うよ」

ナースはぱっと頬を赤らめ、「て、点滴終わりそうになったら、ナースコールしてくださいね」と言うと、あたふたと出ていった。

喬木は、そんなやりとりには全く興味ないとばかり彼らに一瞥もくれず、ほとんど彼の専用となってしまったパイプ椅子を開き、背もたれに肘を預け横向きに腰掛ける。そして、ぴくりとも身動きせず眠り続ける幹を、むっつりと押し黙ったまま見下ろす。

さっきのナースが喬木には全く話し掛けようとしなかったのは、それがここでの彼の通常の態度だからだ。……別段、無愛想にしようと努めたいわけではないが、家族のことを問われても答えようがないし、ここでは必要以上に他人の声を開きたくはなかった。

幹の鼻の下のチューブから送られる酸素が、軽い音を立てる以外は、ひどく静かな空間だ。昼下がり、見舞いのピークの時間だから、廊下で話し声は聞こえるが、この部屋はしんと静まり、ここに、自分と幹以外に、もう一人人間がいることを一瞬喬木は忘れそうになった。

「あんたが拾って、病院まで運んでくれたんだってな」

ふと、背中に低い声が掛かった。

振り向けば、ジーンズのウエストに手を掛け、窓にもたれた島崎が、彼らしからずひどく真面目な顔で、喬木をじっと見つめていた。睨む、というのではなく。

「さっきのナースに聞いたよ。発見がもうちょっと遅れてたら、危なかったって？」

「罵詈（ばり）の二つ三つは黙って聞いてやるぞ」

喬木がむっつりと言うと、あはは、と島崎は声に出して笑った。

「そりゃ言いたいことはあるさ。二つ三つじゃ絶対きかねえ、何せ十年分だからな。でも、俺が言う筋合いじゃねぇだろ」

「…………」

「――まあ、とにかく、つまり、それこそ俺が言う筋合いじゃないいんだけどさ……」

迷ったように島崎は口をいったん噤んだが、すぐにはっきりとした声で、「……ありがとな」と言って軽く頭を振った。

「幹、きっとすげえ喜んでるよ、最後にあんたと会えて」

「最後なんて冗談でも口にするな」

喬木は真剣に憤ったのに、島崎はへらへらと笑いつつ、ゆっくりと歩み寄ってベッドの脇に来ると、視線を幹のあどけない寝顔へと落とした。

「――いつも、それだけがこいつの願いで、心配ごとだったんだ。……最期、ぐらいは、あんたに会えるかなってさ」

何か言葉の無い会話を交わすように、幹の寝顔を眺めつつ島崎は、しばらく押し黙って突っ立っていたが、ふいに、やや猫背にまるめていた背骨を、伸びをするように反らして喬木を振り返る。

「で、あんたは、しょっちゅうここに来てんだって？　大学教授って余程ヒマなんだな」

「……俺はK大構内が職場だ。空飛んでくるお前と一緒にするな」

「俺はほら、嫁が有能だからさ、テキトーでいいわけ。……え。空って、じゃあんた、俺の居場所知ってたのか？」

「別に知りたくて知ってるわけじゃない」

もっとも、飛ぶ前に居た場所が、島崎の実家があるという福岡なのか、欧州あるいは香港あたりなのかは知らないし、興味もない。

島崎の実家が経営しているアパレル関係の会社は福岡に本社があり、何年か前に二代目社長に代替わりしてから、この不況の中急激に業績を伸ばしている。地方発信の服飾ブランドの快進撃と、かつその新社長が、まだ三十代はじめの「美人過ぎる」社長であることから、経済界だけでなく注目を浴びている。

で、その美人社長の夫が、ファッションウィークにおいて三都市すべてのランウェイを闊歩する日本人ショーモデルの「K-suke」、あの島崎だよ、――と、まだフランスに居た頃、樹が面倒くさそうに言って、経済紙とファッション誌とゴシップ誌をまとめて投げてきたのを覚えていただけだ。

島崎が「うっわ、サイテー」と、天井を仰ぎ、でかい声で忌々しそうにつぶやくので、何が、と喬木もつい聞き返してしまった。

「知ってんなら、こいつの入院に、連絡ぐらい寄越せっての！」

「誰かが連絡したからここにいるんだろ？」

「そうだよ！　俺の大学の時の、サークルの後輩の友人の同僚ってのからね！」

「……そらご苦労だな」

「ご苦労もご苦労だったよ！　後輩の友人ってのが、ここで研修医しててさ、小児科だけど。後輩とそいつが三日前の夜飲んでて、それ聞いた後輩が飲み屋から俺に連絡寄越したんだよ」

『島崎さん、浅岡さんが、うちの大学の附属病院に入院してるの、ご存じですか？　手術は成功したみたいなんだけど、意識のほうはまだ戻っていないらしいんです。守秘義務とやらでおおっぴらには言えないらしいんですが、――え、あ、はい。隣にいますから電話代わります、……おい、タカハシ、島崎さん、今の話、詳しく聞かせろって』

しかし、そのタカハシくんもまた、その日の昼間、消化器外科の研修医をしている同級生から聞いたのだった。職員用の食堂で久々に顔を合わせた時、その同級生が、近況を話すよりも先に、待ち構えたようにタカハシくんに話したのが幹の話だったらしい。確かに医師の守秘義務とやらはどうなってんだという話だがひとまずそれは置いといて。

浅岡幹という男は中身は平凡・地味路線一筋なのだが、その水際立った容姿は隠せるわけがなく、人見知りで人付き合いが悪く、口数も少ないことが却って神秘性を煽ったのか、大学時代は「経済経営の浅岡」といえば有名で、男女問わず密かに注目を浴びていた存在だった。さらに島崎はそれ以上に有名人で、性格的にも交友関係が広かったのが幸いしたのだ。

それから慌ただしかった。イタリアに出張していた嫁が福岡空港に戻りざま娘を渡し、その足で東京行きの便の空きを待って飛び乗った。

「なあ、何だと思う、その遠〜い情報ソースは！　あんたのことは数に入れちゃいなかったけどさ、普通、こいつの家族とか、息子のご学友で親友の俺様にぐらいは知らせないか？」

「――皆、忙しいんだそうだ。ナースだってそう言ってただろう」

一応は弁護ともいえる内容を、だが全くやる気のなさそうに口にする。

島崎はちらりと彼を見て、ふうんと、意味深な相槌をうった。

「……まあね、生きてはいるってんだから、じゃあ週末まで待って、って思ったんだけどね、――嫁がとにかく急かすんだ。『間に合わなかったらどうすんの！　今すぐ帰るから空港行って待ってなさい！』ってさ。幹が聞いてたらへソ曲げてら。勝手に殺すなって」

喬木はおざなりな笑いも見せず、難しい顔で幹へと顔を向けている。しかし、島崎が窓際へと戻っていきながら、故意かうっかりかついでのように最後に付け足した言葉は、喬木も聞き流せなかった。

「もっとも、そろそろ限界だろうなって思ってたから、倒れたことについちゃ、そう驚かなかったけどね」

ぴくりと肩を揺らし、体ごと、しかも腰を浮かせて振り返った。

「まさか、お前知っていたのか……？」

幹がひどい無茶をしていたことを？

ああ、と島崎はあっさりと認めた。

「長年の刷り込みってのかな、幹って、俺に隠しごとできない体質なのよ」

「何で止めなかった！」

島崎を責める資格も筋合いも、喬木にあるわけがない。だが、ついそんな口調になった。

「限界って知ってたら、どうして何もかも放って逃げさせなかった？　幹にとって、ここに居続けることがどんなに苦痛か、わかってるなら、どうして！」

「そんなの、幹が望まなかったからに決まってるだろ」

そんなこともわからないのか、呆れ顔で島崎は言った。

「俺だって、こいつが逃げたいと言うなら喜んで連れ出してやったさ。けど、幹にとっちゃ、逃げることは逃げないことより苦痛なんだ。仕方がないだろ、俺はただの友人で、そら、普通よりお節介なのは認めるけど、本人の意思を無視して強引に軌道修正する権利もないし、その責任も背負えねえし」

島崎は、喬木へと結んでいた目の焦点を、ふと曖昧にした。

「だけど、そのことであんたが俺を詰るとしたら、俺はそれを土下座して聞くよ」

何の話だ、と聞き返すと、島崎は重そうに口を開いた。

「あんたと幹の予定調和に、水さしたの俺だもん」

喬木はその時初めて知った。十年前のフランス、幹との思い掛けない邂逅と別離は、島崎の提案とサポートゆえに実現してしまったのだと。

「俺がお節介しなかったら、あんたと幹は、何年後かに、普通に再会してたはずだ。あんたは何食わぬ顔して、迎えに来たと言って幹を喜ばせただろう。――だってあんたらは、幹を傷つけてまでどうこうなる覚悟なんか、全然なかったんだから」

実は島崎は、幹から聞いた「事実」がどうしても腑に落ちず、その後、少しずつ調べた。

そうして集まった情報に、彼なりの推測を入れて、ひとつの「真実」を得ていた。

それが「真実」かどうかは、本人たちでないとわからないだろうが、得た情報は、「事実」とはそうかけ離れていないはずだ。

渡仏してすぐ、喬木を推薦した教授が脳卒中で倒れた。記念事業のプロジェクトチームの新たなトップは東洋人嫌いで、オーディションの日すら通達されず、准教授待遇の雇用条件もないことにされて、彼の身分は単なる留学生扱いにされそうになった。といって、日本に帰ってきてまた一からやりなおすのは、喬木のプライドが許すはずがない。記念事業は何か国かの合同だったこともあり、喬木はフランス国内だけでなくスウェーデンやオランダの大学にも交渉したり、ロシアまで行ったりもした。

結局、喬木の古くからの友人の弁護士が交渉し、当初予定していた大学に採用が決まったし、記念事業のほうもほとんどゴリ押しで参加が認められたものの、最初は手弁当の使い走りからだった。

樹のほうは樹のほうで、留学生活がはじまってしばらくしてから、ストーカー男につきまとわれるようになった。ある時アパルトマンに押し入られてレイプされ、しかも最中に首を絞められ窒息死寸前に至った。偶然に喬木が訪ねてきて、暴漢は取り押さえて警察に引き渡し、事件そのものは解決したが、身体的な外傷よりも、精神的なダメージが大きすぎた。いわゆるＰＴＳＤで、今なお定期的に通院している。

そんな事情から、二人が一緒に暮らし始めるのに時間はかからなかった。

最初は、単なる昔馴染み同士が、便宜上ともに暮らしているというだけだった。同居のことも、転居のことも、幹には知らせなかったのは、誤解を恐れたことと、ごく当たり前にとにかく忙しかったせいだろう。樹は、自分の遭った災難についてては、そもそも実家の親にすら報告していない。

それがどうして、さして時間も経たないうちにのっぴきならない間柄になってしまったのかは、さすがに当人たちにしかわからないことだ。その点についてては島崎は、別にどうでもいいと思ってもいる。彼らが幹を裏切って傷つけたのは、事実なのだから。

判明した事実も、予測される真実も、島崎は何一つ幹には知らせなかった。

一度はひどく自暴自棄になった幹を、これ以上悩んだり苦しんだり惑わせたりしたくなかった。クズ以下の男と薄情な弟に裏切られた、――そう単純な事実として理解した方が、気持ちの整頓もつきやすい。気持ちの整頓ができたら、前向きに生きることができる。

幹は、樹という人間に、自分の理想を投影しすぎていた。幹の理想の未来というやつは、本当は、ごく平凡でささやかなものなのに、樹という理想像をこそ、理想の未来とするべきだと、無意識で、自分に強要していた。

だから、裏切られたほうがいいと島崎は思ったのだ。樹という幻想を捨てて、あわよくば、憎み、嫌うほどになれればいいと。

だが、この友人はいつも、彼の思うとおりに動いてくれない。

薄情な弟は相変わらず幹の理想で、相変わらずクズ以下の男を思い続けている――。

「……つまり、今のあんたらは、幹への裏切りという絆だけで続いている。違うか？」

視線だけで射殺しそうなほど喬木は、強く島崎を睨んでいるが、肯定の身動きひとつない。そして反論もない。だが、喬木が膝の上に置いた手はきつく拳に握られており、甲には静脈が浮き出ている。

「幹はさ、どんなにあんたに不信が募ってても、一年経ってあんたが戻ってきて、胡散臭い笑顔で手を差し出したら、尻尾振って飛びついただろうよ」

そして、もしもその後、幹が、喬木と彼の双子の弟との間に「かつてちょっとした過ちがあった」ことを知ったとしても、その胡散臭い男がごめんと口先だけで謝り、すまなそうな顔をしてみさえすれば、幹は何の文句もなく詰りもせず、もう済んだことだからと許したろう。

「それで良かったんだ。偽りでもなんでも、こいつがそれを幸福って呼ぶならさ。――でも、俺はあの時まだ、嘘の価値を知らない、真実だけを有難がる青臭いガキでさ……」

今ならわかる。ホラーハウスが薄暗いからこそ想像の世界で楽しめるように、時として、真実という灯りが邪魔にしかならないこともあるのだと。

そして、一途なゆえに強情な親友は、島崎の翳した灯りのもと、つまらぬ真実を見出してしまった。

「――あれ以来俺は、こいつの人生には、傍観者に徹することに決めた。たとえこいつが、俺の目の前で心臓を抉っても、俺は黙って見ててやるんだ。最後の瞬間まで見届けて、息絶えた親友の目をこの手で閉じてやることだけが、俺に許された贖罪だと思ってる」

暗い自嘲の口元は、全くこの男らしくはなかったが、そうすると軽薄さが抜けて、横顔の端整さが、昼下がりの陽光に強調される。

「……あのあと、お前らは、付き合ってるものだと思っていたが」

島崎は、彼の気持ちは、喬木にはもちろん、幹本人にも、隠してはいなかった。

そして、もしも傷ついた幹が、喬木以外に縋る人間がいるとしたら、こいつだろうと思っていた。

「あー、まあ、幹が荒れてた時はね。低空飛行で落ち着いた頃も、挨拶代わりにヤってたっけ」

いろいろ相性はいいんだわ俺ら、とあっけらかんと島崎は言う。だが、砕けすぎた言い方に喬木は違和感を覚えた。

「恋愛感情ではなかったと?」

「いんや、恋愛だよ。正真正銘の恋だ。だって俺こいつのこと大好きだもん。可愛くて愛しくて今すぐ叩き起こしたいぐらいさ。——あんたと一緒。それから、多分、こいつと同じ顔したヤツも、一緒だろよ」

ちらりと喬木を窺う島崎を、険しく眉間を寄せて睨む。すると島崎はひょうひょうと肩を竦めた。

「……恋も執着も憎悪も、さして変わんねえってことさ。そういや俺さ、溺愛してる娘に『たんじょうびにはいもうとがほしい』って言われたのに、『とりあえず今はちょっと待て』としか言えなかったよ。……ったく、くだらねえトラウマを他人の俺にこさえさせやがって」

「……娘？」

「あー、そう。今、三歳だよ。写真、見る？」

頼んでもいないのに携帯の待ち受け画面を目の前に突き出されてチラ見すれば、親ばかというだけでなく、無関係の喬木から見ても、実に愛くるしい容姿をしている。しかも、こんなんでもひとの親になれる。いろいろと驚いたが、面倒なので顔にも声にも出さなかった。

「ふふん、今すげえ可愛いと思っただろ、ショタのあんたでもぐらりときただろう。残念だがうちの姫は、パパにはもうママがいるから無理って断腸の思いで断ったら、これまた聞き分けの良い娘でさ、けど、パパには母親譲りで男を見る目を持っててさ、大人になったらパパと結婚したいって言うんだ。けど、生まれ変わったら結婚することになったんだ。まあ俺だけが今すぐ死ぬ前提らしいんだけど。だからさ、——俺は多分、生まれ変わっても、こいつとは恋人同士にゃならないだろうよ」

見せびらかしたいが長くは見せたくない、とでもいうように、早々に携帯を閉じてしまいながら、くいっと顎で幹を指し示した。

「幹にとって俺は保護者なの、おとーさんみたいなもんなのよ。いつだったかなあ、真っ最中に、『なんか俺ら近親相姦っぽくね？』って話になって、大笑いしたらお互い萎えちまって。結局、円満にフェードアウトしたよ。俺ら始まりが始まりだし、ちょっと近くなりすぎたんだろな」

そもそも島崎には、幹以外のすべてを捨てる度胸はなかったし、中途半端な恋と中途半端な友情から、人一人の——否、多分、三人分の未来を狂わせてしまった悔恨は、見守ることからすら、逃げ出したいと思ったことも何度もある。

傍らに、強い女性の叱咤と励ましがなければ、島崎もまた、幹のように、過去の悔恨に囚われ、彼自身の幸福を自分から捨ててしまったかもしれない。そして、「親友」の幸福を心から願っていてくれる幹を、二重に苦しめていたかもしれない。

『罪だと思うなら償えば良いでしょ。でも、償うならば、彼自身が望むようになさい、あなたの独りよがりじゃなくて』

堪えきれず、胸に詰まる苦しみをとうとう吐露したとき、思慮深い女性は淡々と、自身の婚約者に説いた。その時、島崎はようやく長いトンネルを抜けた気がしたのだ。

「……だからさ、あんたには、マジ、感謝してんだ。幹が、俺が見届ける前に逝っちまわなくて済んで。幹がどうこうってんじゃなくて、俺自身のけじめのためにもさ」

喬木は何とも言えない顔で島崎を見つめていたが、ふと、島崎のもたれ掛かる出窓の端に、確か、昨日まではなかった愛らしいものが目に付いた。

細長い花瓶に、二本の桜の枝がさしてある。ピンク色の花を付けたそれは、長いままだから少々安定が悪そうだ。先刻まで全く気付かなかったのは、まばゆいばかり春の日差しによって、自然な木肌の色や花弁の薄桃色が、窓の向こうの青空に溶け込んでしまっていたからだろうか。

「ああ、それ?」

島崎もまた、喬木の目線の先に気付いて指差した。

「生け花用だけど、なかなかいいだろ、匂い薄いし。北では盛りなんだってさ」

「……幹の好きな花だって、知ってたのか」

たった数か月で別れてしまった恋人は、そもそも自己主張も物欲も薄かった。

喬木が気に入ったものを押し付ければこの上なく喜んで受け取ってくれたけれども、幹が自分で何かを選んだ記憶がない。――だから、幹の好きな花なんてものを知ったのは、十年後だ。

共に過ごした年月を思えば当たり前なのだが、この軽薄な男は、自分の何倍も幹のことを理解しているのだと思えば、悔しくて腹立たしく、失った十年に未練が募る。自業自得なのに。

「いや、知らねー。つか、幹に花の違いなんて情緒的なもん判るかよ」

だが、嫉妬混じりのつぶやきを、島崎はあっさりと否定した。

「こいつに違いが判るのなんて、酒の銘柄と酒の肴ぐらいだろよ。花どころか音楽も服も興味ねえし、彼氏の趣味も彼女の趣味も最悪なままさ。なーんも変わんねえよ、あんたが知ってるこいつと」

俺が知っている幹、と喬木は口の中で繰り返す。俺は幹の何を知っているだろう。知っていれば間違えなかっただろうか。こんな風になる前に、救えただろうか。

「幹が、何を望んでいたのかも、あんたは知らないの?」

島崎の口調は、詰問するというのでも、非難するというのでもなく、単なるつぶやきに近かった。見舞いといいながら島崎は、幹ではなく窓の外へと顔を向けたままだ。窓ガラスにもたれて、温い春の空気に向かって話している――そんな風体だった。

「幸福に、なりたいと、言ってた……」

ぽつりと言う喬木に、島崎は何を思い出したのか口元を和らげた。

「それってすげえくだらない内容だろうな。田舎の町役場でさ、黒い腕カバーして、一日真面目に勤め上げて、まっすぐ家に帰ってさ。奥さんの手料理食って、子供と風呂に入って、せんべい布団で川の字に寝る。——きっと幹は、そういうのに、幸福って名前をつけるんだよ。全く、つまんねえよな。そんなつまんねえものなのにさ、どうしてこいつには高望みだったんだろな」

どうして、それを知らないまま、逝こうとしてるんだろな。

島崎のつぶやきは、喬木の背中から胸へと痛烈に突き刺さった。

初めから、十分に考えられた可能性だ、今更驚くことはないのに、忘れている自分に喬木は愕然とした。

そして、縁起が悪いとたしなめるより、人形のように変化のない寝顔に納得してしまう。

喬木は、自分自身を気の小さな人間だと思う。どんなに悪ぶって格好をつけても、悪人にはなりきれない。……悪人より始末が悪い。

（逝こうとしているのか、幹。——俺を、置いて……？）

身も心も限界まで傷ついた幹が、最後のよすがとして自分を求めてきた時、十年前と同じように腕の中に囲い、ここがお前の居るべき場所だと言えばよかったのか？

だが、それでは、幹という人間の価値はどうなる？

繰り返し傷つけては泣かせるだけの最低の男に、あの類まれに美しく孤独な魂を、おいそれと差し出して良いわけがないだろう？

何度も何度も傷つけて思い知った。俺は幹を幸福にできない。

俺を忘れなければ、幹は幸福にはなれない。

俺を忘れることでしか、幹は幸福になれない。

だから言った。忘れろ、と。

けれども、幹、十年の間の一日すら、お前を忘れたことなんてなかった。

お前の幸福を心から願いながら、お前が幸福でいるかもしれないことが忌々しかった。

お前が、俺をずっと待っていたと知って、俺がどんなに嬉しく、そして悔しかったかわかるか?

取り戻せない十年を思えば、地団駄を踏んで喚き出しそうなほど、ただ悔しくて、悔しくて――。


「……はじめて、聞いたんだ。助けて、と」

誰のこととも何のこととも喬木は口にしなかったが、その視線はまっすぐに幹に向けられていた。

「ぐったりして、震えて、血を流して、……そんなになって、はじめて、俺に助けを求めた」

それまで自分の胸にだけ秘めてきたことを、島崎に話すことに抵抗がないではなかったが、しかし、喬木にもまた、内に溜めた重苦しいものを吐き出す先が必要だった。

「俺は、幹の名前を呼ぶしかできなくて、怒鳴るみたいに呼んだ。そしたら幹は、半分ほど目を開けて、――微笑(わら)った」

喬木は何も持たないてのひらを見つめ、ぎゅっと握り締める。

「笑ったんだ、あいつは、俺を見て。……抱き上げたら、昔よりずっと軽くて、……紙のように軽くて、力を込めれば折れてしまいそうだった。――こんなにも一途で、脆いものを、脆いと知ってて、俺は、——壊した……俺の手で、粉々に——」

　幹の本当の幸福と言うものが、島崎が言う幸福（それ）だとしたら、まがい物の幸福を教えたのは喬木だ。

そして幹は、十年前の、幹自身の申告のとおり、頑固に、ばか正直に、後生大事に、孵らない幸福（それ）を温め続けた。十年後、その喬木によって嘲られ、取り上げられ、粉々にされるとも知らずに。

「お前の作為なんて関係ない。樹や、他の誰かも関係ない。——幹を壊せるのは、俺だけだ」

「………」

　白けた視線で島崎は喬木の悔恨ぶりを見ていた。

　罪があろうとなかろうと、この男が罪の意識に苛（さいな）まれて苦しむってのは、悪くない。

　だが、この男のいない十年に、ささやかでもちゃんと幹自身の喜怒哀楽が存在していたことを知りもしないで、断言されるのは気分が悪い。

「——なあ、幹。お前がそうやって寝てるのは、別に、このオッサンのせいなんかじゃないよな。お前、アホだし、クソ真面目だし、とろいから、……生きることが、ちょっとばかり難しすぎたんだよな」

　顎をくいっと自分へと突き出した島崎を、喬木は剣しい顔で睨むが、島崎はそれを綺麗に無視して、幹へと語りかけた。

「そういや、さっき花屋に聞いたんだけどさ。夢見草（ゆめみぐさ）って言うんだってさ、桜の別名。朴念仁のお前が知ってるわけないだろうけど、つまりお前は、いい場所で寝ちまったってことだ。……ああ、だから目を覚まさないのか。よっぽどいい夢見てんだな」

うっすらと島崎は笑い、つかつかと喬木の横に歩み寄ると、にゅっと突き出した手で、幹の額の髪をくしゃりと掻き分けた。

「だったら、このままずっと眠ってりゃいい。あっちへ逝くのも怖いだろうし、こっちに戻るのもこりごりだろうしな。……ずっと眠ってろ。俺が邪魔させないから。百年でも、千年でも、眠って、待ってればいい」

幹からは当然返事がない。だが島崎はそれでごく満足そうで、滑らかな頬をぱちんと軽く叩く。

半分開けた窓の向こうには緑の葉の生い茂るソメイヨシノがあって、初夏を思わせる爽やかな風が緑の枝々を縫えば、しゃらしゃらと心地よい音楽を奏でる。

そのうちの風の一陣が、不意に入り込んできて、病室の桜の花びらを数枚飛ばした。

ひとつは喬木の頭の上をすり抜けて幹の半開きの唇にくっつき、もう一つは白い布団の上に落ちる。喬木はそっと手を伸ばし、幹の唇に触れた。

「……なあ、喬木」

じっと幹の静謐な寝顔を見下ろしていた島崎が、つぶやくように呼んだ。

慎重にはがした花びらを指先に持ったまま、喬木はうっそりと首をもたげる。

「……もしも、――もしも、こいつが起きたらさ」

瞬きもなく見据えるひどく真摯な眼差しに、喬木はわずかに怯む。

「今度こそ、あんた、迎えに来てやってくれないか?」

喬木が何か言うより先に、島崎はすぐに、「……ああ、いや、何でもねえ」と小刻みに頭を振って俯いた。

「悪い、何言ってんだ、俺――」

そうしよう、と喬木ははっきりとうなずいた。

「迎えに来よう、……今度こそ」

喬木は視線を幹のに戻すと、点滴をしていないほうの手を布団の中から取り出し、指先の花びらを力ないてのひらに置いた。そして指を丸めさせた上から、両手で握った。

それが、一か月ぶりに喬木がまともに幹に触れたのだと、島崎は知る由もない。

「――冗談でも、嘘はもうやめてやってくれ！」

島崎は、今にも殴りかからんばかりの怒気でもって喬木を睨んだ。

嘘じゃない、と喬木はいっそ、さばさばした口調で言った。

「ずっと、連れて行きたかったんだ。あの国には、幹に見せたいものがたくさんある。綺麗なものも、そうでないものも。幹なら、何て言うだろうって、ずっと思っていた」

島崎はずいぶんと長い沈黙の後、「……そうか」とうなずいた。そして、胸に詰めていたらしい吐息をそろそろと吐き出しながら、有難う、ともつぶやく。

お前に礼など言われる筋合いはないとやはり喬木は言った。それもそうだと島崎もうなずいた。

そして、うっすらと微笑みながら幹を見下ろした。

「良かったな、幹。連れて行ってくれるってさ。――良かったな。お前、ずっと行きたがってたもんな」

だから、目を覚ましてもいいんだぞ。

上体を倒して内緒話のように耳元で囁いても、たおやかな見かけにそぐわぬ頑固な青年は、頑なに目を閉じたままだ。彼が望んだものが、うつつに己の傍らにあり、彼の目覚めを待っているというのに。

幹のふとんの膝のあたりを、ぽんぽんと叩くと、島崎はくるりと背中を向ける、「ちょっと散歩してくる」と言い置いて出て行ってしまった。

ひょっとしたら返るかもしれない幹の返事を待ちもしないことを、喬木は不愉快に思ったが、別に引き止めたいわけでもない。

喬木はやはり幹の傍らに腰掛け、薄桃色の花びらをそのてのひらに挟んだまま、五本の指を絡める形で、ずっと握り続けている。白い瞼が持ち上がることも、華奢な指先が握り返すこともなかったけれども。

——今はただ見守るだけだ。

愛するひとを護る夜闇を、その静寂に揺れる夢見草を、柔らかく照らす月のように。

『迎えに来たよ、幹』
『待たせてごめん』
『あの時の約束は、まだ有効だろうか』

あとがき

このたびは、本書を手に取っていただきありがとうございます。筆者の姉村です。

まさか人生の後半に入ってから、お話を書くひとになりたい、という小学生の頃の夢が叶うとは思いませんでした。

「静寂の月」シリーズは、もともとはオンラインで趣味として公開をしていた作品です。

今回、その「静寂の月」の、正しくハッピーエンドになっている正編を、森嶋ペコ先生によるコミック化をしていただきました。

本書はコミックを正編とするならば、裏編ともいうべき、ビターエンド版となります。

コミックと小説とどちらも読んでいただいた方には、全く同じ世界からの分岐、というよりは、もともと少しずれていたパラレルワールドの話、と捉えていただきたいところです。

特に一矢と樹の性格設定が微妙に違います。

正編の樹は、兄ちゃん好き度がちょっと変態の域でしたが、裏編の樹は、幹に対して割と上から目線の鼻持ちならないやつです。

裏編の一矢は、理性的で慎重で、幹のことを思いやりすぎて、島崎に肩を抱かれて自分の前から去って行く幹を追いかけることができませんでしたし、フランス行きは幹に背中押されてはいはいと行ってしまいました。フランスで幹にばれた時は、現状に諦めてしまってましたし、十年後の再会では自分のやらかした罪の前に尻込みしてしまっていました。

正編の一矢が、裏の自分の所業を知ったら、「とても俺とは思えん」と嘆くでしょう。表の一矢は、幹の意見なんか聞かずにやりたい放題にやって幹を振り回してますが、それが不幸体質の幹をハッピーエンドに力づくで連れていくためのコツなんだと思います。

なお、作者は当然、裏編の一矢推しです。幹が好きすぎてつい思わせぶりな態度取っては、これじゃいかんと突き放したり、狂気めいた幹に説教かましたり、頓珍漢な正義感ぶりが魅力的です。

何より、十年後の喬木のビジュアル、素晴らしかったです。「裏の喬木の十年後は、オスカー俳優のタキシードとレイトン教授で」という謎の指定のみで森嶋せんせに丸投げしたのですが、妄想の上を行く格好良さでした。森嶋先生、有難うございました。

また、本書の出版に関して、前編集のT田さん、現編集のS藤さん、デザイナーの小鴨さんやスタッフの皆様のご尽力に、心より御礼申し上げます。

何より竹書房様に。

夢を叶えていただいて、有難うございました！

平成二十九年　八月某日　姉村アネム　拝

2017年9月2日　初版第1刷発行

著　者　姉村アネム ©Anemu Anemura
イラスト　森嶋ペコ ©Peco Morishima
装　丁　chiaki-k（コガモデザイン）
発行者　後藤明信
発行所　株式会社　竹書房
〒102-0072
東京都千代田区飯田橋2-7-3
電話 03-3264-1576（代表）
03-3234-6245（編集）
印刷所　中央精版印刷株式会社

Printed in Japan
ISBN978-4-8019-1185-7 C0093

「静寂の月 Another」をお買い上げ頂きましてありがとうございます。
この本を読んでのご意見、ご感想をお待ちしております。

宛　先　〒102-0072
東京都千代田区飯田橋2-7-3
（株）竹書房　Qpa編集部気付
姉村アネム
森嶋ペコ　係

または、弊社公式サイト「竹書房ＢＬ通信」Qpaページ内の
「作品へのご意見・ご感想」からメールにてお送り下さい。
ご協力お待ちしております。

竹書房ＢＬ通信 http://bl.takeshobo.co.jp/